バタフライ

平山瑞穂

Butterfly

Hirayama Mizuho

幻冬舎

バタフライ

ブラジルの一匹の蝶の羽ばたきはテキサスで竜巻を引き起こすか？

――エドワード・ローレンツ

04:12

尾岸七海

瞼《まぶた》を開いて、まだ夜が明けていないことを知る。

毎晩、これを何度か繰りかえさないと朝にはならない。眠りが浅くて、二時間ともったためしがないのだ。

枕元の時計は、怖いから見ない。もしも、一度に続けられる眠りがどんどん短くなっているとしたら？　いちいち時刻をたしかめていたら、気ばかり焦ってもっと眠れなくなる。

それでも、黄色い花柄のカーテン越しに、うっすらと明るみが滲《にじ》みはじめている。朝はそう遠くない。これでまた岸辺に辿《たど》りつける。また一日、生きのびることができる。それがいいことなのか悪いことなのかはともかく。

ひとつため息をついた七海《ななみ》は、窓に背を向ける形で寝返りを打ち、無理に瞼を閉じなおした。

夜は嫌いだ。よけいなことを考えてしまうから。眠っている間だけは、いやなことを忘れていられる。アレはときどき夢の中にまで侵入してきておぞましいことをしようとするけれど、そんなときは夢から逃れようと身をもがくだけで済む。

それに夜中なら、比較的安全だ。母親がいるときには、アレは妙なまねをしない。それ以外のとき、家の中は常に危険ゾーンだ。「家の中にいれば安全」とみんなが言う。「暗い夜道を女の子が一人で歩くのは不用心だ」とも。でもそんなのは嘘っぱちだ。アレがいる家の中こそが危険なのだ。

だから学校が終わっても、母親が仕事に出ている時間帯には、可能なかぎり家には近づかないようにしている。

昨日は、ちょっと油断した。夕方アパートに戻ってきたらアレも外出していたので、どこかで飲んでいて帰りも遅くなるのだろうと決めつけてしまったのだ。リビングでのんきにテレビを観ていたら、八時過ぎに突然帰ってきて、酒くさくて汗くさい体を押しつけてきた。

「なあ、俺はおまえのことを大事に思ってるんだよ。それはわかってくれるよな、七海」

おもねるような笑みを浮かべながらにじり寄ってくるアレの顔が、いくら振り払おうとしても執拗《しつよう》に瞼の裏で躍る。変に肉が薄く、皺《しわ》の多い下卑《げび》た顔立ち。加齢臭を放つ、どす黒くてざらざらした肌。その口から漏れる、いろいろなものが混ざりあったような悪臭。

「いいから俺に身を任せてりゃいいんだ。おまえの歳《とし》で何ができる？　まだ十三だろ、子どもじゃねえか。世間の悪い奴らにとっちゃな、子どもをだましたり利用したりするなんてお手のものなんだよ。そういう奴らからも、俺が全力で守ってやるから、なあ七海」

――世間の悪い奴ら？　自分こそがその代表みたいな人間のくせに。

「七海、あんたにもお父さんがいないと」

そう言って母親がアレを家に連れてきたのは、小学三年生のときのことだ。それ以来、この男は主人面《づら》をして家の中でふんぞりかえっている。ろくに仕事もせずに。

あんな甲斐性なしをどうして母親が選んだのか、いまだに理解できない。

「やさしい人だし、いざとなれば頼りになるから」

その評価が、結婚前のアレに向けられたものなら、まだわからなくもない。アレは変に外面《そとづら》のいいところがあって、近所の人にも気さくに声をかけ、にこやかに世間話をしたりしている。女手ひとつで苦労してきたところにあの調子で親切にされれば、思わず頼りたくもなったかもしれない。

だが、あの男はウチとソトとでみごとなまでに顔を使い分ける。結婚して「ウチ」の人間になった途端、母親に対する扱いはまるで下女並みになった。三つの仕事をかけ持ちして毎日くたくたになっているのを、黙って見ているだけではないか。

それでもアレのことを「やさしくて頼りがいがある」と言いつづける母親は、救いようのないばかに見える。あげく娘にまでその評価を押しつけてくることには、どうにもがまんがならない。

あんな男を、父親と思えというのか。父親らしいことを何もしてくれないどころか、まともな父親なら娘には決してしないはずのことを平気でしてくるあんな腐れ外道を？

昨夜《ゆうべ》は、なんとか撃退することができた。汗くさいのがいやだと拒んだらひるみ、いったん手を離したのだ。その隙に、連れ込まれそうになった寝室から逃げ出し、自分の部屋に駆け込んで鍵をかけた。

アレも、それ以上は追ってこない。しばらくはドアの外で「七海、おい七海」と変に哀れっぽく訴えていたが、そのうち引っ込んでいった。

最近気づいた。アレは、「いやだ」とはっきり口にすると、意外にも素直に応じるのだ。いやと言われないかぎり、相手も喜んでいるはずとでも思っているのか。もっとも、それも一瞬、勢いを殺《そ》がれているだけなのかもしれない。この手がいつまで通用するかはわからない。

「七海、そんな冷たくするなよ。なあ七海」

唾液で湿り気を帯びたような声が、聞こえるはずのない今も、耳元にしつこくまといついてくる気がする。

七海って呼ぶな。そのくさい汚い口から、私の名前を音にして出すな。

さっきよりも荒い息を吐いてタオルケットを頭からかぶった七海は、すぐにそれを乱暴に払いのけ、ベッドに半身を起こした。

どんなに遅くても、八時には床を抜け出して制服を身に着け、学校への道を辿らなければならない。こうしている間にも、眠ることが許されている時間は刻々と減っている。それでも、眠れないことがわかっていながらただ拷問のようにじっと瞼を閉じているよりはましだ。

ベッドサイドのランプをつけ、スマホのスリープを解除する。いやおうなく目に飛び込んでくる現在時刻は、四時十二分。げんなりさせられる一方で、安心感もある。この時間帯なら、えとろふはまだ余裕で起きているはずだ。六時台ともなると、たまに寝落ちしていることがあるけれど。

〈起きてる？(=。ε。)〉とメールを打つと、一分以内に〈うん　イテも？〉と返ってきた。レスがこれだけ早いということは、たまたま手が空いていたのだろう。

　イテというのは、ゲーム内で七海が使っているキャラクターの名前である「θ☆(／＞_＜)／」という顔文字を指している。

　メールでやりとりするようになってから、えとろふがこの名前を、殴られて痛がっているみたいに見えるからという理由で「イテ」と勝手に読んでいると知り、だったらそれをそのまま呼び名にしてほしいと頼んだのだ。

　えとろふもキャラクター名だが、おたがいに由来を訊ねたことはない。どうせ本名ではないのだし、だったら名前なんてどうでもいい。相手のことを識別できさえすれば。

〈ねれなくて(;´Д｀)〉

〈スフールの街で待ち合わせない？　雷竜倒すの一人だときつい〉

〈うーんやめとく　レレ上げしばらくしてないしσ(^_^;)〉

　それきり返信がないので、話は終わったと見なしてゲーム世界に戻ったのかと思っていたら、二分ほどして着信音が鳴った。

〈イテなんかあったの〉

〈べつにナッシングだよ～V(^_^)V〉

そう返してからすぐに次のメールを打った。

〈なんかあるといえばいつもある　ないといえばない〉

〈意味わかんない〉

〈だってあたしの人生イミフだもん(￣▽￣)　またね(^_-)-☆〉

たわいもないやりとりだが、これだけでも心はだいぶ上向く。「なんかあったの」のひとことが嬉《うれ》しい。気づかってくれる人が、この世に少なくとも一人はいる。でも、リアルでは一度も会ったことがない。会おうと思えばいつでも会えるはずなのに。

「出会った」のは、スマートフォン向けオンラインRPGである「エルミヤ戦記」の中でのことだ。

もともとゲームなどとりたてて好きでもない。放課後、家に帰る時間を少しでも先延ばしにしたくて、外で時間をつぶせるものが欲しかっただけだ。

しばらくは熱心に「レレ上げ」、つまりキャラクターのレベルを上げるのに専念したが、じきに飽きてしまった。どれだけ経験値を積み、強力な武器や魔力を手に入れたとしても、全部ゲームの中の話ではないか。リアルな世界では、アレ一人倒すことができずにいる。

それで七海は、ただゲーム内の世界に座り込み、ほかのプレイヤーが操るキャラクターがせっせとモンスターを討伐していくさまを眺めていた。

あるときふと思いついて、ゲームとまったく関係のないことをチャットで呟《つぶや》いてみた。種類がいくつかあるチャット機能の中で、近くのキャラクター全員に「聞こえる」ものを選んだ。

〈義父を殺してくれる人募集〉

そう打ち込むと、画面上の「ログ」と呼ばれるエリアに文字が表示される。同じ文字が、周囲でプレイしている人の見ている画面にも現れているはずだった。

すぐに、あるプレイヤーから応答が返ってきた。たわむれで言ったことなのでかえって泡を食ったものの、そのプレイヤーはあきらかに勘違いをしていた。

〈義父ってどのモンスター？〉

ゲーム内のチャットでは、蜘蛛《くも》形のモンスターをわざと「雲」と書いたり、「魔導士」を「窓牛」と書いたりする。その手の当て字だと思ったのだろう。

七海は、こう書きなおした。

〈北区在住であたしのリアル義父を殺してくれる人募集〉

どうしてあそこまで具体的に書こうとしたのだろう。思いかえすと、今でも訝《いぶか》しい気持ちになる。「θ☆(/>_<)/」なんていう読むことすらできない名前にしたのは、「尾岸《おぎし》七海」という個人につながる要素をかぎりなくゼロに近づけたかったからではないのか。

どのみち、それで相手は黙って立ち去った。気味が悪くなったのだろう。

わけても不可解なのは、自分がそこでやめようとは思わなかったことだ。

七海は同じ文言を、飽きずにチャットしつづけた。来る日も来る日も、場所を替えてはしゃがみ込み、一定の間隔を置いて何度となく打った。まるで、無人島から小瓶に詰めたSOSのメッセージを海に流しつづける漂流者のように。

誰からも応答はなかった。あるとしても、〈北区の人迷惑だからやめて〉〈北区出てけようぜー よ〉といった苦情だった。中には七海にわざわざフレンド申請をした上で、〈ここはゲームをする場所です。みんなが迷惑しているから控えてください〉とメールで説教してくるプレイヤーもいた。それでも、七海はやめなかった。

——あのときあたし、あきらかに頭おかしくなってたな。

今ではそう思うものの、夥《おびただ》しい回数のチャットがまるまるむだになったわけではない。

ある日、そのように応答する者が現れた。

しゃがみ込む七海のキャラクターの間近に、いつのまにか一体のキャラクターが佇《たたず》んでいる。

〈北区在住だけど〉

頭上に浮かぶのは、「えとろふ」の文字。

長い裾《すそ》が翻る紺色の魔導士服にウィッチハットという出で立ち、いずれもゲーム内でそうとうなレベルに達しないと入手できないアイテムである。

北区在住であたしのリアル義父を殺してくれる人募集——それはもはや、効き目がないことがわかっていながらいたずらに繰りかえす呪文《じゅもん》に近いものになっていた。自分でしつこく発信しておきながら、まともな応答などあるはずがないと思っていた。

だいたい、あとから知ったのだが、「北区」というのは日本中のあちこちにある。七海は東京都のつもりで言っているのだが、大阪市にも京都市にも神戸市にも、また札幌市にも同じ名前の区があるのだ。

それを知ってからも、チャットの文言にはあえて「東京都」と書き加えなかった。たぶん、話が現実味を帯びてしまうことを心のどこかで恐れてもいたからだ。

だから七海は、不意の応答にかえって動揺して、即座に反応することができなかった。

えとろふを名乗るそのキャラクターは、立ち去ろうともせずに返答を待っている様子だ。〈北区のどこ?〉とためしに訊いてみると、地元住民でなければとっさには挙げることができなそうな具体的な町名を出した。

あきらかに東京都北区の地名であり、かなりの近所だ。歩いていけないこともないくらい。見知らぬだれかに部屋の中を覗《のぞ》かれているような恐怖を感じた。でもなぜか、不快ではない。あたしを見つけて、と心のどこかが叫んでいる。

〈リアル義父を殺すってどういうこと?〉

ログに躍る文字を見て、いたたまれなくなった。このやりとりは、近くにいるすべてのキャラクターに区別なく「聞こえて」いる。七海はえとろふにフレンド申請をして承認してもらい、特定のフレンドとだけ通じるチャットに切り替えた。

〈それは忘れて　でもあたしも北区(゜o゜)/〉

〈北区のどこ?〉

少し迷ってから町名を告げると、〈近いね〉と返ってきた。それきり優に一分ほど、えとろふからはなんの働きかけもなかった。あいかわらずそばに佇んではいるが、それだけだ。やりとりが終了したのかと思ったそのとき、〈年はいくつ?〉という文字がログに現れた。

この独特の「間」は、その後もえとろふとチャットやメールでやりとりする際、何度も差し挟まれることになる。たぶん、なにかを考えているのだろう。注意深く。あるいはあれこれと戸惑いながら。

驚いたことに、二人はともに中学二年生になったところだった。思わず〈もしかしておな中《ちゅう》?〉と問いかける七海の胸中には、期待と不安が相なかばしていた。幸か不幸かえとろふは隣の中学だったが、それについては、〈どっちみち行ってないから〉といたってそっけない。

最初は意味がわからなかったが、どうやら不登校ということらしい。終日部屋にこもり、完全に昼夜逆転の生活をしているのだ。

「エルミヤ戦記」にログインしている時間帯を見ればわかる。午前四時でも五時でもプレイしている一方、午後二時にログインしていることはまずない。そのあたりで睡眠を取っているのだろう。

今の学級担任は野口《のぐち》という名前だが、会ったことは一度もないという。また、高校三年の姉がいて、父親は都の公務員らしい。チャットを重ねるうちにわかっていったことだ。七海が「エルミヤ戦記」にログインするのは、もはやえとろふとチャットするだけのためになっていた。

もちろん、プロフィールがすべてでっち上げである可能性もある。

ネットなど、身分はどうとでも偽ることができる。相手は、十代の女子と関わりを持ちたい中年の変質者かもしれない。あるいは、男ですらないかもしれない。「僕」と称してはいるが、それがなんの保証になっているというのか。

でも七海は、えところふが自己申請どおりの人物であると想像するのが好きだ。

オンラインゲームやソーシャルゲームのプレイヤーは普通、ゲームの進行以外のことには関心がない。中で出会っただれかと個人的にチャットを交わす間柄になったとしても、目的は共闘、あるいは知識の獲得やアイテムの交換、せいぜい同志としての励ましあいに限られる。それ以外の形でだれかと「出会い」たければ、はじめから別のSNSや掲示板を使う。

えところふは違った。七海の放つ意味不明のチャットをけむたがらず、まともに応答してくれた。しかも自分と同じ東京都北区在住で、同じ学年だという。そのことに意味がないとは思えない。それにこの、究極にはどこの誰なのかもわからないだれかは、一見そっけないが、思いのほか律儀なのだ。

七海が声をかけるときには、取り込み中のことが多い。ほかのフレンドとパーティーを組んでクエストを進行している最中だったりする。つまり、プレイヤー同士で同盟を結び、ともにボスキャラ討伐に向かったりしているのだ。

そういうときは〈10分待って〉などと待たされるのだが、手が空き次第〈終わった　なに？〉と必ずむこうから声をかけなおしてくれる。

そしてどんなとりとめのない話にも根気よくつきあってくれるし、質問したことにははぐらかさずに必ず答えてくれる。例の不思議な「間」を折々に挟みながら。

ただ、ゲーム内のみで完結するつながりは、はかなくて脆《もろ》い。どちらかがゲームに飽きてログインしなくなった時点で、関係は永遠に途絶えてしまう。

七海はそれを恐れて、チャットの中で自分のメールアドレスを伝えようとしたのだが、@以外の部分はなぜか＊＊＊＊と伏せ字になってしまう。

〈なんか悪用とかできないようにそうなってるみたいだよ〉

〈悪用って？〉

〈よくわかんない　援交とか〉

そう言いながらもえとろふは、解決法を知っていた。@さえ使わなければ、その文字列はメールアドレスとは認識されないのだ。えとろふは@のかわりに「あっと」と書いた自分のアドレスを教えてくれた。

以降えとろふとは、もっぱらメールでやりとりするようになった。

当初は、メールより便利なＬＩＮＥを使おうと誘ったのだが、えとろふはなぜか強硬に反対した。

〈ラインはいい思い出ないから　画面見るのもいやでアカウントもアプリも削除しちゃったし〉

どんないやな思いをしたのかは、なんとなく察しがついた。

七海自身、やれ既読なのにレスが遅いのなんのとささいなことに目くじらを立てるクラスメートたちのくだらなさに嫌気がさし、あからさまに距離を置くようになっていたのだ。

それがきっかけでイジメのターゲットにされなかったのは、クラスの連中がなんとなく自分のことを気味悪がっているからだろう。

陰で「ブキミちゃん」と呼ばれていることも知っている。何を考えているのかわからない、変に刺激しない方がいい生徒――そういう扱いになっているのだ。ある意味、楽な立ち位置だ。先生も含め、みんながほっておいてくれる。

だからＬＩＮＥも、今は事務的な連絡網として以外はほとんど使っていない。

反面、メールのいやな点は、届くまでに妙なタイムラグが発生したり、相手が読んでくれているのかどうかがまったくわからなかったりすることだ。

せめてショートメッセージにできないかな、と一瞬だけ思ったが、そのためにはおたがいの電話番号を知らせあう必要がある。そこまで踏み込むのは、なんとなく怖かった。

〈だったらメールでＯＫだよ♪(｀θ´)ノ〉

メールなのに、自分が絵文字ではなく、当然のように顔文字を使っていることに気づいたのは、その返信を送ってからだった。相手がえとろふであることにつられて、癖が出たのだ。チャットでは絵文字を表示させることができないので、感情表現には顔文字を使うしかない。

だったら、今後もえとろふに対してはそれで押しとおそうとその瞬間に決めた。今さら絵文字を使うのはなんとなく気恥ずかしいし、チャットの延長なのだからいいではないか。

ただ、えとろふの方はめったに顔文字を使わない。その点は、ゲーム内のチャットでも同じだった。なんとなくぶっきらぼうな感じがして、怒っているのかなと心配になるときもある。でもやりとりを重ねるうちに、そこはあまり気にしなくてもいいらしいということがわかってきた。

きっとえとろふは、ただ単に、絵文字や顔文字で感情を表現することが苦手なのだろう。そういう子はときどきいる。特に男子の中に。

不思議なのは、リアルでも会ってみようとは、今に至るまでどちらからも言いださずにいることだ。住んでいる場所などが本当なら、訪ねていくのは容易なのに。

避けているのは、これまで話してくれたことが作り話だから？　それならそれでいい。いや、もしそうなら、真相をあえて知りたくはない。それに、今のところリアルで会わずに済んでいることは、七海にとっても好都合なのだ。

会ったら、きっとなにかが本当に動きだしてしまう。

誰も受け取るはずのなかった瓶の中のＳＯＳが、本当に聞き届けられてしまう。

もちろん、それはもともと、本心から望んでいることだ。ただ、殺したいと思うことと、本当に殺そうと思うこととは別だ。

もしもえとろふにリアルで会うことがあるとすれば、アレを本当に殺してもらおうと決意したときになる気がする。そしてえとろふは、七海のためにそれを躊躇《ちゅうちょ》なく実行するだろう。魔導士服姿のえとろふが、自分の体よりはるかに大きいモンスターに果敢に跳びかかって鮮やかな魔法で沈黙させるように。

なぜか七海には、そういう確信がある。リアルでは会ったこともないのに、リアルで知っているどんな人間よりも信頼できる相手なのだ。

えとろふの攻撃を受けて、血の海でのたうちまわるアレの姿。恐ろしくもあり、甘美でもある想像――。

えとろふとの関係は、保険だ。アレを本当に殺そうと思ったときのための保険。リアルで会おうとしないのは、事態が今すぐに動きださないようにするための安全装置。

ベッドの上で、〈イテなんかあったの〉というえとろふからのメールを何度も読みかえした。わざわざ目を通すまでもない短い文なのに、何度でも読みたくなる。慈しむように、ひとつひとつの文字を目でなぞる。

そのまじないめいた効き目が少しずつ薄れてくるにしたがって、ようやく瞼の上に再び眠気が降りてくるのを感じた。

05:28 島薗元治

目覚ましがいらなくなってからどれくらい経《た》つだろうか。七十を過ぎた今でも、眠るのにも体力が必要なのだということ、そして自分にはもはやその体力すら足りていないのだということが、今ひとつ腑《ふ》に落ちない。

若い頃は、いくらでも眠れた。世間はどうしてもっと心ゆくまで自分を眠らせてくれないのだろうと毎朝のように呪《のろ》っていた。心身ともに酷使していつも疲れきっていたから、たっぷり眠るのも当然の権利だと考えていた。それでも六時半には容赦なく目覚ましが鳴り、権利を行使しきれないまま新しい一日を迎えた。

もっとも、元治《もとはる》が思い出している「若い頃」とは、せいぜい四十代くらいの時期だ。男として最も脂が乗り、やりがいを持って仕事に精を出していた頃。それ以前の、文字どおり若者だった時代のことは、今ではどこか人ごとのようで、自分が実際に経験したことだとは思えなくなっている。

まるで赤の他人が書いた自分史の、思春期から青春時代のことを書いたくだりのダイジェストだ。「私は正義感が強く、曲がったことが大嫌いな少年だった」。正義漢が強い？　本当にそうだったろうか。自分にとって都合がいいようにあとから記憶を補正してはいないだろうか。

目の悪い文房具屋の主人が釣りを間違えて多く渡してくれたときも、ついていると思って黙って着服した。貧乏な家の子がクラスでいじめられていても、自分に累が及ぶことを恐れて見て見ぬふりをした。――その程度の小さな悪なら、たぶん誰もが働いているだろう。

出発点では、みなそのようなものだ。大事なのは、過ちから何を学び、それからの人生で何を獲得していくかなのだ。人として決してしてはならないと思うことは何か。己には何ができて、何をなすべきなのか。

「あなたの親友が人を殺しました。でも殺した相手は、それまで親友にひどいことをしていたので、殺したくなったのもよくわかる。そして、親友がその人を殺したことを知っているのはあなただけです。さてあなたはどうしますか」

生徒には、よくそんな質問を投げかけた。正解はない。善悪とは何か、「正しい」とはどういうことかを考えさせる訓練のための問いだ。たいていの生徒は黙り込んで真剣に考え、おずおずと、あるいは堂々と、自分なりの答えを出す。

今どきの十代の子らは醒《さ》めている、と言われはじめたのはいつごろだったか。

元治が知るかぎり、それは見かけ上のことにすぎない。ほとんどの子は昔と変わらず純粋で、一本気で、不器用なのだ。ただ気持ちの表し方が、時代によってファッションのように移ろっていくから、大人にはうまく読み解くことができないだけで。

「そのときは親友を庇《かば》って誰にも言いません。言ったらたぶん親友は刑務所に入れられるし、ひどいことをされたから殺したのに、それじゃ不公平だから」

迷わずにそう答えた子がいた。普段はおとなしくて、あまり目立たない男子生徒だった。

「なるほど。でも〝そのときは〟言わないってことは、あとになったら言うってことなのかな」

「あとでも言いません。でも大人になったら、寄付とかして罪を償うようにその親友に言います」

どこに寄付するのかと問うと、「恵まれない子どもを助けてるみたいなところとか？」と自信なさげに答えた。

「一人の人を殺したことが、その人とはまったく関係のない恵まれない子どもたちを助けることで償われる。――おまえが言ってるのは、そういうことか？」

「わかんないけど……」

生徒は、眉をひそめてしばし考えてから続けた。

「いいことと悪いことって、足し算と引き算みたいなものかなって」

法治国家のルールにはそぐわないが、独創的な意見ではある。元治は思わず声を上げて笑った。

あの生徒も含めて、教え子たちは自分の授業をどう受けとめていたのだろう。教壇を去ってからすでに十年以上が過ぎているが、教え方が適切だったのかどうか、今でも迷うことがある。

最近でも、日本人ジャーナリストがイスラム過激派によって殺害される様子を捉《とら》えた動画を、一部の教師が授業の一環として生徒に見せたことが物議を醸した。

自分だったら、どうしただろうか。今なら言語道断のひとことで迷わず切り捨てるとしても、見当違いな理想に燃えていた若い頃なら、それが「真実」を伝えるなによりの教材なのだとでも言って、同じ道を選んではいなかったか——。

目覚めるなりまたとりとめもない物思いに耽《ふけ》っている。しかも、とうに過ぎ去った昔のことばかり。

気がつけば、すでに三十分も過ぎているではないか。起き上がってきびきびと動いていればかなりの用事を片づけることができる長さの時間なのに、ぼんやり横になっていると、どうしてそれはこんなにもあっけなく、ただいたずらに流れ去ってしまうのだろう。

蒲団《ふとん》の上に体を起こすと、思わず顔をしかめるほどの痛みが腰に走った。眠っている間に筋肉が凍りつき、無理に動かそうとしたことで大きな断裂を生じさせてしまった。いわばそんな痛みだ。

だが、筋肉が凍りつくわけがない。今は真夏だ。空調は好きになれず、就寝時にもつけないから、六時ともなれば陽もすっかり高くなり、部屋の中は早くも蒸し暑くなりかけている。足腰だけは衰えさせまいと常日ごろ心を砕いているのに。体の劣化するペースが、それを食い止めようとする努力を上まわりはじめているのだ。

「いいかげん、刃向かうのをやめたら？」

呆《あき》れたようにそう言う声が耳元に蘇《よみがえ》る。

「あなたは、〝かくあるべし〟というのが多すぎるのよ。悪いことではないけど、そのとおりにならないたびにストレスを感じてるようじゃ本末転倒じゃないの。もっとおおらかに構えていた方が、生きるのはずっと楽になるはずよ」

常々そうたしなめてくれていた文枝《ふみえ》も、今はいない。姉《あね》さん女房で、なにかと熱くなりがちな元治にとってはいい緩衝材となってくれる存在だったが、三年前に悪性リンパ腫で他界した。なぜよりによっておまえが、と元治がいきり立つかたわらで、最後まで夫の食事の心配をしていた。

典型的な「家事をしない夫」だったことは否めない。生徒たちには男女共同参画社会を説いておきながら、家では包丁を握ったことすらほとんどない。一人になってようやく、かんたんな炒めもの程度なら作れるようになった。

今でも油断するとキャベツを黒焦げにしてしまうていたらくだが、食事は朝昼晩欠かさず摂《と》るようにしている。文枝がどこからか見て心配している気がするからだ。ただ、朝食にはまだ早い。

社会科を教えながら区立の中学校を転々として、教務主任として定年退職を迎えた。その後、知人のつてで埼玉の私立高校に非常勤講師として通うようになったが、受験勉強一本槍《いっぽんやり》の校風になじめず、三年で辞めた。

以降は、地域のボランティアなどをしながらの年金生活だ。体力維持のために毎朝、朝食前に長い散歩に出るのを習慣づけてから五年になる。

寝室のカーテンと引き戸を一気に開けて、朝日にきらめく庭を眺めながら深呼吸する。湿っぽい、青くさいにおい。今日も暑い一日になるだろう。

散歩に出るのをためらう気持ちが、肚《はら》の底からじわじわとこみ上げてくる。腰も痛いし、体が鉛のように重い。今日のところは無理を控えるべきなのだろうか。心を決めかね、ひとまず新聞にじっくり目を通すことにした。

現役の教師だった頃も今も、世の中で何が起きているのかを把握しておくのは、自らの義務とわきまえている。ただ近ごろは、紙面から目を逸《そ》らしたくなることも少なくない。

戦前の国家主義に回帰していくかのようなこわばった政治のあり方。格差が広がり、二度と這《は》い上がれない底辺でうごめく人々。老いた子がさらに老いた親の介護に疲れはてたあげく殺害するかたわら、いたいけな幼子《おさなご》を虐待して死に至らしめる親もいる。

なんでも「昔はよかった」のひとことで片づける懐古趣味の老人になりたくはない。昔だって、ひどいことはきっとたくさんあった。ただ、ここ十年、二十年の間の趨勢《すうせい》に目を向けるかぎり、社会が当面いい方向に向かっているとはどうしても思えないのだ。新聞を読むたびに、その思いが募っていく。

日ごろもやもやと胸の内に抱えている違和感を言葉にすることも、元治は怠らなかった。新聞の投書欄にハガキを送ったことは数知れない。採用されたのもかなりの件数に上る。あの欄は一部のマニアによって支えられているのか、注意深く見ていると、同一人物の投書が思いのほかくりかえし掲載されている。

元治が用いる肩書きは、「元教員」。「無職」と書くことには、抵抗があるのだ。取りあげる問題は多岐にわたっている。歩行喫煙の弊害について。若者の言葉の乱れについて。ヘイトスピーチの嘆かわしさについて。「口うるさい爺さん」と思われてもかまわない。だれかが声を上げねばならないのだ。

だが、途方もない無力感と徒労感に押しつぶされそうになるときもある。ごくわずかな人間が何をどれだけ声高に叫ぼうと、誰の胸に響くこともなく一瞬で消えていくさだめなのだ。砂丘に落とした一滴の水のように。

今朝の新聞は、小中学生の間に広がるスマホ依存の問題を取り上げている。ＳＮＳとやらでの友だちとのやりとりを切りあげることができず、寝床に入ってからも何時間となくスマホをいじりつづけて、慢性的な睡眠不足に陥っている子が急増中だとか。

スマホやらタブレットやらは言葉だけ知っているものの、パソコンにさえほとんど触れたことのない身にとっては、ＳＦ小説に出てくる未来の機械と実質的に変わらない。新聞も、「デジタル版ではこんなに便利」としきりに勧めてくるが、新聞くらいは紙で読ませてくれ、と言いたくなる。

あの薄い紙の手触りとインクのにおい。あれがなければ新聞を読んでいる気がしない。

そう、「手触り」のようなものが、今の世の中からは急速に薄まりはじめている。人と人とのつながりもそうだ。たとえば、インターネットで始終だれかとつながっていないと安心できないくせに、目の前にいる家族や友だちとは目を合わせようともしない若者たち。

彼らになにかを訴えかけるには、どうすればいいのだろうか。

電車の中で、イヤフォンから周囲に音が漏れるほどボリュームを上げて音楽を聴く。あるいは、歩きながら携帯をいじって通行人に肩をぶつける。

そういう若者を見かければ、能《あた》うかぎり声をかけて注意するよう心がけてきた。決して頭ごなしに叱るのではなく、理知的に諭すような口調で。だが、最近ではそれも控えることが多くなった。

「うるせえなクソジジイ！」

そんな風に言いかえされるのならまだいい。気持ちが挫《くじ》けそうになるのは、彼らがなんの反応も返さないときなのだ。

ほとんどはこちらを見ようともせず、ただ黙って立ち去ってしまう。言われたとおりに行ないを正す者もいるが、ひとことの弁明もない。たった今、声をかけてきたのが、生身の人間なのだということを認識すらできていないかのように。

エレベーターの中でも、不愉快な思いをすることがある。たまたま操作盤の前に立っていると、乗りあわせた人間が、だいぶ遠くから黙って手だけを伸ばし、かなり無理をしながら人の体の前に滑り込ませてボタンを押すのだ。

「すみませんが、六階を押していただけませんか」

ひとことそう頼めば済むことではないか。昔だったらみんなが自然にしていたことだ。操作盤の前に立っているのは、言葉の通じない人形だとでも思っているのか。

「知らない人に負担をかけちゃ悪いと思ってるのよ」

エレベーターを降りてから不平を漏らしていたら、文枝にたしなめられたことがある。

「負担？　たかがボタンひとつ押すだけのことじゃないか」

「でもあなたはどう見てもエレベーターガールじゃないし、人の行きたい階のボタンを押してあげる義理も本来はないでしょ。あなたはそうじゃないだろうけど、見ず知らずの人にそんなことを頼まれて内心舌打ちする人もいるかもしれない。最近の人は極力、そういう衝突を避けようとしてるだけなの。――一方的に決めつけるだけじゃなくて、少しは察してあげたら？」

文枝の言っていることはわからないでもない。注意した人間が黙って立ち去るのも、衝突を回避しているのだと考えれば筋が通る。

そういえば最近の若者は、こちらの親切などを断ろうとするとき、「けっこうです」とは言わず、「大丈夫です」と言う。最初はとっさに意味がわからなくて、「つまりどっち？　いるの、いらないの？」と問いかえしてしまった。

「そういうときは、〝いいえ、けっこうです〟と言うんだよ。そう教わらなかった？」

思わず軽く諭すと、相手はこう答えた。

「ああ、その言い方は知ってるんですけど、〝けっこうです〟ってなんかきつい感じがするじゃないですか、はねのけてるみたいで」

そういうものだろうか――。

若い連中の、一見人を無視しているように見えるふるまいの数々も、そういう一種のやさしさや、軋轢《あつれき》を恐れる思いから出ているものなのだと解釈すれば、憤りも少しは鎮まる。なにかにつけ闘争的で喧嘩《けんか》っ早いのよりはずっとましではないか。

ただ問題は、そうしていろいろなものをあいまいにぼかすような態度が、若者だけではなく、もっと上の世代にまでじわじわと浸透しつつあるように見えることなのだ。エレベーターで手を伸ばしてきたくだんの男だって、五十代には達していた。

ひょっとして、この十年、二十年の間に、人類という種そのものが、それまでとは根本的に異なる別のなにかに変化しつつあるのではないだろうか。世界はいつのまにか、自分の知っていたものとは別のなにかに変わってしまっていた。——そう考えながら人生を終えていくなんて、さびしすぎる。

それに——と元治は、亡き妻に語りかけるつもりで考える。それに、衝突のまったく起こらない世界なんて、あまりに味気なくないか？　ときには本音でぶつかりあってこそ、人と人とはおたがいを理解しあえるのだ。おまえと俺だってずいぶん喧嘩をして、そのおかげでわかりあえたんじゃないか。

元治は新聞に目を落としたまま、いつしか記事の内容を追うことをやめていた。そして心は、よりなじみ深い手触りを求めて、二十年、三十年前の過去へと遡《さかのぼ》っていった。

06:45

永渕亨

這うようにして体の向きを変え、手探りでパソコンのスリープを解除させる。薄闇の中、幻のように青白い画面が浮かび上がる。上端に表示された時刻に目をやり、つかのまの安堵《あんど》に浸る。

――大丈夫、あと一時間と少しはここにいられる。千九百八十円という料金とひきかえに手に入れた、存在を許される正当な権利だ。

テレビにもなるパソコンと、それを設置したラックしかない二畳ばかりの空間。床にはフラットシートが敷いてあるが、ラックの前に据えた座椅子が邪魔になって、体をエビのように折り曲げなければ横たわることもできない。

それでも、人目を憚《はばか》らずに睡眠を取ることはできる。冷房は効きすぎているほどで、肉の薄い肩口から腕にかけて、冷えきった芯《しん》の部分に鈍い痛みがある。

しかし、亨《とおる》の浅い眠りを破ったのはそれではない。

胃の痛みは、目が覚める前からおぼろげに意識していた。ああ、またあれが来たと思い、できるだけそこから意識を逸らそうと努めていた。そのむなしい努力が挫けただけの話だ。

厳密にいえば、それは痛みとは違う。胃の内壁が内側からえぐられるような感覚。そうでなければ、ぺしゃんこになった胃の内壁と内壁がこすりあわされるような――。

夕方、まだ明るい時分に、スーパーで賞味期限ぎりぎりのクリームパンを七十九円の安売りで買って食べた。それが昨日摂った食事のすべてだ。以来、フリードリンクのコーラを除けば、カロリーのあるものをいっさい口にしていない。

空腹感というものは、どういうわけか、睡眠中にかぎって容赦なく襲ってくる。

それとも原因は、どこかのブースから漂ってくるこのカレーライスのにおいか。いつなんどきでも、食べたいというあさましい本能を直撃するこの暴力的なにおい。

こんな早朝にカレーをかき込んでいるなんて、いったいどういう生活サイクルなのだろう。

なんにしても、そいつには一定以上の収入があるということだ。ここのフードメニューで、五百円、六百円台のカレー系は高額な方に属する。ミニ丼のシリーズならそのほぼ半額で買えるが、今の状況ではそれにすらおいそれと手は出せない。

この状況を逆転できるかどうか。運命が決まるのは今日だ。今日の午後一時半、すべてが決まる。しくじったら、野宿生活への転落はまずもって確定、へたをすればそのまま餓え死にするだけだ。

亨は生唾を飲み込み、体を丸めて、慣れ親しんだ自分の体臭の中に閉じこもる。

ネットカフェ難民など、人ごとだと思っていた。まさか自分が、それも三十歳を過ぎてからそんな立場になるとは。

最初はゆるやかに見えた転落のカーブが、途中から一気に加速して、今は底の見えない奈落へ向けてほぼ垂直に下降しているのがわかる。使う金はどんどん減らし、極限まで切りつめているはずなのに、金の減り方が刻一刻と激しくなっていくように感じられるのはなぜなのか。

いったいいつこれが始まったのだろう。引きかえせるポイントが、どこかになかったものか――。


「正社員になりたいって言ってたよな。今、俺が本部に推薦すればなれるみたいなんだけど、なってみるか。――俺の代わりにってことだけど」


ある日突然、店長にそう持ちかけられたのは、二十六歳になる年のことだった。

大学を中退し、生計を立てるためにアルバイトしていた大手チェーンの牛丼屋。店長は十ばかり歳上の、きまじめで無口な男だった。折りあいは悪くなかったから、見込んだ上で口利きしてくれるのだろう。そう解釈して、単純に喜んでいた。


「ほんとですか。ぜひお願いします」


店長は一瞬、無言で亨の顔を見つめてから、「わかった」とうなずいた。

もっと注意を払うべきだったと思う。あとになってみれば、それが痛いほどよくわかる。その頃の店長が、もともと少なかった口数をさらに減らし、いつも暗く沈んだ顔つきをしていたこと。やるべきことはすべて黙々とこなすが、動きにどこかロボットめいた部分があったこと。

それより何より、「俺の代わりに」正社員になれという言葉。あれには、なにか重要な含みがあったにちがいない。

――本当に俺みたいになってもいいのか？　いやなら拒否してもいいんだぞ。

あのときの店長は、きっとそういう謎かけをしてくれていたのだろう。疲労が限界まで蓄積され、人間としてのモラルも麻痺していく中で、最後に残った良心のかけらを一瞬だけちらつかせていたのだ。しかし亨は、それを見抜くことができなかった。

店長はひっそりと退職していき、どこからか別の店長がやってきたが、ほどなく亨自身が本部に呼ばれた。

「じゃあ、店長候補での採用ってことで」

本部の社員にそう告げられたときは、飛び上がるほど嬉しかった。そして事実、半年も経たないうちに、亨には店長の肩書きがついた。

地獄が始まったのはそれからだ。

なんの指導もないままに、従業員の勤務シフトを組む仕事を任され、シフトが埋まらないときは自分が入る以外に選択肢がない。残業は月百時間を優に超え、休日も月に四日取れればいい方。事務室で二時間仮眠を取っただけですぐに次のシフトに入り、そのまま十五時間働きつづけなければならないようなこともある。そのくせ管理職扱いで、残業代は一銭も出ない。

自由になる時間がほとんどない毎日の中で、身も心もすり減っていくのをどこか人ごとのようにぼんやりと感じていた。自分の表情や立ち居ふるまいが、いつしかあの辞めていった店長とそっくりになっていることも。

「辞めさせてほしいんですが……」

耐えかねて本部に申し出ると、耳を疑うようなことを言われた。

「あなたが辞めたあとを誰がどうやって埋めるの。社員を募集する広告だって無料じゃないんだよ。代わりの人間をだれか連れてくるといううんじゃなきゃ、退職は認められないな」

そのときになってようやく、すべてのからくりが頭に入ってきた。――俺は、あの店長が生き地獄を抜け出すために、人身御供として差し出された人間だったのだ。

それを知っても、前の店長を恨む気持ちにはなれなかった。

こんな追いつめられ方をすれば、誰だってわが身を守るので精一杯になるだろう。生きるか死ぬかの戦場と変わらない。そしてその戦場に晒《さら》される年月が長くなればなるほど、モラルは低下していくのだ。生きのびていくのに必須のものではないから。

ただ亨は、幸か不幸か、前任者よりは早く、本気で脱出する決意を固めることができていた。だから、あらたな犠牲の山羊《やぎ》を部下の中から選び出すことはしなかった。かわりに完全な職場放棄をもって、本部の理不尽な処遇に応えた。

二週間にわたって無断欠勤を続け、電話にもいっさい応じなかったことは、当人の非による解雇の十分な理由になる。おかげで亨は犠牲者を出すことなく自由の身になることができたが、そのつけは小さいものではなかった。

前職が懲戒解雇で終わったことがネックとなり、次の職はなかなか見つからなかった。ようやく手に入れたのが、製造業の現場への派遣社員の口だ。寮に住み込みという条件なのが少し引っかかったものの、ある意味では渡りに船だった。アパートの家賃も滞納が続き、追い出される寸前だったからだ。

――そうだ、あのときだ、あと戻りできなくなったのは。

今になって、苦い思いがこみ上げてくる。定住できる場所を、手放すべきではなかった。大家の目の前で土下座してでも、アパートに住まわせてもらいつづけなければいけなかったのだ。

空気清浄機の組み立て、シャンプーのボトルへのキャップづけ、自動車の部品の目視検品……。やらされることは似たり寄ったりだが、現場はせいぜい数ヶ月のスパンで転々と移りかわっていく。そのたびに寮も変わるので、そこに住んでいるという感じがしない。近いのは、部品のひとつとして仮に格納されているという感覚だ。

それでも家賃が浮くのはありがたく、せめてつましく貯金をしようとした。だが実際には、貯まるだけの金は受け取れない。当初聞かされていたほど多くの仕事は、どこにもないのだ。あげくなけなしの月給から、寮の部屋に備えつけの寝具や冷蔵庫などの使用料まで差し引かれ、手もとに残るのは十万円にも満たない。

そうして関東から東海地方にかけて転々と現場を渡り歩く暮らしが三年ばかり続いたところで、予告もなく派遣元から解雇された。人員整理によるものだ。

最後にいた寮が国分寺《こくぶんじ》市だったので、そのままそこに居ついた。ただし、定住先などありはしない。敷金や礼金を賄《まかな》えるだけの貯えさえないので、さしあたってネットカフェに泊まるしかなかった。

——それが、今に至るまで続いている。もうかれこれ三ヶ月ほどになるだろうか。

「悪いこと言わないからさ、実家を頼った方がいいよ。頼れる実家があるなら」

解雇されたとき、ともに首を刎《は》ねられたもとの寮仲間からは、そう忠告された。もう四十代もなかばの、見た目はさらに十も歳を重ねているように見える白髪の多い男だった。

「俺の家族なんかはもともと一家離散状態でね、〝実家〟っていったいどこだよって話なんだけどさ。おまえのとこはそうじゃないんだろ？」

「まあ一応、家はちゃんとあって、両親と弟が住んではいるけど……。でも食っていくのでかつかつで、三十過ぎた俺が転がり込める余地なんてありませんよ」

「そうだとしてもさ、食うや食わずで弱りきって戻ってきた息子を門前払いする親なんかいないって。ずっと厄介になるっていうんじゃないんだ。暮らしを立てなおすまでの間だけでも、甘えていいと俺は思うけどどね」

暮らしを立てなおす？　いったいどうやって？　これまでだって、どうにかして立てなおそうとしてきたのだ。その結果こそが今の境涯なのではないのか。そんなことは、あんたみたいな経歴の人間には骨身に沁《し》みてわかっているはずではないのか――。

言うだけむなしいと思って、反論はしなかった。寮仲間は、黙って亨の肩を叩くなり、いずこへともなく消えていった。

その男にあえて言わなかったことは、もうひとつある。青森に実家があるにはあるが、父親とはほぼ絶縁状態になっているのだ。

「なんのために爪に火を灯《とも》すようにして学費を絞り出してきたと思ってるんだ。だったらこれまでに出してやった分、耳を揃えて全額返せ」

上京して大学に通ってはみたものの、講義はくだらないし、それがなにかの役に立つとも思えなかった。中退すると報告したら、頭ごなしにそう言われたのだ。ついカッとなってあれこれと言いかえしているうちに、父親は親子の縁を切るとまで言いだした。

そんな親を親とは金輪際思えない。そう言い捨てて郷里をあとにしてから、すでに十数年が過ぎている。

あとから思えば、父親の言い分ももっともなのだ。現金収入の乏しい零細の農家にとって、東京の私大の学費を捻出するのは並大抵のことではなかったはずだ。縁を切る云々《うんぬん》も、売り言葉に買い言葉だったのだろう。

それだけに、しばらく身を寄せさせてほしいとは今さらとても切りだせない。父親がそうさせてくれる保証もない中で、今や法外なものに思える旅費を工面するのも抵抗がある。青森までは、電車なら鈍行でも片道一万四千円、格安の深夜バスでさえ五千円前後はかかるのだ。

ネカフェで寝起きする生活は、それを思えば必然だった。そしてこんな暮らしを終わらせられるかどうかが、今日の自分の話術にかかっているのだ。

あれこれ考えているうちに完全に目が冴えてしまった亨は、あきらめてラックに据えつけてあるライトのスイッチを入れ、冷たい光のもとで居住まいをただした。そして、何組かの着替えをはじめとする全財産を詰め込んであるバックパックから、よれよれのノートを取り出した。

ノートには、友人知人たちの電話番号が何十行にもわたって手書きで書きとめてある。その最終行に、「矢内優花《やないゆうか》」の名がある。

優花――。

かわいい女だった。出会ったときはまだ大学生で、牛丼屋に短い間だけアルバイトとして勤務していた。店長としてあれこれ指導しながらいつのまにか深い仲になり、それは優花がアルバイトを辞めてからもしばらくは続いた。

「私は亨のこと信じてるから、私のことも信じてね。気になるなら、携帯の中もいつでも見てもらっていいよ」

そう言って、いつも携帯をそこらに無造作に放置していた。もしかしたら単にずぼらだっただけなのかもしれないが、最初から疑ってなどいなかったから、わざわざ見るまでもなかった。

やがて、忙しすぎる毎日の中で、二人は次第にすれ違うようになった。去っていったのは彼女の方からだだが、気まずい別れ方ではなかった。

「今でも好きだけど、このままじゃさびしすぎて、これ以上つきあっていける自信がないの。ごめんね」

涙で濡れた顔をくしゃくしゃにしていた最後の姿を、今でも鮮明に覚えている。

あれから四年ほどが過ぎているが、昨夜電話したときには、決して冷淡な反応ではなかった。声の調子が柔らかくて友好的であることに、ずいぶんほっとさせられた。何日もためらったあげく、プライドと闘いながら、心臓が喉から飛び出しそうになるのを必死で押さえてかけた電話だったからだ。

「びっくりした。どうしたの？　〝公衆電話〟って出てるから誰かと思っちゃった。元気にしてるの？　――でも、あのね、悪いんだけど今、人と一緒だから長く話せないんだ。今日中はちょっと無理かも。明日なら大丈夫だけど」

携帯はすでに持っていないので、こちらからかける以外にない。事態は一刻を争うので、翌日の昼休みにかけなおす約束を取りつけた。

職場は外資系で、昼休みは午後一時から一時間だという。そういえば、大学卒業後、損害保険の会社に就職したと風の噂に聞いている。

「一時半くらいがちょうどいいかな。たぶん、どこか会社の近くのお店にいると思うけど、ちょうど食べおわるくらいのタイミングなので」

――大丈夫、きっとうまくいく。うまくいく気がする。

つきあっていた頃と少しも変わらない、優花の声の親しげなトーンを思い出しながら、一人で何度も深くうなずいた。

ただ、昨夜電話したときは、今から思えばあまりに無防備だった気がする。何をどう話すかを事前にちゃんと考えず、やみくもに本題に切り込もうとしていた。優花の側の都合が悪くて話せなかったのは、かえってさいわいだったのだ。

できれば会って話したいが、いきなり会いたいなどと言ったら警戒されてしまうかもしれない。今は新しい彼氏がいて、昨夜一緒にいた人というのがそれである可能性もある。だったらまずはどう切りだし、どういう方向に話を持っていけばいいか、台本のようなものが必要だ――。

亨はノートの新しいページを開き、屈《かが》み込むようにしながら、汚い字を書きつけはじめた。

07:08

設楽伸之

午前七時にセットした目覚まし時計が鳴れば、いつもなら一瞬でベッドを抜け出し、一日の活動を始めることができる。

寝起きのよさは子どもの頃からの自慢で、それは四十を過ぎた今も変わらない。今日にかぎって五分ごとのスヌーズを一回許してしまったのは、明け方に三階から響きつづけていた息子のたえまない咳《せき》の音に眠りを寸断されたせいだろう。

幾度か、隣に寝ている芽衣子《めいこ》が出ていく気配も夢うつつに感じていた。様子を見に階段を上り下りしていたのだろう。さすが母親だ。夜中であろうと明け方であろうと、その音が聞こえさえすればたちどころに目が覚めるらしい。

もっとも、咳《せ》き込む声というのは、思いのほか野太く響くものだ。あの、なにかを叩いているかのような振動を伴う低い響き。その振動それ自体が、床や壁を経由して、二階で寝ている夫婦のところにまで伝わってくる。

その強さは、年齢や性別によってもそれほど差が出るものではない。知らなければ、胸を悪くしている老人が上階にいるのだと思い込んでしまうかもしれない。ふだんものを言うときはあんなにかぼそい声で、男の子としてどうなのかと心配になるほどなのに。

将平《しょうへい》が小児ぜんそくと診断されたのは三歳のときだ。以来ずっと治療は受けつづけているが、症状はよくなったり悪くなったりと安定しない。ここしばらく、明け方の咳はだいぶ治まっていたようだが、見たところまたぶりかえしている。

せめて二度目のスヌーズ機能が働く前にとベッドに身を起こし、瞼をこすっていると、芽衣子が寝室に戻ってきた。ひと足先に起きて将平のところに行っていたらしい。

「まただいぶひどく咳き込んでたみたいだな」

「うん……」

芽衣子は浮かない顔でうなずき、パジャマがわりのTシャツを脱いで服に着替えはじめた。上の部屋では、途切れがちではあるがまだ咳の音が続いている。

「ここのところ落ち着いてたんだけど……。この分だと今日は学校も休ませた方がよさそう。病院の予約が取れるようなら、あとでちょっと連れていって相談してみる」

「腕のいい先生なんだよな」

「今まででいちばんだと思うよ。説明もわかりやすいし。ただ、ぜんそくってほんとに根治が難しくて、ちょっとしたことですぐに悪化したりするみたいだから」

今かかっているのは、ママ友から勧められたという武蔵小金井《むさしこがねい》にある呼吸器内科のクリニックで、小児ぜんそくの治療については定評があるという話だった。いつもどおり、バスで国分寺駅まで行ってJRで向かうのだろう。将平の喉については芽衣子の方がよほどよくわかっている。任せておいて心配ないはずだ。

「悪いな、いつも任せきりで。店の方は休んでも平気なのか？」

「もちろん一応電話するけど、いいよって言うにきまってるから」

芽衣子は、少し気が抜けたように短く笑った。

週に四回、将平を学校に送り出してから調布に向かい、友人のフラワーショップを手伝っているのだ。一度だけ覗きに行ったことがあるが、たしかにありふれた小さな花屋であり、店番は一人いれば十分な規模だった。芽衣子を雇い入れているのもなかばは好意なのだろう。

「家でただじっとしてるのは、たぶん私には耐えられないと思う」

もともとそう明言していた女だ。事実、結婚してからも、将平を産む直前までは、食品流通の会社に勤めつづけていた。

そうこうするうちに、伸之《のぶゆき》は勤めていた広告代理店を辞め、父親の工務店を継がざるをえなくなった。若いうちはなんとなく反発して違う畑に進んだものの、病床で老いさらばえた晩年の父親を見ていてつい情にほだされたのが運の尽きだ。

伸之の決意を聞いて、父親は満ち足りた顔で逝った。

「だったらちょうどいいじゃない。将ちゃんを育てるのが一段落したら、私も入社させてよ。仕事、手伝いたいし、自宅と職場が一緒なら融通もききそうだし」

妻のその申し出は、考えたあげく断った。前の会社で経理の実務もかじっている芽衣子が頼もしいスタッフになることはわかっているが、伸之にはむしろ、職住が分離されていないという点が最大のネックなのだ。

同じ建物の一階が工務店で、設楽《したら》家の住居は二階と三階部分である。勤務中も仕事が終わってからも芽衣子と顔を合わせていては、公私の境目がまったくなくなってしまうではないか。

「家にずっといてくれとは言わない。どこか別のところでなら働くこと自体はかまわないから」

そうは言ったものの、将平の胸がひゅうひゅうと鳴りはじめたのもちょうど同じ頃のことだ。小学校入学後、芽衣子が日中少しは自由に動けるようになってからも、学校を休みがちな子どもを抱えてフルタイムの仕事は難しかった。気安い間柄の友人の店の手伝いというのは、うってつけだった。

だが問題の核心は、本当に公私のけじめだったのだろうか――。

今になって、ときどき疑わしくなる。俺は本当は、自分のぶざまな姿を芽衣子に見せるのがいやだっただけなのではないだろうか。

大工の棟梁《とうりょう》から叩き上げで会社を興した父親と自分とは違う。器でもないのに社長の椅子に座らされ、年季の入った社員たちからあけすけに軽んじられては、叱りかえして威厳を見せることもできずに首をすくめている。

そんな姿を妻に見られたくない――なにより強かったのは、その思いだったのではあるまいか。

事実、伸之は、古参の社員たちを御することができなかった。父親のことは慕っていた面々だが、その息子だというだけではまったく不足だったのだ。彼らが一人、二人と辞めていくのを、黙って見送るよりほかになかった。

「あんたが工事のコの字も知らねえのはしょうがねえよ。今まではまったく違う世界にいたんだから。そんなのは、一から覚えていきゃ済む話だ」

最後の一人、伸之より十も上の男が、去り際になって見かねたように苦言を呈した。

「だけど、みんながあんたの言うことをきかねえのはそのせいじゃねえ。あんたが社長としてきっぱりものを言わねえのがいけねえんだ」

いつもおどおどと自信なさげで、ちょっとでも反論されると「だったらそうします」とすぐに前言を撤回してしまう。そんな人間についていこうと誰が思うだろうか。

「そんなことじゃ、あんたこの先もずっと苦労するぜ」

その社員の言っていることはいちいちもっともで、返す言葉もなかった。

ただ、彼らが自ら去っていってくれたことは、ある意味ではありがたかった。もともと、何人もの社員を雇っていられるほど経営状態はよくなかったのだ。足りない分は借金で補っていたらしい。

伸之なりに知恵を絞り、どうにか会社をつぶさずに細々とでも借金を返済していける道を模索した。

長く勤めている横塚《よこつか》という電話番兼事務の女性はそのまま据え置くとして、ほかに常勤の社員として雇えるのは一人が限界だろう。営業は当面、伸之自身がせざるをえないが、現場にも極力同行して、少しずつ仕事を覚えていけばいい。二人でもこなせる注文を中心に取ってくるようにして、賄えないときは短期間でも個人請負などの形で手伝ってくれる人材に声をかける。

確信もないまま定めた形態だったが、一年も過ぎる頃には軌道に乗り、今はなんとか返済に回す分も含めて儲《もう》けを出せている。社長と呼ぶにはつましい暮らしだが、ズブの素人からスタートしたにしては上出来ではないか。

そのかわり、仕事は選べなくなった。家を一軒まるまる建てることなどほとんどなく、大半は一日二日で終わってしまう下請け孫請けの細かい仕事ばかりだ。あちこちに頭を下げ、もらい受けてきたしずくをかき集めて、どうにか経営が成り立っているのが実情である。

壁紙の張り替えなどのリフォームもやれば、販売店と特約してＩＨヒーターの取りつけだけを請け負うこともある。ときには解体屋に近い仕事にまで手を染める。

このザマを見て、天国の親父はなさけなさに涙するだろうか。それとも、不器用ながらも悪戦苦闘して店の看板を下ろさずにいることを、少しはねぎらってくれるだろうか――。


「つらそうだな……」

いつもならもう登校しているくらいの時間になってようやく食卓についた息子に、伸之は遠慮がちに声をかけた。眉をひそめて咳き込んでいる将平はなんとなく大人の男のようで、気安くするのも憚られてしまう。

「シューはしたのか」

シューというのは、ステロイド剤を喉に吹きつけるエアゾール式吸入器のことだ。将平は黙ってうなずき、少ししてから「さっき、六時ごろ」と言い添えた。

「だから夕方の六時ごろまではもう使えない」

エアゾール剤は即効性があり、たいていは発作が治まるようだが、心臓に負担をかけるので、一度使用したら最低十二時間は間を空けなければならないという。それ以外は、スチームを吸い込むネブライザーなどでしのぐしかない。

なにか慰めの言葉をかけてやりたいのに、とっさに思いつかず、「そうか」としか言えない。

今のところ、この症状が原因でイジメに遭ったりしている気配がないことが、救いといえば救いだ。

芽衣子のママ友の話では、将平の通う小学校でも、高学年の子たちの間を中心に、「アメフト」と呼ばれるイジメが横行しているという。ターゲットにされた子のランドセルを数人がかりで奪い、ボールのようにパスしあうのだとか。

まだたわいもないいたずらの延長に思えなくもないが、中学に上がれば、もっと陰湿なイジメが待ち受けているかもしれない。それをはねのけられるくらいの強さは持った子に育ってくれればいいのだが――。

息子が小学生くらいになったら、車で遠くに連れ出して、二人でバス釣りやキャンプをする――それが若い頃からの夢だった。そういう情景をイメージして作られた4WDのCMなどを観て、単純に憧れていた。日暮れになれば焚火《たきび》を前にして、「男とは」あるいは「人生とは」などと息子に自分の哲学を語るのだ。

現実は違う。こんなひよわな息子とは、公園でのキャッチボールさえおぼつかない。いやそれ以前に、4WDなど持っていないし、自分でバス釣りをした経験すらないではないか。

そもそも自分がそういう父親らしい父親ではないことはよくわかっている。たとえ将平が非の打ちどころのない健康体で、休日ともなれば朝早くから外を駆けまわっているような子であったとしても、４ＷＤでバス釣りに連れていくことなどとてもかなわなかっただろう。

仮に形ばかりまねてみたところで、父として語るべきどんな哲学があるというのか。こんなに優柔不断で、毅然としたところが絶望的に欠けている男に――。

「吐きそう」

黙って食パンを口の中に押し込んでいた将平が、不意にそう言った。咳き込みすぎたのだろうか。慌てて手を伸ばして背中をさすろうとしたが、よく見ると顔が笑っている。

「あれ食べたら絶対吐く」

「うわー、ほんと。あんなの誰が注文するんだろ」

合いの手を入れた芽衣子の視線は、将平とともにテレビに向けられている。朝のワイドショーだ。

画面には、ワラジ大もあろうかというトンカツが溢《あふ》れんばかりに盛りつけられた巨大な丼が映し出され、「特盛メガカツ丼」の文字が躍っている。将平はそれを見ながら、いがらっぽい声で無邪気に笑っているのだ。

なんだか気が抜けてしまう。こっちが案じているより、本人はたくましく毎日を生きているのかもしれない。

「じゃ、病院の方、よろしくな」

そう言いおいて、八時十分ごろ、伸之は一階の事務所に出勤した。

始業は八時五十分だが、出勤が楽な分、なるべく早めに席に着くようにしている。電話番の横塚も最小限の事務はやってくれるが、経理がわかっているわけではない。ほかにやる者もなく伸之が受け持っているデスクワークは、少なくない。

設楽工務店は駅からもそう遠くない広い通りに面していて、斜向《はすむ》かいにはしゃれた名前の大きな公共施設がある。市民会館と市立図書館とが融合したものだ。

立地は決して悪くないのだが、下請けとして小さな施工の仕事をあちこちから委託される現在の営業形態からすれば、それも必ずしもメリットにはなっていない。言われるままにただ、ある日は羽村《はむら》まで、また別の日には新丸子《しんまるこ》、はたまた国府台《こうのだい》と、東京都内と近郊の街を縦横に駆けめぐるだけなのだ。

無人のオフィスで問い合わせメールへの返信などをしていると、八時半すぎになって横塚が出勤してきた。

「おはようございます、社長。今日は暑くなりそうですねえ」

五十代もなかばのこの女性は、伸之が高校生くらいの頃から、まるで主のように事務所に居ついている。

工務店を継ぐことになって再会したときには、かなり驚かされた。——年齢分だけ老け、いくぶんふくよかになってはいるものの、記憶に残っているあの女性とあきらかに同一人物ではないか。身に着けている地味な青い事務服まで同じだ。

当時で三十歳くらいだったのだろうか。とりたてて美人ではないものの、いつも身ぎれいにしていた印象はある。それは今も変わらないのだが、なぜか、結婚はついにしなかったようだ。それもあって、母親は父親がこの女性と不倫していると疑ってかかり、それが離婚の原因のひとつにもなったと聞いている。

離婚に関しては、すでに伸之自身が成人するかしないかという時期の話であり、本人たちの好きにすればいいと冷めた目で眺めていた。横塚と父親との間に実際に不倫関係があったのかどうかはわからないが、相手が面識のある人間だけに、生々しすぎて想像するのも厭《いと》わしかった。

今こうして見ると、横塚はほがらかではあっても色気には乏しい、いかにも冴えないおばさんにしか見えない。父との間になにかがあったというのは、ちょっと信じがたい。第一、もしも本当にそうだったとしたら、父の離婚後も平然と毎朝事務所に出てくることができただろうか。

どのみち、父の女癖が悪かったことは否定できない。横塚とは何もなくても、よそであれこれと悪さをしていたのはまちがいないだろう。だから母も、あいそを尽かしたのだ。

「ええと、本日の現場は、昨日の続きで十条《じゆうじよう》でしたっけ」

更衣室で青い制服に着替えてきた横塚が、デスクまでお茶を運んできた。

伸之の勤めていた広告代理店では、女子社員の制服も、男子社員に対するお茶くみの習慣も全面的に廃止されていた。それに倣《なら》ってくれてかまわないと横塚にも最初に言ったのだが、流儀を変えない方が本人には居心地がいいらしい。

「そうです。十条というか、王子《おうじ》のあたり。順調に進めば、夕方には作業を終えていったんこっちに戻ってこられるかな」

その矢先に、入口のガラスドアを開けて男が入ってきた。若い男、少なくとも四十三歳の伸之から見れば十分に若いといえる男だ。施工部門におけるただ一人の常勤の社員、富士本《ふじもと》である。始業ぎりぎりの時間。視線をだれかと合わせるのを恐れるようにうつむいたままの姿勢。「おはようございます」と言っているのが類推できるのは、朝だからだ。実際にはその声は、「うぃーす」と聞こえる低い響きにすぎない。

おなじみの光景だが、顔色の方はいつも以上に青白くくすんでいる。

いやな予感がした。――今日、この男は終業時までもつだろうか。

07:22

山添択

人類というのは、本来は夜行性なのにちがいない。だれかたまたま昼は眠くならない奴がいて、そいつの声がたまたま大きかっただけなのだ。声が大きいからみんなそいつの言うことに耳を傾けざるをえなくなって、「夜は寝るものだ」というのがいつしか当然のルールみたいに定着してしまっただけなのだ。

そうでなければ、どうして誰もが朝、眠気を訴えるのか。そして、親の言うことも学校の言うことも聞かず好きに暮らそうと決めた自分が、結果としてどうして夜どおし起きていて日中に眠るようになったのか。

声が大きい奴は、どこでも幅を利かせている。そいつはただ、ものごとをこうだと決めつけ、あたり憚らず大声で堂々とそれを口にすることによって、力ずくでみんなをねじ伏せ、黙らせてしまうのだ。そうして、まるでそいつの言っていることが正しいかのようにみんなに思い込ませてしまう。

世の中を動かし、ルールを決めているのは、正しさでも頭のよさでもない。まして腕力でもない。声の大きさなのだ。

自分のような声の小さい人間、声の出し方さえよくわからない人間は、そこでは生きていけない。ただ笑われ、蔑《さげす》まれ、存在を否定されるだけだ。

一度そういう烙印《らくいん》が捺された人間を、あいつらは決して容赦しない。ホウキで掃き寄せるようにして、必ず隅っこまで追いやる。それでいて、決して外に掃き出したりはしない。蔑むべき存在として、視界の端に常に留めておく。そうすることで、自分たちが優位であることをたしかめつづける。それがあいつらのやり方だ。

そうされたくなければ、逃げるしかない。あいつらの視界から。あいつらの支配が及ぶ領域から。逃げて逃げて、隠れ家の中にじっと閉じこもる。どんなに狭くても、息苦しくても、あいつらには決して踏み込んでこられない小さな聖域に——。

そんな風に隠れ住む暮らしを始めてから、そろそろ一年になる。

半年を過ぎる頃には、父親も母親も本気でここから自分を引きずり出そうとはしなくなった。

その間に昼夜は完全に逆転し、今では陽の光をまともに見ることも稀だ。

見なくなったのは日光だけじゃない。同じ家に住んでいながら、家族の顔さえめったに目にすることがない。それが視界に入るのは、うっかり鉢合わせしてしまったときだけだ。

「択《たく》、いいかげん起きなさい。遅刻しちゃうでしょ」

ドア越しに母親のその声を最後に聞いたのはいつだったか。

うっとうしいと思っていた。なぜ毎朝毎朝、わかりきったことをわざわざ口にするのかと。でもそれがなくなると、途方もなく不安になる。

ほっておかれるようになってせいせいしたと思っていられたのは最初の三日くらいで、以降はかえって針の筵《むしろ》になった。

中学生が、ずっと学校に行かずにいていいわけがない。まだ十四歳の誕生日も迎えていない自分にだってわかる。それでいて、両親は咎《とが》めもしなければ諭すこともない。そのこと自体が、逆に全身を針でずぶずぶと刺すような責め苦となって襲いかかってくるのだ。

「なんで択にばっかりあんな好きほうだいにさせてるの？　択になんの権利があるっていうの」

姉のみのりが母親に抗議しているのを、聞くつもりもないのに耳に入れてしまったことがある。トイレから出てきて二階に上ろうとしていたときのことだ。

「学校に行かないなら行かないでいいよ。それで最後に困るのは結局本人なんだから。でもだったらせめて、朝はちゃんと起きさせて、それでお風呂やトイレの掃除くらいさせたら？　ただ夜どおしゲームやって昼間は寝てるだけで、やるべきことをなんにもやってないじゃん」

大学受験を控えてただでさえ神経が張りつめているのに、勉強を終えて寝ようとしても、午前二時だろうが三時だろうが隣の部屋でごそごそと起きている気配が伝わってきて、安眠もできない。この家で寝起きさせるのなら、最低限のルールは守らせるべきなのではないか。

姉の主張はそういうものだった。本人に聞こえるようにわざと大きな声で言っている風でもある。母親がどう応じているのかは聞き取れない。声の調子から、懸命になだめようとしているのがわかるだけだ。

「そう言うけどさ、択だけあんな暮らしぶりでなんで許されてるのか、意味わかんないんだけど」

許されてる？　それは違う。許されているなんて感じたことが一度もないから。これはむしろ罰なのだ。放置されるという罰。与えるべき罰を与えないという罰。

姉ちゃんに何がわかるというのか。

ゲームを終えるに終えられず、やがて閉めきったカーテンの隙間から朝の光が漏れ入ってきたのに気づくあの瞬間。やがて新聞配達のバイクの音が、そして隣の部屋で鳴り響く目覚ましのベルが聞こえ、階下で家族の面々が新しい一日を始める物音が伝わってくる。そのときの、胸がむかつくような、即刻自分の存在そのものを消してしまいたくなるようなあのいやな気持ち——。

ひと晩中スマホを手放さず、画面から視線を逸らさないのは、ゲームに夢中だからじゃない。ログアウトした瞬間に、向きあいたくない現実の世界が目の前に立ちはだかって、自分を押しつぶそうとするからなのだ。

今、階下ではまさに新しい一日が始まったところだ。慌ただしく廊下を行《ゆ》き交う足音。キッチンでなにかが刻まれる音。電子レンジがチンと鳴り、テレビでキャスターが昨日起きたできごとを語り、なにかが見当たらないと姉が訴え、父親が低い声で連絡事項を母親に伝えている。

もっと早くゲームを切りあげ、寝についていればよかった。せめてあと一時間早く――。

毎朝悔やんでいる。聞きたくない。自分以外の人々が寝床から起きだし、動きだすあの気配を感じたくない。本来なら自分もそこに加わっていなければならないこと、あと一時間もしたら学校の教室に着いていなければならないことを思い出したくないから。

いっそプレイ中に寝落ちしてしまえば、それが可能になる。一緒に戦っている仲間には迷惑をかけてしまうが、そんなのは誰にでもありうることだ。パーティーを組んでいるだれかが寝落ちすればすぐにわかる。急に動きが止まり、チャットにも応じなくなるからだ。

〈あれ、えとろふさん寝落ち？((((;ﾟДﾟ))))〉

〈おいおいこの局面でそれは(;´Д`)〉

〈えとろふ目を覚ませ！！！　(;ﾟ0ﾟ)〉

ログにそんなチャットが羅列されても、択の耳には何も聞こえない。あとは無抵抗なまま、普段なら余裕で狩りまくっているザコキャラにすら滅多打ちにされて「死ぬ」だけだ。

それでもいい。寝落ちしたおかげで、朝の気配に心を悩ませることもなく安らかに眠りつづけられるなら、それに越したことはない。毎晩飽きもせずゲームに没頭しているのは、むしろ寝落ちしたいからこそなのかもしれない。

実際には、そんな幸運ななりゆきになることは稀だ。プレイを長時間続けているときまって、しまいにはこめかみのあたりがチリチリしてくる。弱い電流が流れているみたいな感じだ。楽しくもないのに神経だけが昂《たか》ぶっていて、眠りに就くことを阻みつづけるのだ。

もっとも、朝の七時を過ぎる頃には疲労が限界に達しているのも事実だ。たいていは、夕方から十六、七時間は一度も眠らずに起きているのだ。

ログアウトしてスマホを手放し、寝る態勢に入ってからしばらくは、耳に入れたくない物音に悶々《もんもん》としていても、次に目を開いたときには正午を過ぎていたりする。しかも、その間の記憶がない。気を失うようにいつしか眠りに落ちているのだろう。その後も浅い眠りを何度か繰りかえし、寝床を抜け出すのは、夕方も遠くなくなってからだ。

ゲームを中心に回っていく毎日。ほとんどの時間は、カーテンを閉めきった自分の部屋で過ごす。家族とともに食卓を囲むこともない。入浴は日中、母親以外の家族が出払っている時間帯を狙ってそそくさと済ませる。間合いを見計らうのが億劫《おっくう》で、三日くらい入らないこともある。

いいかげん、もう飽きたな――。

最近、朝になってゲームを切りあげるたびに、胸のうちでそう呟いている。

もともと、ありあまる時間を埋めるために始めたことだ。おもしろくて夢中になっていた時期もあるが、最初の頃だけだ。それ以降は、したくてしているというのとは少し違う。

したくてしているのではなくても、なくては立ちゆかないもの。好きとか嫌いとかではなく、なくなってしまったら困りはてるもの。それが択にとってのゲームだ。喩《たと》えるなら空気のようなものだ。仮に空気が嫌いでも、吸わなければ死んでしまう。

自分がそこまでゲームに頼りきっているとは思っていなかった。そのことを思い知らされたのは、一年生の秋、部屋にこもりはじめて何ヶ月かが過ぎた頃のことだ。ある晩父親が、めずらしく激昂《げっこう》して部屋の中にまで押し入ってきた。

「自分がいくら使ったかわかってるのか。それをいったい誰が払うと思ってる」

あの頃は、ニンテンドーの携帯ゲーム機でもスマホでも、複数のオンラインゲームで目についた端からアイテムを購入しまくっていた。

ゲームの進行を有利に展開するための特殊装備などだが、ひとつひとつはせいぜい数百円程度だし、その場でお金を自分の財布から出しているわけではないから、総額としてどれくらい使っているのか実感が湧かなかった。支払いは、父親名義のクレジットカードになっていたのだ。

——息子が登校しなくてもろくに干渉しないくせに、自分の金を勝手にたくさん使われたとなれば途端にキレるのかよ。

その言葉を喉元で呑《の》み込み、無視をして部屋に引っ込もうとしたら、父親は怒りに任せて、ゲーム機もスマホもその場で没収しようとした。

あの瞬間に全身を駆け抜けた恐怖は、忘れられない。怒りをはるかに通り越して、ただひたすら怖かった。まるで、全裸のまま、たった一人で宇宙空間に放り出されたような——。

「なにもそこまでしなくても。お金がかからなければいいんでしょ。お金がかかるのは、アイテムとかで課金されるからなんじゃないの？　——そうでしょ、択」

母親が助け舟を出した。どうやら父親は、ゲームをプレイすること自体が多額の請求に結びついていると思い込んでいるらしい。ゲームそのものは無料なのに。母親の方がずっとよく知っているのだ。

「なにもかもいっぺんに取り上げたら、択の逃げ場がなくなっちゃう」

「そうやって逃げ場なんかを与えるから逃げつづけるんだろう。しかもその逃げるための費用が月に八万六千円だって？　ふざけるのもいいかげんにしろ」

父親は、ゲーム機もスマホもいったんは力ずくで取り上げて立ち去った。

それからの数十分間、自分が何をしたのかは、あまりよく覚えていない。部屋からは一歩も出ないまま、とにかくいろいろなものを壊しまくった。見えない敵と格闘でもするかのように。

気がついたら、本棚の中は空になり、窓ガラスが割れ、床にはプラモデルの破片やずたずたに断ち切られた衣類が散乱していた。右手にはカッターナイフが握られ、どういうわけか左手が血まみれになっている。衣類を切り裂こうとして、誤って親指に刃を当ててしまったらしい。

結果、父親もさすがに恐れをなしたのだろう、スマホだけは手のうちに戻ってきた。母親がどこかで調べたらしく、月に二千円を超える支払いはできないように課金制限がかけられていたが、択としてもそれ以上争う気はなかった。

父親は、水道局だかどこだかで課長かなにかをやっている。詳しくは知らないが、そうたくさん稼いでいるわけではないだろう。おまけに姉のみのりが通っているのは私立高校で、ほどなく大学の学費も出さなければならなくなる。そんな父親のふところを痛めすぎたことは自覚していたし、ひそかに反省してもいた。

それからは、できるだけ金をかけずに長く続けられるゲームを探すようになった。択にとって大事なのは、なによりも、自分にとって居心地のいい異世界に常にアクセスできることなのだ。そこにどれだけ金をかけられるかではない。ゲームの中の世界を失うことだけは、どんな犠牲を払っても回避しなければならない。

択にとっての「世界」は、そこにしか存在しないからだ。

ゲーム内で知り合うプレイヤーたちは、みんなやさしくて親切で、礼儀正しかった。

中には、自分からフレンド申請をしておいて、やれこのアイテムを譲ってくれだの、あのボスキャラを倒すのを手伝ってくれだの、自分にとって都合がいいときだけ人を利用して、礼も言わずに去っていく手合いもいる。

そんな奴はこちらからフレンド関係を解消してしまえばいいだけの話だ。それをしたからといって、みんなから白い目で見られたり、シカトされたりはしない。仮に一方的に恨まれたとしても、どうせ相手の素性はおたがい永遠にわからないのだし、ゲーム内ですら、二度と顔を合わせずに済むかもしれない相手なのだ。

ゲーム内なら、つきあっていて気持ちがいい相手だけを選んでつきあうことができる。その権利があるし、それを誰にも侵害されない。

どこの誰なのか、何歳なのかはわからないが、そんなことは問題ではない。肝腎なのは、相手が決して択を傷つけるような心ない言葉を投げつけてこないことだ。拓の人格を認め、対等に扱ってくれることだ。

　わけのわからない妙な名前で人を呼んだり、目の前にいるのにまるでそこにいないかのようにふるまったり──彼らはそんなことは決してしない。クラスでいちばん声の大きかったあいつとは違う。あいつの言いなりになり、あいつが作り出す空気に合わせて呼吸していたその他大勢とも違う。

　ゲームの中ではなぜか、いとも容易に友だちをつくることができた。そしてゲームの中でだけは、択はみんなから一目置かれ、才能を認められ、憧れられたり頼られたりした。

　オンラインゲームの多くには、終わりがない。このラスボス、最後に出てくる最強の敵を倒せばすべてのステージをクリア、といった明瞭《めいりょう》な終着点が設定されていない。プレイヤー本人が望むかぎり、その世界に永遠に留まることも可能だ。

　それでも、ひとつのゲームを長くプレイしていれば、あらかたのことはやりつくしてしまい、次に何をすればいいのかがわからなくなってくる。そうしてなんとなく離れてしまい、結局二度とプレイしようとしなかったゲームがいくつもある。

「エルミヤ戦記」は、最も長続きしているゲームのひとつだ。

　もともとはパソコン向けのオンラインゲームとしてヒットしたものらしいが、択はその時代を知らない。プレイヤーとして登録したのは、スマホ向けのアプリとして移植されたものの方だが、有料のアイテムを使用しないでもかなり長く楽しめる作りになっているのが気に入っている。

　その中で駆使しているキャラクターの「えとろふ」は、すでにレベル193まで上げ、ハイウイザードの資格を手にしている。どの街とどの街がどうつながっているか、その間にどんな荒野が、砂漠が、湿原が横たわっているか、地図はすっかり頭に入っているし、たいていのものは買えるほどのゲーム内通貨も手にしている。

少し前までは、六十人以上という大所帯のギルドを率いていた。

一時的な同盟関係であるパーティーと違って、ギルドはメンバーの固定されたグループだ。ギルマスと呼ばれるリーダーもいて、ギルメン、つまりギルドメンバーはたがいに協力関係にある。ギルメンのだれかがログインしていることがわかれば、挨拶の言葉をかけあうのがルールだ。択はギルマスとして敬意を払われていたが、それがふとどうでもよくなって、マスターの座をメンバーの一人に譲ってしまった。なじみのフレンドとは今でもときどきパーティーを組んで闘うこともあるが、今はどのギルドにも属さず、いわば浪人のように気ままにさすらっている身だ。

〈えとろふさんまたギルドに戻って来てよ(=。ω。)〉

〈えとろふさんの鮮やかなアースクエイクまた拝みたす。・゜・(ノД`)・゜・〉

かつてのギルメンからそんな熱いラブコールを受けることもあるが、もはや気分はいわば「ご隠居」に近く、戻る気は今のところない。

それでもほぼ毎晩ログインすることをやめていないのは、この「エルミヤ戦記」というゲームが、またその中の世界が、択にとって特別な意味を持つものになっているからだ。

それをいうなら「えとろふ」というキャラクター名もそうだ。社会の時間に少しだけ習った覚えのある北方領土の島に自分の名前と同じ択という字が含まれていることから命名したもので、当初は思いつきにすぎなかった。しかし今ではそれは、ある人が自分を呼ぶ唯一の呼び名になっている。

「エルミヤ戦記」の世界は、その人と出会った大切な思い出の場所でもあるのだ。

その人のことは、頭の中では「θ☆(>_<)」だと思っている。読むことができないので、便宜上「イテ」と呼んではいるが、名前のつもりでそう呼んでいるわけではない。

思い浮かべているのは、だれかに叩かれて痛みに顔をしかめている女の子の顔だ。自分と同年代の女の子。顔の細部を想像しようとしても、途中で止まってしまう。にもかかわらず、その人のことを思うといつも、胸の一部がほんのりと温まるような気がする。

知っていることは少ない。択自身と同じ東京都北区在住であること。隣の中学校の二年生であること。そして、どうやら義理の父親との間になんらかの問題を抱えているらしいこと。それも、本人が本当のことを話しているとすればの話だ。

でもきっと本当だろう。イテは、嘘はついていないだろう。根拠はないが、なんとなくそう感じる。

そして、義父とのことでもなんでも、もしも困っていることがあるなら力になってあげたいと思っている。でもそのことを、どんな言葉を使ってどんな風に伝えればいいのかがわからない。

ゲーム内のチャットなら、自分でも驚くほど饒舌《じょうぜつ》になれる。攻撃魔法アイススピアのスキルレベルを上げるにはどうすればいいか。ゲーム内通貨のクロナを手っ取り早く稼ぐにはどんな手があるか。そういったことなら、何十分でも途切れなく語りつづけることができる。

メールで、しかも一般的な話題となると、途端に口が重くなる。何を言っていいのかわからなくなる。なにか訊いてくれれば答えることはできるが、自分から話題を提供するのはとてつもなくハードルが高い。

明け方にメールを送ってきたイテをゲームに誘ったのも、そうすれば気おくれもなくあれこれ話すことができると思ったからだ。イテが「エルミヤ戦記」をプレイすることにそれほど熱心でないこともわかっている。それでも、話題はなんでもいいからイテと話していたいという気持ちだけがある。

これはたぶん、恋に近い感情なのだろう。だいぶ前から、そのことには自分で気づいている。顔を見たこともないのに。会ってみたら、まったく好みではないタイプの女の子かもしれないではないか。

でも実際に会ってみようとしないのは、それが怖いからではない。イテがどんな容貌《ようぼう》でも、それが理由で嫌いになることはないとわかっている。怖いのは、リアルで会った途端に、心地よい今の関係が壊れてしまうことだ。

イテが自分に対してやさしいのも、ゲームとメールだけに限定された関係だからこそなのかもしれない。せめて本当の名前を知りたいが、それを訊いたら彼女は警戒して、メールに応じなくなってしまうかもしれない。

だからこのままでいいのだ、二人の関係は――。

今までも何度もそうしてきたように自分にそう言い聞かせながら、択は瞼を閉じる。それでも、イテのことがいつにもまして気にかかる。

四時台にメールしてきたとき、いつもとなにか様子が違う気がした。「べつにナッシング」とは言っていたが、本当はきっとなにかがあったのだ。そのとき自分を頼ってくれたことが嬉しいと同時に、イテの身の上に起きたことが気になってならない。

階下が急に静かになった。姉が、それに続いて父が家を出ていったのだ。今は母親が台所で洗いものをしている物音がかすかに聞こえるが、やがてそれも絶えるだろう。ようやく、心が穏やかになっていく。嵐が過ぎ去ったあとの海面のように。

死ぬほど眠い――。突然、思い出したように全身がだるくなり、意識が遠ざかるのがわかった。

08:12　黒沢歩果

やってしまった――。

何ヶ月かに一度訪れるこの瞬間。寝首をかかれたかのように首筋がひやりとして、頭から一気に血の気が引いていく。

それは必ず、ばかに幸せな目覚めの直後にやってくる。十分に睡眠を取り、心ゆくまで体を休めたという満足感のあとに。一転して正気に返らせるのは、自分の寝覚めがそんなに快適なものであるはずがないという一種の逆説だ。

跳ねるように身を起こして枕元の時計を見れば、目覚ましのベルが鳴るはずの時刻はとうに過ぎ去っている。鳴らなかったわけではない。無意識に止めてしまっているのだ。

八時十二分――絶望的といわざるをえない。今すぐ飛び起きて顔も洗わずに駅まで走ったとしても、八時二十四分発の東西線三鷹《みたか》行きには絶対にまにあわない。遅刻しないギリギリのデッドライン。それですら、朝の電車にありがちな微妙な遅延が重なって、タイムカードを押す時点で九時を一、二分回ってしまうことがある。

二十六にもなって朝寝坊とは、言い訳のしようもない。だから言い訳はしない。ひとえに、日ごろの生活管理がなっていないのだ。そして「緊張感が足りない」のだ。人から指摘されるまでもなく。

――いっそ風邪でも引いたことにして休んでしまおうか。

ベッドに半身を起こしたまま、歩果は十数秒だけ思案を巡らせた。

勤めているのは、水道橋《すいどうばし》の小さな雑居ビルに入っているスマートフォン向けアプリの制作会社だ。ここではなぜか、会社を休むよりも遅刻する方が損をするような仕組みになっている。

前営業日の終業時までに事前申請して認められていない場合、休みはすべて欠勤と見なされ、有給休暇に振りかえることはできない。欠勤が年間で三日以上になると減給の対象になるのでそれはそれで深刻なのだが、遅刻ほどではない。遅刻の場合、一時間ごとに五千円の「罰金」が課されるからだ。遅れたのが五十分でも一分でも、計算上は「一時間」と見なされる。

会社全体がそうなのではない。戸田《とだ》マネージャー配下の部署にだけ、変なローカルルールがまかり通っているのだ。雇用契約を結ぶ際にそんな説明はひとこともなかったし、法的に考えてもあきらかにおかしいと思うのだが。

なんにしても、一時間で五千円というのは法外だ。歩果《あゆか》の月給を時給に換算した額の五倍ほどに相当する。

「時間給と比較するのがそもそもおかしいんだ。社員の遅刻によって社が被る損害に基づいて考えてみろ」

戸田マネージャーはそう説明する。

「君を一時間雇うことによって、それだけの利益が発生するはずと社は見込んでるわけだ。逆にいえば、君が一時間遅れればその分だけ損になる。遅刻した社員はそれを補塡《ほてん》する義務があるという理屈だ。単純明快だろう」

その理屈が単純明快であるかどうかはさておき、問題は、歩果ら社員が支払った罰金を、どう見ても徴収した本人が着服しているらしい点だ。

戸田マネージャーは四十代も後半、下ぶくれで、黒いセルフレームのメガネがマンガのキャラクターみたいにばかに目立つ男だ。見るからにセコそうに見えるので、そういうえげつない方法で小遣い稼ぎをしているとしてもなんら違和感がない。

「あれ、訴えたら勝てると思うんだよね。〝はい、罰金〟とか言ってるマネージャーの声、ボイレコとかで録音して証拠として突きつければ」

同じ課の先輩だった三十歳の男性社員は、妙に据わったような目つきでそう言っていた。

「だったら、そうします？」

「しないよ。そんなことしたら会社にいられなくなる。仮に訴訟に勝っていくらかの賠償金を手に入れられたとしても、それが職を失うことに見合うとは思えないから」

その後三ヶ月ほどして、先輩は突然、出勤してこなくなり、そのままフェードアウトしていった。だいぶ心を病んでいたらしい。

訴えるよりは黙って耐える方を取った先輩の選択には共感していた。秤《はかり》にかけて、より損が少ない方を選ぶ。人生において得することなどめったにないから、せめて損を少なくする。それが歩果自身の基本的な身の処し方でもあるからだ。

ただ、結果としてどうせ会社を辞めてしまうのなら、最後にマネージャーに一矢報いてからでもよかったのではないか。そう思わないでもない。

「ずっとひとことも不平を言わずにいるかと思うと、いきなりキレる」

近しい人間たちの間では、それが自分についての定評になっているらしい。

たしかに、予告もなく反撃に出ることはままある。つきあう男たちとの関係が解消されるきっかけになるのは、たいていがそれだ。

「なんかしょっちゅう連絡取りあってるよね、〝ゆあ〟とか〝るな〟とかいうのと。なにあのわざとらしい名前。キャバ嬢？　それとも風俗？」

一代前の彼氏のスマホで何度も見かけた名前だ。わざわざ中を盗み見なくても、ＬＩＮＥの新着メッセージのプレビューが自動的に表示されるので、本人がふと席を外したときなどに見たくなくても目に触れてしまうのである。

「いや……ていうか、友だち？」

「なんでそこで疑問形？　〝友だち？〟ってこっちに訊かれても知らねえよバカ。最低、言い訳くらい用意しとけっての。マジありえないんだけど」

もっとも、「キレて」いるつもりは、歩果本人には必ずしもない。なにごとにつけ、体温の低い人間だ。なにかに夢中になることもあまりなければ、怒りにわれを失うこともほとんどない。ただある時点で、「あ、もうダメだな」と思うのだ。「これ以上は耐えられないな」と、わりと冷静に。

たぶん、心の中になんらかのカウンターがあって、それまでにどれだけの不快感を溜め込んだかを、逐一正確に計測しているのだろう。それが溢れそうになるとすみやかにエラーとして感知され、相手に対する攻撃となって出力されるのだ。蓄積された不快感が実際に器そのものを壊してしまう前に。

戸田マネージャーのための器には、まだ余裕がある。寛大なのではない。腹を立ててもこちらがフラストレーションを募らせるだけに終わりそうな場合、いちいちいきり立たないように心が勝手に回避モードに入ってしまうのだ。

それでも、遅刻はまずい。五千円はかなり痛いし、たまにほんの数分、席に着くのが遅くなっただけで、社会人失格とでも言わんばかりの態度をマネージャーに取られるのも割に合わない。まあ社会人としての自分をまじめに評価するなら、事実失格なのかもしれないわけだが。

同居人は二つ歳下の妹である莢果《さやか》だけだし、まだぐっすりと眠り込んでいる時間帯だから、洗面所を占有できることだけが救いだ。

莢果は、大きな駅のコンコース内にある、やたらとにおいのきつい石鹸《せっけん》のショップで売り子をやっている。その同じ石鹸が、洗面所にも浴室にも常備されている。好きなにおいではないのだが、争うのもめんどうなので、歩果もそれを使わざるをえない。

大急ぎで顔を洗い、寝癖を直すと、適当な服をまとい、最小限のメイクだけ済ませてカバンを引っつかむ。靴を履いていったんドアを開きかけたところで自分の部屋に取って返し、ベッドの枕元に置いてあった読みかけの文庫本をバッグに放り込む。

今のロスで、八時二十七分発も逃したかもしれない。だが、本は必携のアイテムだ。たいていはミステリーなどの小説だが、それがないと、通勤や昼食の間など、空いている時間をどう過ごせばいいか途方に暮れてしまう。

「だったら電子書籍にすればいいのに。かさばらないし、スマホを忘れることはまずないでしょ」

友だちからはそう言われるが、どうしてもその気になれない。

「電子書籍って、要するにただのデータのかたまりじゃん。なんか信用できないんだよね。紙のページをめくるんじゃなきゃ読んでる気がしないし。それに私、スマホわりとどうでもいいから、よく家に置いてっちゃうし。それで上司に叱られたこともあるよ。緊急の場合どうするのかって」

「スマホ向けのアプリ作ってる人の話とはとても思えないね」

　もっともな指摘だ。なぜそんな仕事を選んだのかと誰よりも自分が疑問に思う。そこはまあ、「行きがかり上」というやつだ。たまたま受かってしまった大学の学部が情報科学部で、たまたま面接を受けに行った会社がそこに注目して――そういうことが重なった結果にすぎない。

　だったらどんな仕事がよかったのかと考えても、何も浮かんでこないのだ。許されるなら、毎日朝から晩までただ本を読んでいたい。ネットもＳＮＳも私には不要だ。だれかとつながっている暇があるなら、小説で描かれる虚構の世界にどっぷりと浸《つ》かっていたい――。

　ひとたび読みはじめるや否や、心は物語の中の世界に飛び、今自分がどういう状況に置かれているのかもたちどころに忘却してしまう。朝晩の混み合った電車の中でも、また仮に、すでに遅刻が確定している状況でもそれは同じだ。前後左右から人に押されてもみくちゃにされていることを、ほとんど意識してすらいない。

　飛び乗った東西線は、やはり、目指していたのより一本遅い便になった。水道橋駅に着いてから全速力で走ったとしても、打刻は九時四分か五分になるだろう。いたずらに晴れ上がった夏の空のもと、駅まで小走りで来たせいで汗が噴き出している。どうせ遅刻になるなら、むだに走るのではなかった。

　もっとも、心を切り替えるのは早い。歩果はさっそくバッグから文庫本を取り出した。背が低いせいで、車内に利いているはずの冷房の恩恵にあやかれないのは困りものだが、その分、混んだ車内で本を開いたりしても、だれかの邪魔になることはほとんどない。

本を胸の前にほぼ垂直に立てるようにして、文字を目で追っていく。

——そうそう、このアリシアとかいう女が主人公の前にふらりと現れて、謎めいたひとことを漏らしたところだった。この女の容貌についてはほとんど描写がないが、主人公の反応からすると美人なのだろうか。

ふだんならそのあたりで早くも物語世界に没入しているところだ。だが、今日にかぎっていやに気が散ってしまう。図体の大きい隣の中年男の腋《わき》のあたりから立ちのぼる体臭が気になったり、目の前のシートで窓に後頭部を預けて眠っている学生風の男の、ぽっかり開いた汚い口の中につい視線が移ろってしまったり。

それもこれも、もとはといえばあの男のせいなのだ。あのろくでなしが、昨夜あんなにしつこくメールを送ってきたからこんなことになるのだ——。

つとめて意識の表層に浮かび上がらせないようにしていた昨夜のいきさつが、押しとどめようもなく脳内に蘇ってくる。

言われたことを俺なりに考えてみたけどやっぱりどうしても俺が自分勝手だっていうのが納得できない。俺がいつ歩果に対して自分勝手に振舞ったか言ってみてほしい。歩果が残業で約束の時間に2時間遅れた時も俺は怒らなかったよな？　暮の旅行だって行き先は歩果の行きたかった台湾にしたし——

そんなことが改行もなく延々数十行にわたって縷々《るる》綴られている。先月の時点で、歩果の中ではすでに「終わった」と見なしている相手からのメールだ。返信をせずにいると、二十分、三十分という間を空けて次のメールが届く。

「会ってくれないし電話にも出ないからこうしてメールで言うしかない」と本人は主張しているが、受け取る方の身にもなってほしい。仮に読まずに済ませるとしても、たてつづけにメールが送られてくるという事態そのものに心は脅かされる。それがわからないことこそ「自分勝手」だと言っているのだ。

それに俺は俺が自分勝手ではないことを知ってる。俺が自分勝手になれるはずがないから。なぜなら前にも言ったかもしれないけど俺の父親こそが自分勝手な人間で、母親をはじめ家族はみんなそれに苦しめられてきたから。自分はこうはなるまいと思って生きてきたから。やれ仕事が忙しいと言っては家族との大事な約束をドタキャンしたり機嫌が悪い時には家族に理不尽に当たり散らしたり――

――うん、その話はもう三十回くらい聞いた。

でも結果として、あなた自身がまた別のタイプの「自分勝手な人」になってしまっていることがわからない？　いつも「俺は」「俺が」「俺の」。「俺」を語ることにしか興味がない。目の前にいる私は、聞いてあげる「耳」でしかない。

そのことにほとほとうんざりして、ある日突然、別れを切りだしたのだ。

まあ、少々突然すぎたかもしれないが、別れたいと思うに至った理由はちゃんと説明したつもりだ。——結果、相手がストーカー化するとは計算外だった。

何を言われてももういっさい取りあわないという姿勢を貫けばいいのに、ときどきつい半端に応じてしまう。昨夜も、一度は返信を打ってしまった。だから相手も、まだ脈があると踏んでさらに攻勢をかけてくるのだ。

黙殺を貫徹することができないのは、やはり「秤にかけて」しまうからだ。

相手が完全にあきらめるまで、何十通もの、ひょっとしたら何百通にも及ぶかもしれないメールを無視しつづけるのと、相手が納得してくれることを期待してときには返信を送ってあげるのと、どちらがましか。どちらがより損害が少なくて済むか。

今回は、あきらかに計算をまちがえた。

それをはっきりと自分で認めたのは、昨夜の午前二時過ぎだったろうか。相手にはまだまだ言い残していることがあるようで、しかも生半可な返信のせいでかえっていっそうヒートアップしている。これがいつまで続くのかもわからない。

歩果はついに、着信拒否という物理的手段に訴えた。

もっと早くそうしていてもよかったはずだ。しなかったのは、単にめんどうだったから。

着信拒否の設定方法を空で覚えているわけではない。ネットなどで「iPhone 着信拒否」などと調べれば一発でわかるのに、その「ネットで調べる」ということ自体がとてつもなく億劫なのだ。かえすがえすも、就職する会社をまちがえたとしか思えない。

まずはメールアドレスを、続いて念のため電話番号も、着信拒否リストに登録した。

そういう操作をしたのは初めてのことだ。本当に受けつけなくなるのか心もとなくて、ベッドに入ってからもしばらくは着信がないかどうか耳を澄ませていた。おかげで、寝に就くのがさらに遅くなってしまったのだ。

以来、スマホは沈黙している。どうやら操作はまちがっていなかったらしい。

あれこれ思い出しているうちに、東西線は大手町に着いてしまった。本は結局、二ページほどしか読めていないし、気もそぞろだったせいで内容が頭に入ってきていない。

都営三田線に乗り換える際、一応、遅刻する旨を戸田マネージャーに電話で伝えておこうかと一瞬思ったが、ばかばかしくなってやめた。遅刻といってもたかが数分のことだし、事前に連絡したからといって罰金が帳消しになるわけでもないではないか。

09:53　尾岸雅哉

暑い。なんなんだ、この暑さは。まるで大釜で茹《ゆ》でられているみたいだ。

全身がねっとりした油めいた汗に覆われている。一刻も早くこの地獄のような寝床から這い出して、頭から冷水を浴びたい。さっきから何度もそう思っているのに、寝返りを打つたびにまたまどろんでしまい、あまりの寝苦しさに再び目覚めるのを繰りかえしている。

それにしても、今のこの暑さは普通ではない。もう陽が高く昇っているのだろう。低い唸《うな》り声を漏らしながらようやく身を起こすと、枕元の時計は十時前を指している。

蒲団の脇に据えた扇風機は回しっぱなしにしてあるが、ただ熱気をかき回しているだけでほとんど用をなしていない。

——忘れていた。この寝室の空調が、昨日あたりでとうとう完全にイカれやがったんだ。

尾岸雅哉《まさや》は大きく舌打ちをして、脂っぽい髪を汗ばんだ手でぐしゃぐしゃとかきむしった。

まあ無理もない。輝美《てるみ》と一緒になり、このアパートに転がり込んできた五年前の時点で、こいつはすでに息切れしかけたロートルというたたずまいだった。特にこの夏に入ってからは、ずっと稼働させていてもいっこうに涼しくならず、ただ無駄に電力だけを食っていた。

「もういいかげん限界っぽいし、今日、イワタ電機に行こうと思ってたんだけど、行きそびれちゃった。ごめんね。あれこれやってたらもうこんな時間で……」

輝美がそう言っていたのは、一昨日《おととい》の夜のことだ。

朝早くから入っている弁当屋の仕事を三時に上がってからは、翌朝までまるまる空いている火曜日だった。スーパーのレジ打ちもスナックへの出勤もない。近所の家電品に新しい空調を買いに行く暇くらいいくらでも作れそうなものではないか。

なんだか知らないがこの女は、いつもただいたずらにあくせくしていて、いろいろなものがとっ散らかっている。洗い物も、洗濯したものを畳んでしまうのもやりかけで、おかげで家の中がいつも雑然としている。なんとかしろと前から言っているのに、いっこうに直らない。

「だから悪いんだけど、もしあれだったら明日にでも買ってきてもらえないかな」

「え、俺がかよ」

先月、何度目かの酒気帯び運転で百二十日の免停を食らったことは知っているはずだ。大通り沿いのイワタ電機まで二十分かけて歩いていけというのか。

「だって私、明日も明後日《あさって》もスーパーが入ってるし。金曜なら〝エルドラド〟に入る前に、もしかしたら時間作れるかもしれないけど……」

「かんべんしてくれよ、俺もこれでいろいろやることがあるんだよ」

「だから、無理にとは言わないけど、寝苦しいのは雅哉さんもいやでしょ」

「だったらまあ——時間があればな」

しかし昨日、時間はなかった。昼間からやっている立ち飲みの店でアルバイトの女子学生にちょっかいを出したり、夕刊紙で紹介されていた池袋の洗体エステの店を試してみたりするので忙しかったのだ。

いや、時間があろうがなかろうが関係ない。だれかからなにか用事を言いつけられること自体、がまんがならないのだ。この俺がなんでそんなことをしなきゃならない？　それをしないで済むようにすることこそが俺の人生哲学なのに。

それで夜になって帰ってきたら、空調はもはやうんともすんともいわなくなっていた。

——そうだった、おかげで昨夜はせっかくのチャンスをふいにしたのだった。汗がくさい？

七海の奴、妙な言いがかりで人のことを袖にしやがって。

まず狭いキッチンに移動して、冷蔵庫で冷やしてある麦茶をコップに一杯、息もつかずに飲み干すと、リビングの冷房のスイッチを入れておいて浴室に向かった。癪《しゃく》なことに、空調がいかれているのは寝室だけなのだ。

汗がくさい？　酒くさいのもかんべん？

昨夜七海に言われたことがまたしても耳元に蘇ってくる。酒くささはともかく、猛暑なのだから汗はしかたがないではないか。それに男ってやつは、誰でも一定の体臭があるものだ。まして五十を過ぎたこの歳になれば。

――加齢臭ってやつか。自分ではわからないが。

いい歳をした大人の男が小娘に面と向かってあんなことを言われれば、それなりに傷つくのだ。男が意外にデリケートな生き物なのだということを、あの娘はまだわかっていない。おかげで昨夜は、いきり立ったものも萎《な》えてしまった。

水に近いぬるま湯を体に浴びながら自分で自分の体を嗅《か》いでみるが、なんのにおいもしない。いや、においを嗅ぐこと自体できないのだ。アレルギー性鼻炎が慢性化しているのはもとからだが、鼻の穴の両方が詰まっているのはかなり症状が悪化しているしるしだ。どうりで暑いだけでなく息苦しかったわけだ。

いつもよりは念入りに体の汚れを洗い落とすと、ろくにバスタオルで拭《ぬぐ》いもせず、水滴をボタボタとキッチンの床に垂らしながらダイニングに戻った。食卓にはラップをかけた皿が置いてあり、目玉焼きやらウインナーやらキャベツの千切りやらが盛ってある。

かたわらに置いてあるのは、輝美の書き置きだ。「雅哉さん」宛てになっていて、パンだけ自分で焼いてほしいだとかなんだとかごちゃごちゃと書いてあるようだ。

——めんどくせえな。

だいたい、こう鼻が詰まっていては食欲も湧かないし、よっぽどしょっぱいものでもなければ味もわからないだろう。

雅哉は食卓の皿には手をつけずに冷蔵庫から缶ビールを取り出し、タバコに火をつけながら、トイレの際《きわ》に並んでいる二つの部屋の入口をなんとなく眺めた。右側は輝美との寝室として使っている四畳半の和室、左側は六畳の洋間で、七海が一人で占有している。

そのドアは堅く鎖《とざ》され、〝KEEP OUT!〟と書かれた札がかけられている。今みたいに学校に行っている間でも、札が外されることはない。本人が中にいるときは、いつのまにか取りつけていた内鍵をかけて、文字どおり誰にも立ち入らせないようにしている。

だから、ここに駆け込まれたらもう手は出せない。

いったい何様のつもりなのか。親に養ってもらっているだけのガキが。だいたい、最年少のくせにいちばん広い部屋を独り占めしているのが生意気なのだ。

ドアを開けて、無人の部屋の中に踏み込んでみる。さっきまで鼻がきかないと思っていたのに、錯覚なのか、思春期の娘らしい甘酸っぱいにおいが鼻先に漂ってくる気がする。

年ごろの娘にしては殺風景な部屋だ。黄色いカーテンには一応花柄がついているものの、ほかに装飾らしいものといえば、いくつかのぬいぐるみと、机の上の小物程度。

ベッド脇の壁に貼ってあるのは、男性アイドルグループのポスターか。前髪をスカした形に垂らして粋がっているこんな青びょうたんどもの、いったいどこがいいのか。

あの娘もそろそろ十四だ。同世代の男たちがよこしまな思いを胸にすり寄ってくる頃だろう。自分がその年ごろだった時代を思いかえせばわかる。頭の中にあるのはいやらしいことだけで、夜ごとクラスの女子の誰かれのことを思い浮かべてはサルみたいに股間をしごいていた。

遠からず七海も、そんな男たちの荒々しい欲望を受け入れるようになるのだろうか。あるいは、すでにそんな相手の一人や二人いるのでは？　だから最近とみに、俺を避けているのではないのか。

途端に、身もだえしたくなるほどの激しい嫉妬が全身を駆けめぐる。

だめだ、若いだけが取り柄のほかの男になんか渡さない。あの娘は俺のものだ。俺が開発した体だ。どこぞの若造にあっさりさらわれてたまるものか――。

気がついたら、タバコの灰が一センチメートル以上の長さになっている。慌ててサッシを開け、テラスに灰を落とした。煙も手で払い出しておいた方がいいだろう。七海はばかににおいに敏感なのだ。留守の間に部屋に忍び入ったことを文字どおり嗅ぎつけられてしまう。

「お母さんには言うなよ。そうするとみんなが不幸せになるからな」

そう言って口止めしながら初めてあの娘の体をまさぐったのは、三年ほど前だったか。

最初は興味もなかった。輝美が連れていた、あいそのない痩せこけた子ども。もともとロリコンの気《け》もない。ただ五年生になったくらいから、にわかに肉づきがよくなり、体の線が女らしい丸みを帯びるようになった。

三種類の仕事をかけ持ちして行ったり来たりしている輝美は忙しくて、家の中ではしばしば娘の方と二人きりになってしまう。風呂上がり、ショートパンツからあらわになった脚や、日に日に膨らんでくる小さな胸――。ほろ酔いかげんの目でちらちらと見ているうちに、ついムラッときた。

まずはさりげなさを装ってそっと脚を触る。拒まないので、次は胸を。その調子で、七海に対するふるまいは次第にエスカレートしていった。

「こういうの、よくないと思うんだけど」

まっ黒な瞳を伏せたまま低い声でそう呟く七海には、こう応じた。

「かもな。だから誰にも言っちゃいけないんだ。特にお母さんにはな。それをしたら、お母さんを傷つけることになる。でも二人だけの秘密にしておけば問題はない。誰に迷惑をかけてるわけでもないし、誰を傷つけてるわけでもない。――だろ？」

七海は、何も答えなかった。拒んではいないのだ。七海は七海で、楽しんでいるのだ。罪悪感から、喜びをあけすけには見せないようにしているだけで。

女はやはり、若い方がいい。ロリコンではなくても、七海の肌の張りや感度のよさには、男としてどうしても反応してしまう。だいたい、世が世なら女は、初潮を迎えるくらいの歳になれば嫁に出されていたではないか。あながちこれを変質とは呼べないだろう。

それに、十代の前半から手をつけていれば、少なくともあと十五年は余裕でその体を味わうことができる。

輝美も結婚した頃はまだ女盛りといっていい歳だったが、四十も過ぎた今ではそろそろ賞味期限切れだ。おざなりに体を交えながら、ときどきげんなりさせられることがある。古くなった油で揚げた、妙にべっとりとしたフライみたいに。

第一あの女は、いつも疲れている。ときにはこちらの相手をしながら眠り込んでしまう始末だ。輝美が七海との関係に気づいているかどうかはわからない。鈍い女だから、気づいてはいないだろう。

ただ七海が小六から中一くらいにかけての頃は、ちょっと厄介だった。

「今度は顎《あご》がおかしいみたいなの。ちゃんと開かないっていうか。こないだは膀胱炎《ぼうこうえん》になってたでしょ。なんでこうたてつづけにあれこれ体に問題が起きるのか――」

そんな調子で、七海はしょっちゅう体のどこかを悪くしていた。医者にかかっても、原因がよくわからない。顎が開かないことが原因だったのか、拒食症のようなものを起こしていた時期もある。そうすると、忙しいなりに輝美が心配して、娘の動向をばかに注意深く見守るようになる。

「あの子、なにか悩みでも抱えてるんじゃないかな。雅哉さんから見て気づいたこととかなにかない？」

「知らねえよ。四六時中一緒にいるってわけでもねえし、いてもろくに口きかねえし。それでなくとも十代の娘のことなんか俺にわかるわけねえだろ」

まあいろいろある年ごろだし、そのうち落ち着くのではないか。――そう言ってなだめすかしていたものの、今になにか察するのではないかと気が気ではなかった。

二年生になってからは、七海の体の不調もいくぶん目立たなくなったように見える。そのかわり、なにかと理由を設けては誘いを拒むようになってきたのだ。

――やはり、歳の近い彼氏でもできたのだろうか。

狙い目は、輝美が「エルドラド」に出る日だ。毎週、月・水・金の三日間、午後八時から一時まで、輝美がアパートにいることは絶対にない。七海は放課後になっても七時、八時まで家に寄りつかないことが多いが、夜はさすがに帰ってくる。雅哉自身が飲みに行ったりしていなければ、アパートで二人きりになれる。

昨夜もチャンスだったのだ。洗体エステには泡ヌキのサービスもあったが、その前に寄った立ち飲み屋で酒量が過ぎたせいで、モノが言うことを聞かなかった。相手の子が、よくいえば豊満、悪くいえばデブすれすれだったことも災いした。そのフラストレーションを、七海で晴らしたいと思っていた。

それをあの娘は、こともあろうに「汗がくさいから」という理由で拒んだのだ。

ことに及ぶとき七海は決して自分の部屋を使わせないので、寝室を使うしかない。ところが昨夜から、寝室の空調は完全に機能停止していた。そんなに暑い部屋で汗まみれになってするのはいやだというのだ。

「暑いと汗がベトベトするし、くさくて吐きそうになる。その汗」

――そう言って、七海は俺の体を指したのだ。

五年前に義理の父親になってから、七海はただの一度も「お父さん」とは呼んでくれていない。呼びかける必要があるときは「ねえ」とか「あのさ」で済ませる。「あなた」とも「あんた」とも言わないし、「おめえ」とすら言わない。「あなたの汗」と言うかわりに、「その汗」と言って人の体を指す。まるで物みたいに。

年端もいかない小娘の言葉にひるんでしまうなんて、俺もやわになったものだ。張り倒して、無理にでも言うことを聞かせるのだった。女は図に乗らせたらだめだ。力を振るい、ものごとを決めるのはどちらなのかを、あいつらには常にわからせておかなければいけない。

そういう風に考えた途端、にわかに奮い立ってくるのを感じた。そうだ、空調が動いていようがいまいが、体がくさい汗にまみれていようがいまいが、組み伏せてものにしてしまえばいいのだ。

しかし今日は木曜日、輝美はスーパーのレジ打ちが終わったら帰ってきてしまう。一刻も早く昨日のリベンジを図りたいというのに。

歯嚙みしながら、待てよ、と思った。輝美のやつ、書き置きにほかにもなにか書いていなかったか？

リビングに戻って見なおすと「パンだけ自分で焼いてください」のあとにも数行続いている。

ヨーグルトが冷蔵庫にあります。

それと今日もエルドラドです。

どうしても出てほしいとママにいわれたので。

ごめんなさい。


——ラッキーじゃねえか。

赤羽《あかばね》にあるエルドラドから輝美が戻るのは、たいてい一時半か二時になる。昨夜、その頃には自分は正体もなく眠りこけていたはずだ。今朝は六時前に弁当屋に向かっただろうから、伝えそびれていたのだろう。

だったら善は急げ、決行は今夜だ。

ただ、いざ七海を力ずくで蒲団の上に組み敷くさまを頭に思い描くと、なぜか急に気弱になってくる。そんな手荒なことをしたら、あの娘は二度と誘いに乗ってくれなくなってしまうのではないか。帰宅すればまっすぐ自分の部屋に直行して内側から鍵をかけ、いっさいの隙を見せなくなってしまうかもしれない。

ここはむしろ一歩退《ひ》いてあいつの要望に応えるふりをしておいた方が、後々のことを思えば得策なのではないか。

——しょうがねえ、今のうちにイワタ電機に行って、空調を買ってくるか。ちょうど店ももう開いているだろう。取りつけ工事は後日になるだとかなんだとかぬかしやがったら、胸ぐらを摑んで脅しつけてやればいいのだ。

雅哉はようやく肚を決め、出かける支度にのろのろと取りかかった。

10:15　設楽伸之

現場に到着したときには、すでに十時を回っていた。始業とほぼ同時に車を出したのに、道が思いのほか混んでいたのだ。

車は社用の白いミニバンで、側面に「(株) 設楽工務店」の文字が入っている。父親の代からのもので、もうだいぶガタがきているが、これなしには仕事が始まらない。

今日の現場は、昨日にひきつづき、隅田川が大きく蛇行しているあたりの川べりである。白い鉄製のパネルで囲まれているので外からは様子がわからないが、ちょっとしたグラウンド並みの広さのある、おおむね三角形を描く土地だ。

パネルには車両が出入りするための裂け目が設けられ、普段はトラフェンスで関係者以外の立ち入りを禁じている。伸之たちはその前でいったん車を停め、フェンスを移動させてから乗り入れなければならない。

パネルの内部は、雑草が茫々《ぼうぼう》と生い茂った荒地の様相を呈している。マンションかなにかの建設予定地らしいが、更地になってからずいぶん長いこと放置されているようだ。資金繰りがつかなかったのか、権利関係で揉《も》めていたのか。

車両用の出入口から入ってすぐ右手、十メートル四方の一角のみ、最初からコンクリートで塗り固められていた。それどころか、かつてそこに一度なんらかの建造物が設置され、撤去された痕跡らしきものもあった。

いろいろと紆余曲折があったようだが、詳しいことは知らされていないし、知ったことでもない。設楽工務店が受注したのは、あくまでこのコンクリート敷きの用地に二階建ての現場事務所を施工することだけなのだ。

事務所は、大手が販売しているユニットハウスである。主要な構造部分はあらかじめ組み上がっている。折りたたまれたパーツを現場に搬入し、天井をクレーンで吊り上げれば、軀体《くたい》部分は自動的に完成する。あとはそれをボルトで固定し、必要な数だけのユニットを組み合わせて、規格どおりに壁面パネルや電気配線等の設備を取りつけるだけだ。

昨日の時点で、外殻の部分はほぼできあがっている。クレーンを使う際は運転士以外に玉掛けや位置の調整などどうしても二人は手が必要になるので、日雇いの作業員を一名確保していた。今日は空調や配電盤パネルの取りつけなどもっぱら内部の作業になるから、富士本と二人で賄えるはずだ。

その富士本が、見るからに調子を崩している。

もともとお世辞にも頑強なタイプではなく、いつも血の気の薄い顔色の男だが、体調が悪いときは目の下に隈《くま》が浮かんでいるのですぐにわかる。

「大丈夫か？　調子悪そうだけど」

朝一番、そう声をかけると、「あ、大丈夫です」と目を逸らしながら答えたものの、ミニバンでの道中、雑談を持ちかけても、相槌《あいづち》を打つのすら億劫そうにしていた。納期は今日だし、屋内の作業にもそれなりの時間を取られるから、しゃんとしていてもらわないと困るのだが――。

大型特殊や移動式クレーンなど資格をあれこれ持っているので重宝しているが、若いくせに覇気がなく、野心や闘志といったものがおよそ見受けられない。実際にはもう三十路も遠くないはずだが、伸之の目には今もって社会に出たてくらいにしか見えないだけに、その若さにそぐわない無気力ぶりがどうしても気になってしまう。

「へえ、コンクリート診断士まで持ってるのか。幅広いな。若いのに前向きな努力家なんだね」

採用面接のとき、そう言って水を向けてみたが、得意げな顔ひとつするわけでもない。

「や、自分は別にそういうのとかはなくて。ただいろいろ持ってないと今は厳しいかなって。持ってても厳しいですけど。――そういう世の中じゃないですか」

ばかに醒めた物言いが引っかからなくもなかったが、贅沢が言えるほどの好条件を揃えた会社でもない。結局、採用してすでに三年が過ぎようとしている。

決してふまじめなわけではないのだが、体がしばしば言うことを聞かなくなるらしく、休みがちなのには閉口させられている。

「そんなにしょっちゅう具合が悪くなるようなら、一度医者に相談してみた方がいいんじゃないかな」

あるときやんわりと忠告したところ、病院には行ったのだけれど、「もらった薬を飲んでいたら吐き気とかがしてかえって悪化した」から通院をやめてしまったのだという。どんな医者に何をどう訴えて、どんな診断を受けたのか。踏み込んで訊くのは憚られた。

つまるところ、それが自分の限界なのだ。従業員の健康管理に関することなのだから、社長としてはもっと強く言う権利も義務もあるはずなのに。

もっとも、休みが多いかどうかは別にして、この覇気のなさや妙な現実主義は、今の若い連中全体に共通するものなのかもしれない。

バブル世代よりは何年か若い伸之自身、すでに自分が勤める会社をそう無邪気には信用しなくなっていた。広告代理店勤務時代の話だ。それでも富士本くらいの世代を見ていると、自分もいわゆる社畜以外のなにものでもなかったような気持ちになってくる。

なんにせよ、仕事だ――。

孫請けくらいの、お情けで振ってもらっているような案件だから利ざやは当然小さいが、そうしたものをかき集めてどうにかなっているのが現状なのだからやむをえない。

ユニットハウスの施工は、徹底してシステム化されている。電気配線すらコネクタを接続するだけだから、電気工事士の資格もいらない。ただ、個々のパーツは嵩《かさ》の張るものが多いから、運ぶのはたいてい、富士本と二人がかりになる。

そんなとき、富士本が不調だと、ただでさえふらふらとおぼつかない足取りがいっそう心細く感じられる。

案の定というべきか、作業開始後三十分も経たないうちに、富士本は作業用に外側に取りつけてある仮設の階段に腰かけ、手すりに頭をもたせかけるようにしている。

「どうした」

「すいません、ちょっとクラクラして――。少しだけ休んでいていいですか」

口では「すいません」と言っているものの、あまり申し訳なく思っている様子はない。ふてぶてしいというよりは、本当に体力が枯渇していて、最小限の申し開きがやっとという風情だ。

「わかった。しばらく休んでろ。一人でやれることをやってるから、回復したら来てくればいい」

甘すぎるだろうか。こんな風にやさしく対処するからつけあがるのだろうか。

心の迷いを振り捨てるように、一人で屋内に空調のユニットを運び込んで設置する。

まあ、無理もないところもある。この猛暑だし、今日はとりわけ天候もいたずらに冴えている。

屋内は熱がこもって、蒸し風呂のようだ。たった今設置したこの空調をすぐにも稼働させたいほどだが、電気はまだ通っていない。

川べりなら、風が水で冷やされて少しは涼しくなりそうなものだが、隅田川と接する道の際には丈の高い柵が設けられていて、空気の流れが堰《せ》き止められてしまう。

現場周囲の景観はどちらかというと寂寞《せきばく》としている。水面は見えず、先に聳《そび》えているのは首都高の高架道路だけ。視線を川の手前に転じても、鉄製パネルの向こうに並んでいるのは巨大なばかりの無機的な建物。団地の棟だろう。

それ以外に近場にあるものといえば、物流関係の殺風景な施設か、せいぜいさして見栄えもしない小ぶりなマンションくらいのものだ。おそらく、「リバーサイド」だとかいう体《てい》のいい触れ込みとともに売り出されたのだろう。

ほとんどの現場には一日か二日、長くても一週間以上留まることはない。そこが自分にとって好もしいかどうかなどいちいち考えてはいないが、昨日、今日と通っているここはなんだかいやな感じがする。

とりわけ、ユニットハウスの窓から覗く荒れ果てた造成地のありさま。まるで、人知れず、くりかえし行なわれた忌まわしい犯罪の痕跡を目にしているかのようなこの感覚――。

どのみち今日中には片がついていなければまずいのだが、そうでなくとも長居は無用だろう。できるだけ早く上がるに越したことはない。

休憩して少しは回復したように見える富士本をだましだまし使いながら、じわじわと作業を進めた。見通しより遅れているので正午を過ぎてもすぐには休憩にせず、きりのいいところまでということで一時過ぎまで作業を続けた。

「よし、昼飯にしよう。また昨日と同じそこのファミレスでいいか？」

昼食はなるべく、富士本とともに摂るようにしている。

うっとうしがられる心配もないではないが、誘えば本人は「あ、はい」と素直に応じる。前に終業後飲みに誘ったら、アルコールは一滴も飲まないとわかって間が持たずに往生したことがある。酒が入らない昼食なら、おたがいに条件は同じだ。これも、若い部下が何を考えているのかを知ろうとする涙ぐましい努力の一環なのだ。

そういう意味では、昼食は富士本といささかなりともプライベートな会話を交わすための恰好《かっこう》の口実になる。家計を少しでも浮かせるために毎日弁当を作るという芽衣子の申し出は、あえて断っていた。

富士本は概して無口で、自分から率先してあれこれ語ろうとはしないが、訊かれたことには思いのほか率直な返答をよこす。

おかげで伸之は、この若者が余暇にはもっぱらギターを弾いていること、ただし住んでいるアパートは楽器演奏が禁止なので、ちょくちょく近所の公園に行っていることを知った。茶トラのメス猫を飼っていて、そのせいで旅行がなかなかできないことも。

「冬場とか、寝るときは絶対蒲団に入ってくるんですよ。まあ本人としては暖を取ってるだけのつもりかもしれないんですけど、俺の胸に顔うずめてスウスウ寝てるんですよ。なんかもう、俺が守ってやらなきゃって気持ちになるじゃないですか」

そんな調子で、いつになく饒舌になっている姿を見るのも新鮮なのだ。

しかし今日、この若者は、誘いに乗ってこなかった。

「社長、すみません。さっきから回復しようとがんばったんですけど、ちょっともう無理みたいで。今日、もう帰っていいですか」

本人が「もう無理」だと明言しているのだ。それ以上は何も言えない。

大通り沿いのファミレスの手前にバス停があることはわかっていた。富士本にはそこからバスと電車で帰るように指示して見送り、伸之はしばし途方に暮れていた。

しかし、考えていてもしかたがない。泣いても笑っても今日中にはすべての工程を終えていなければならないのだ。

一人でまにあわせられるかが心配で、昼食を摂る気も失せた。結局そのまま炎天下の中、体中に汗を滲み出させながら、一人で黙々と作業を続けた。二時前くらいに、芽衣子からメールが届いた。いつものクリニックに三時半に予約が取れたので、これから将平を連れて向かうという内容だ。

将平の養育に関して、偉そうなことは何も言えない。今日だって、ぜんそくが悪化していることを知りながら、芽衣子に任せきりにしている。しかし、子育てというのはなにかとたいへんなのだ。守るべき仕事を持っていればなおのこと。

たとえば富士本みたいな男に、子を育てるということはできるのだろうか。猫をかまうことは得意なようだが、同じ情熱を子育てにも振り向けられるものなのだろうか——。

そんなことを思いながら、伸之は階段を伝って空調のユニットを二階まで運んだ。うつむいた額から滴る汗の粒が、ステップに黒っぽいしみを作った。

11:28

尾岸七海

曲がりなりにも席に座っていられたのは二時間目までだった。寝不足だけが原因ではない。それはいつものことだ。どうにか登校して朝礼をやり過ごし、朝のホームルームが終わる頃からおなかが痛みだして、体をまっすぐに起こしていられなくなった。

授業中、机にうつぶせるような姿勢を取っていても、気にするクラスメートは一人もいない。本当に気にしていないのかどうかはともかく、少なくとも気にしているそぶりを見せる生徒はいない。「ブキミちゃん」がどんな奇行をしても、今さら誰も驚かないのだ。

「尾岸、姿勢を正して。それが授業を聞く態度か」

先生が、思い出したようにときどきそんなおざなりな注意をするのが関の山だ。

七海はそれも無視する。「尾岸」と呼ばれてもいまだにピンとこないのも理由のひとつだ。戸籍上は小三のときすでにこの姓になっていたものの、卒業まで、学校では母親の姓を使いつづけていた。中学進学を機に改めたのも、七海自身の意思によるものではない。

——尾岸？　尾岸って誰？　それはあの口のくさいエロオヤジのことではないのか？

こういう態度のせいで、教師たちからは「反抗的」な生徒だと思われている。特に担任の鈴原《すずはら》からは。「やる気がない」と評されたこともある。

どっちも違う。家で自分の身を守るのに力を使い果たしていて、勉強なんかのための分が残されていないだけなのだ。まして反抗なんてめんどうくさいことを、どうしてわざわざしようと思うだろうか。

「いったい何が気に食わないんだ。なにかあるんだったら言ってみろよ。怒らないから」

一度、居残りさせられて問いただされたこともある。

「別に何もありません」

「何もないんだったらどうしていつもそういう態度を取る？　なあ尾岸、おまえを叱ろうというんじゃないいんだ。力になってやれるかもしれないって言ってるだけなんだよ」

メガネをかけた気の弱い男。きっと中学くらいの頃は、勉強はそこそこできてもクラスではまったく目立たず、だれかにちょっとでもすごまれたら首をすくめて小さくなっているような手合いだったにちがいない。

――あなたに恨みはない。反抗するつもりもない。だからせめてほっておいてほしい。どうせあなたには私を救う力なんてないのだから。

二時間目が終わった時点で、その鈴原に、保健室で休みたいと伝えた。生理痛だと言ったら、どぎまぎしながらただ「わかった」とだけ答えた。

保健室では常連になっていて、養護の先生は「またあなた？」とでも言わんばかりの呆れ顔で迎えてくれる。ときには保健室に行くと言っておいて、立ち入り禁止の屋上で寝転がって空を眺めていることもあるが、今日の痛みは強すぎる。

そうして白いカーテンで仕切られた寝台に身を横たえてから、小一時間が過ぎようとしている。二つある寝台のうち一方は空で、養護の先生もなにかの用事で席を外しているようだ。

本当は生理痛じゃない。痛む場所も、おなかだったり頭だったりといろいろだ。

最初のうちは、新しい不調が発覚するたびに、母親がいちいち大騒ぎしていた。でも中学に上がる前くらいからだったか、母親はなぜか、七海の体の具合に対して一転して無関心になった。

「ほら、お医者さんもあんまりあてにならないでしょ。〝ストレス性じゃないか〟とかなんとか言うだけで、結局どこにかかっても原因がよくわからないし。まあ膀胱炎は治ったわけだし、あとは痛み止めとかでなんとかしのげるんじゃない？」

近所の整体院にも、もう行かなくていいと言われた。そもそもは、大きく開かなくなってしまった顎の関節を矯正するために、当の母親から命じられて通っていたところだ。

「あそこも、効果があるのかどうかイマイチはっきりしないし。整体とかって、やり方がまずいとかえって悪化するとかいうじゃない」

母親が百八十度態度を変えた理由はわからない。唯一思い当たることがあるとしたら、その直前くらいに母親同伴でかかった心療内科での一幕だ。

七海の体に現れているさまざまな症状について、内科の医師は口を揃えて「ストレス性」「心因性」といった表現を弄《もてあそ》ぶだけだ。それでは埒《らち》が明かないからと、スナックのホステス仲間から紹介してもらったクリニックだったはずだ。

あの女医――。母親より少し若いくらいの、細面できれいな顔立ちだがどことなく冷たい感じのする女だった。

診察を終えてから母親だけが呼ばれて、かなり長いこと話し込んでいた。

待合室で待機している間、何を話しているのかとずっと気を揉んでいた。

女医に尻尾《しっぽ》を摑ませるようなことを口にした覚えはない。でも相手は、その道のプロだ。ささいな言いよどみや、思いもかけない方向からの質問を材料になにかを察し、母親にあれこれほのめかしていないともかぎらないではないか。

「なんかね、いろいろ言ってたけど、専門的な難しいことばかりで、よくわかんなかった。ここ、通ってもあまり意味がないかもね」

戻ってきた母親が言ったのはそれだけだ。口ぶりがいかにも自然だったのでそのときは安心してしまっていたが、体調について母親があれこれ言わなくなったのは、思えばあれからなのだ。

あのときもしかして母親は、女医からなにか核心に近いことを聞かされたのではないだろうか。少なくとも、女医の言葉を手がかりにして、母親なりに感じ取ったのではないだろうか。自分の娘と夫との間になにかがあることを。

もしそうなら、母親はいったい、それをどう受けとめたのか。

あえて問題の核心に切り込まず、むしろ距離を置いたように見えるのは、現実と向きあわざるをえなくなるのがいやだったから？　それとも——。

「子どもだ子どもだと思ってたけど、あんたももう着々と女の体になってきてるんだよね。胸も膨らんで——」

去年、スーパー銭湯に一緒に行ったとき、母親がそう言って裸の体を見たときの目つきが忘れられない。まるでいやらしく値踏みする男のような視線だった。その瞬間だけ、アレが乗り移ったかのような。どう応じていいかわからなくて、聞こえないふりをしてしまった。

母親に気づかれてはいけない。この世でいちばん、気づかれてはいけない相手だ——。

五年生のときから、ずっとそう思っていた。知られたらお母さんを傷つけることになる、とアレにもくりかえし言い含められていた。

被害者のはずなのに、母親のことを思うと自分が加害者みたいな気がすることがある。

アレに触れられるのはいやだ。鳥肌が立つほど。最初からいやだったし、今でもその気持ちは少しもやわらいでいない。アレとのことに慣れることは、永遠にない。

アレが息荒くのしかかってきている最中に、体と心を切り離すのだけは少しだけ上手になった。心は一メートルほど高いところに漂っていて、アレに汚されている自分の体を冷たく見下ろしている。なんの同情心も抱く義理のない、見知らぬ他人の身に起きている災難を見守るみたいに。

でも終わったあとは、必ず心が体に戻ってしまう。戻りたくもないのに。そして死にたくなる。でなければ、アレを殺したくなる。

つきつめれば、その二つの気持ちは同じものなのかもしれない。消したい、このけがらわしいものを、もう二度と見ずに済むように。――その気持ちから、逃れられない。いつでも、どこにいても、それに追いかけられ、責め立てられている。

自分のせい？　いや、悪いのはアレだ。だって、血がつながっていようがいまいが、よその父親はあんなことを娘にしないではないか。

理屈ではそれがわかっているのに、一方でどうしてもこう思ってしまう自分がいる。――「いやだ」と言えなかった私が悪いのだ。そのせいでお母さんを裏切ることにもなってしまったのだ。

知られたくない。でも知ってほしい。もしかしたらもう知っているのかもしれない。たしかめたい。でもたしかめるのが怖い。知っているのだとしたら、どうしてなんの手も打ってくれないのか。それを知るのが怖い。

もしも母親まで、すでに敵に回してしまっているのだとしたら――。

勘ぐろうと思えば、いくらでも勘ぐることができる。

たとえば、「エルドラド」に出なければならない日の夕食についてはどうか。以前はあらかじめ冷凍のスパゲッティやうどんなどを買い置きしておき、今夜はこれを食べなさいと言って出ていっていたのに、今はかわりに千円札を置いていく。「どこか外で食べてきなさい」と言って。

今朝もそうだ。明け方にようやくうとうとしかけた頃に母親が起きだしてきて、キッチンのあたりで慌ただしく立ち働いている気配が伝わってきた。再び目が冴えてしまい、トイレに行こうとして部屋を出たら、「ごめん、うるさかった?」と言いながら近づいてきた。

「でもちょうどよかった。実は昨夜エルドラドのママに、急遽《きゅうきょ》一人抜けることになっちゃったから今日もどうしても出てほしいって言われて、断りきれなくて……。これ、渡しておくね。ほら、今日はスーパーもあってごはん用意できないから。悪いけど、夜はどこか外で食べてきて」

ああいうときに母親が言う「外で食べてきて」は、一種の謎かけなのではないか。本当に言いたいのは、「夜はなるべく家にいないように」ということなのでは? 家の中で夫と娘を二人きりにさせてしまう状況を、少しでも避けようとしているのでは?

仮にそうだとして、その動機はどこにあるのだろう。娘を守りたいから? それとも――嫉妬?

考えれば考えるほどその真意がわからなくなり、心が追いつめられてくる。

ため息をつきながら寝台の上で寝返りを打った拍子に、スカートのポケットからスマホがシーツの上に滑り落ちた。

携帯電話は、校内への持ち込みは認められていても、授業時間内の使用は禁止されている。教室では、ちょっと見ているだけでも教師から没収され、下校時まで返してもらえない。

まちがってもそんな目に遭わないように、ふだんは細心の注意を払っている。七海にとってスマホはそれ自体がお守りのようなもので、たとえいっときでも持ち去られるのは耐えられないのだ。

えとろふとつながるための、ただひとつの接点――。

学校で授業を受けているような時間帯には、どうせえとろふとメールのやりとりをすることはほぼありえない。相手はその大半を睡眠に充てているのだ。それでも、スカートの布地越しにその硬い感触をたしかめるだけで、頼もしく心強い気持ちになれる。

えとろふと知り合ってからは、体のあちこちを予告もなく襲う不調がだいぶなりをひそめた。顎も前よりは開くようになった。このつながりだけは、誰にも邪魔されたくない。

スマホを握りしめながら思う。――やっぱり、救世主はえとろふなのだろうか。

ずっと夢見ていた。だれかヒーローのような人物が現れて、きれいに片をつけてくれることを。「片をつける」というのは、ぬかるみの中でもがいているみたいなこの毎日から救い出してくれて、それでいてあと腐れが残らないようにするということだ。

アレを自分で殺すことも、もちろん考えた。それも一度や二度じゃない。実際に、アレが昼間から酔っ払ってリビングで大いびきをかいているとき、包丁を持って忍び寄り、だらしなくはだけた胸の上から一気に振り下ろそうと両手で構えたことすらある。

でも直前で思いとどまった。勇気が足りなかったからじゃない。土壇場でアレに哀れみを催したからでもない。それでは「片がつかない」ことに気づいたからだ。

なぜ殺したのか。母親はそれを知らずには済まされないだろう。その上、人殺しの母親として白い目で見られ、このアパートにも住めなくなり、仕事も失うだろう。

それではだめなのだ。アレがたとえば事故で死ぬとか、縁もゆかりもないだれかがどこからともなく現れ、アレを殺してあとかたもなく行方を晦《くら》ますとか、そういう形でなければ決着はつかない。


それが、もしもえとろふだったとしたら？

〈義父の話ってほんとにいい？〉

少し前にえとろふが、脈絡もなくそう訊いてきたことがある。

えとろふが綴る文はときどき舌足らずで、頭の中で補いながら読まないと意味が通らないことがある。少し考えて七海は、たぶんこういう意味だろうと解釈した。——前に「義父を殺してくれる人募集」と言っていたことは、本当に忘れてしまっていいのか。

〈なんでそんなこと聞くの？〉

〈なんかできることあるなら〉

なにか僕に手伝えることがあるなら言ってほしい——そう言っているのだろう。

〈ありがとね　でもほんとにだいじょぶ(－､－)ゞ〉

えところふなら、やってくれそうな気がする。というより、本当にやってしまいそうな気がする。アレを殺してほしいとひとこと頼みさえすれば。

でも、それもだめなのだ。きっとすぐに警察に捕まる。それでえところふは人生を棒に振ってしまうかもしれない。えところふとリアルで会うのを避けているのは、そんななりゆきになってしまうのが怖いからでもあるのだ。自分のことで、えところふに迷惑はかけられない。

ただ、ひとつだけある。えところふの手を借りてアレを死に至らしめ、なおかつ警察に追われるような心配もない方法が――。

人を呪うことでだれかに危害を加えたり、あるいは死なせてしまったりしても、罪に問われることはありません。呪いによる効果は科学で実証できるものではなく、あなたがだれかを呪ったことと、そのだれかが不幸になったこととの間の因果関係を客観的に説明するいかなる手立ても存在しないからです。

おどろおどろしい黒い背景に白抜き文字で綴られたその文章を、幾度読んだことだろうか。そのサイトは、「お気に入り」の中の「祝」と名づけたフォルダのトップに登録してある。「祝」というのは、万が一だれかに見られたときのことを考えて、わざと偏を変えておいたのだ。

呪いなんて信じてはいなかった。女の子はたいていそういう話が大好きで、休み時間や放課後などに教室の片隅で額を寄せあってたがいに知っている話を持ち寄り、「これ怖くね？」などと甲高い声を上げて騒いでいるが、そういうグループとも七海は距離を置いていた。

だいぶ前にクラスのＬＩＮＥグループで、「呪いとかやってそう」と決めつけられたことがある。はっきりと名指しされたわけではないが、七海のことを言っているのは誰にでもすぐにわかるように書いてあった。めんどうなので反撃はしなかったが、不名誉もいいところだと思っていた。

今は、もしも言いかえすとしても、迫力には欠けてしまうだろう。

はじめは気晴らしのようなものだった。さまざまな呪いの方法を紹介する文章に目を通しながら、もしもこの方法で呪ったとしたら、アレの身にどんなことが起きるのだろうと想像してわずかに溜飲を下げていただけだ。

だが、あれこれと読んでいるうちに、書かれていることをいつしか半分がた信じるようになっていた。

信じたかっただけなのかもしれない。そういう方法で地獄から抜け出せるということを。

呪い代行サイトというのもある。ただ、ターゲットを死に至らしめる呪いはたいてい法外に高額で、数十万円はかかる。ただの悪徳業者かもしれない。

紙人形を作ってマチ針で刺すだけといった、誰でもできる手軽なものもあるが、気にかかるのは、どんなサイトにもたいてい、「呪った者は必ず呪いかえされる」という意味のことが戒めとして書き加えられている点だ。呪うのはいいが、結果自分も不幸になるのを覚悟してから臨めということだ。

呪いをかけてしばらくしたら自分の体が「腐食を始めた」と言って、指の節や足の甲にできた醜いできものを撮影して掲示板にアップしている人間もいる。

できものはほかの原因で生じたものかもしれないし、そもそもその人物が人を呪ったということ自体、本当かどうかはわからない。それでもネットに書かれていることというのは、深く掘り下げれば掘り下げるほどまことしやかに見えてくるものだ。

警察の追及を逃れられたとしても、結果として相手と刺しちがえることになるのなら意味がないではないか。

呪い返しのない呪いはないのか。それを調べはじめる頃には、呪いに対する興味もすでに遊び半分の領域を超えていた。

調べた上での結論は、「よくわからない」というものだった。「呪い返しがないということは、その呪いが効果を及ぼさなかったか、やり方がまちがっているということだ」――したり顔でそんな屁理屈めいた指摘をしている者までいる始末だ。

それでも最終的に、ある掲示板に書かれていたことが七海の注意を惹いた。


この呪いの殺傷力は保証する。しかも簡単に出来る。

俺自身が実際に成功している。中3の時殺したかったクラスの奴がこれで死んでる。

呪い返しがないっていうのは半信半疑だったから、そいつが死んだ後いつ自分が呪われるかって毎日びくびくして暮らしてたけど、あれから4年が過ぎた今も俺はピンピンしている。ただこの呪いの肝は、自分でやってはいけないという事。そうしたら他の呪いと同じく呪った奴が呪い返される。必ず誰かに頼んでやってもらう事。

だれかに頼んだ場合、その代行した人間がかわりに呪い返しを受けることはないのか。別の人間から受けた質問に、この人物はこう答えている。——代行者とターゲットが直接の知り合いでなければ問題ない。

呪いというのは「負のエネルギーを帯びた波動のようなもの」で、一度放たれたら必ずどこかに戻らなければ収まりがつかない。通常はそれが呪った当人なのだが、儀式を別の者が行ない、しかもそれが呪われた人物となんの関係もない人間であった場合、呪いのエネルギーは戻る場を見つけることができず永遠に時空をさまようことになる。

有償のいわゆる呪い代行サービスはそのメカニズムを巧妙に利用したものなのだ、とこの人物はもっともらしく言い添えている。

ただ、このとき彼の代行をした人物は、ターゲットが凄惨《せいさん》な事故で死んでニュースになってからことの真相に気づいた。そして、知らなかったとはいえ自分もそれに加担していたことを苦にして思いつめ、警察に駆け込んで洗いざらいぶちまけることまでした。さいわい相手にはされなかったものの、それがきっかけで友情は壊れた。

代行してもらう相手にターゲットのフルネームを明かさなければならない点がネックと言えばネック。この呪いで死ぬ人間は大抵一見事故に見える悲惨な死に方をするから、報道される確率も高い。友達とかに代行を頼む場合は、そいつと関係がまずくなる事は覚悟しておかないと。

そんな効果の高い呪いをどこで知ったのかと訊かれると、この男は「それは言えない。出所を誰にも教えないという約束で教えてもらった方法だから」と答えている。そこはいかにもうさんくさいのだが、それ以外の部分は細部に至るまでリアリティがあり、まったくの創作とも思えない。

肝腎の儀式は、書かれている内容を読むかぎり、手間もお金もかからず、誰にでもできるごくかんたんなものだ。

試してみる価値は、あるのではないか。

もしもこの人物がでたらめを言っているのだとしたら、そのとおりにしても何も起こらないというだけの話だ。効果があった場合は、晴れてアレは「悲惨な死に方」でこの世を去り、そして自分やえとろふが呪いかえされることもない。

えとろふはアレとは会ったこともないし、少なくともアレはえとろふの存在自体知らないのだから、代行を頼むにはうってつけの相手だ。

この掲示板の人物は、代行者に前もって自分の目的を明かさなかったから、あとで話がこじれたのだ。わかった上でやってもらうなら、えとろふとの関係を失うこともないはずだ。

そう考えて、これまでにも何度か、メールでそのことに触れようとはしたのだ。

でもそんなことを持ちかけたとして、えとろふは本当にすんなり話に乗ってくれるだろうか。詳しいことは何も訊かずただ言ったとおりにやってくれそうな気がする一方で、ドン引きされたり軽蔑されたりはしまいかという心配もある。そんな迷信みたいなことを真に受けている頭の悪い女だったのかと幻滅され、それきり見限られてしまったら？

メールの新規作成ボタンを押して、宛先をえとろふに指定したまま、七海は何度目かのためらいのうちにただじっとスマホの画面を見つめていた。

この時間帯なら、どうせえとろふは眠っているだろう。メールに気づいて目を通すのは何時間後だろうか。それでも、ＳＯＳを出さずにはいられない気分なのだ。

こんなにおなかが痛くて、すぐにでも家に帰りたいのに、アパートの中は今日も、母親がエルドラドから戻る午前二時くらいまでは危険ゾーンだ。いつまでこんな思いをしなければならないのか。アレがいなくなりさえすれば、世界ははるかにましなものになるのに。

七海は一度目を堅く閉じ、祈るような思いでスマホを握りしめてから、画面上のキーボードに指を走らせはじめた。

おはよう(╹o╹)/
って多分まだ寝てるよねσ(╹_╹;)

じつはちょっとお願いがあるんだけど聞いてくれるかな
あることをやってほしいんだ
えとろふにしかお願いできないこと(╹•╹•╹)

11:47　島薗元治

「やあ、暑い中ごくろうさん。――冷えた麦茶がある。よかったら一杯どうだね」

玄関で宅配便のドライバーを迎えたとき、額から滴っている汗の粒を見て、そう言わずにはいられなかった。今の若い人は、見知らぬ他人の冷蔵庫にある麦茶など飲まないとわかっているのに。

案の定ドライバーは、はにかんだような笑顔で「あ、大丈夫です」とだけ言うと、そそくさと立ち去ってしまった。

閉じたドアを前にして、元治は数秒だけ無言のまま佇み、やがて小さくため息をついて、荷物を居間に運んだ。

思っていたよりもずしりと重い。水羊羹《みずようかん》とゼリーの詰め合わせと聞いてはいたが、開けてみると全部でざっと三十個ほど入っている。年老いた男一人に食べきれるとでも思っているのだろうか。

差出人は娘の菜穂《なほ》である。今年はお中元や暑中見舞いでもらった品がばかにだぶついていて消化しきれそうにないので、一部引き取ってほしいというのだ。

「明日の午前中着で手配してあるから」

昨夜、電話でそう言われていた。

「午前中っていうのは、九時から十二時くらいか。その間、外出できないな」

「あ、そうか。そっちは宅配ボックスがないんだもんね。ついそれを忘れちゃって——」

菜穂はここ十年ほど大阪に住んでいて、何年か前に夫と資金を出しあって堂島《どうじま》に三ＬＤＫのマンションを買った。元治自身も父親としていくらか負担している。

夫はアパレルメーカー勤務で、菜穂自身、出産までは同じ会社に勤めていたが、今は二歳の息子を抱える専業主婦だ。本人は仕事を続けたかったのだが、すぐに入れられる保育所が見つからず待機状態なのだという。

長男の健志《たけし》とは七つも歳が離れている。元治が四十近くなってから、そのつもりもなかったのにできてしまった恥かきっ子だ。

文枝に先立たれてから、菜穂はこうしてなにかと連絡してくるようになった。達者でいるかどうか、悪くいえば「まだ死んでいないかどうか」、それをたしかめているのだ。

「でもかえっていいじゃない。明日もそうとう暑くなるらしいよ。お父さん、出歩くのが好きみたいだけど、こういう季節の日中はむやみに外出しない方がいいって。熱中症になってどこかで倒れてても、誰にも気づかれないかもしれないんだよ」

「それくらいはわきまえてる。それに、出歩くのが好きというのはちょっと違うな。健康のために歩いてるだけだ。老人の一人暮らしで足腰が立たなくなったら、それこそ目も当てられないだろう」

「それはそうだけど、お父さん、変に片意地でむきになるところがあるから。やると決めたことは何がなんでも毎日欠かさずやるとか。前も言ったけど、散歩とかだって、体調がイマイチだったら、その日は休むとかしていいんだからね」

気にかけてくれるのはありがたい。健志などは都内に住んでいるくせにほとんど顔も見せないし、用事がなければ電話もかけてこない。四十を過ぎていながら結婚もしていないことで、会うたびに父親からあれこれ言われるのが単に煩わしいのかもしれないが。

その点、菜穂はまっすぐに育った素直な子で、ひねくれたところのない親思いの娘にはちがいないのだが、少々おせっかいが過ぎるのが難点だ。こうたびたび苦言を呈されると、かえってなにくそという気持ちになってくる。そう世話を焼かれるほどまだ耄碌《もうろく》してはいない、と。

もっとも、反発を覚えるのは、坂道を転げ落ちるような勢いで進む心身の衰えを内心自覚しているからこそなのかもしれない。菜穂が心配しているのは、きっと孤独死などなのだろう。水羊羹とゼリーも、一種の口実なのにちがいない。

日々、新聞などでも高齢者にまつわるそうした問題が取り上げられているのを横目に見ながら、「自分はまだ大丈夫」とひとりごちてはいるが、その自信が次第に心もとないものになっていくのも感じている。

それに今朝は、宅配便のことを自分自身に対する恰好の言い訳として利用しなかったといえば嘘になる。

腰の痛みは、起きたときよりはましになったものの、どうも体調そのものが菜穂流にいえば「イマイチ」なようだ。うかうかしているうちに九時を過ぎてしまい、荷物が届くまでは在宅していなければならないのだと誰にともなく主張しながら、散歩に出るのを先延ばしにしつづけていた。

幸か不幸か、便が届いたのは「午前中」という枠の最後の方になった。もう昼食を摂らなければならない時間だ。

宅配が来るまでは、かつて教鞭を執っていた頃の卒業アルバムなどを押し入れから引っぱり出してきて漫然と眺めたりしていた。

定年を迎えるまでの三十七年間、学級担任を受け持ったクラスはいくつあっただろうか。特に三年生を担当した場合は、そのまま卒業に立ち会い、送り出すことになる。その分、思い入れも強くなるし、当然のことながら印象もより深く刻み込まれる。

どんなクラスにもそれぞれのドラマがあり、どの生徒にも分け隔てなく心を砕いてきたはずだ。しかし、こうしてアルバムのページを繰りながら生徒一人ひとりの顔写真に目を走らせていると、生徒によって、またときにはクラスによって、記憶にかなりの濃淡があることに気づかされる。

少し考えて、理由がわかった。単純なことだ。——手がかかった生徒のことほど、よく覚えているのだ。そして問題のある生徒が多かったクラスほど、濃密な記憶として残っている。

望ましいことではない。一部の問題児をケアすることにのめり込んで、結果としてその他大勢のまじめな生徒たちへの関与をおろそかにしてしまうことは、教師が陥りがちな失策としてかねてより指摘されていた。

自分も、その陥穽《かんせい》を逃れることができてはいなかったということだ。「分け隔てなく心を砕いてきた」なんて偉そうなことは、その意味ではとても言えない。

もっとも、言い訳をするわけではないが、三十数年前のあの時代、受け持ちのクラスを要領よく、大過なく運営できた教師が、いったいどれだけいただろうか。――今もって群を抜いて強烈な印象を脳に留めているのが、その時代に学級担任となり、卒業に立ち会ったクラス、三年八組なのだ。

卒業アルバムの表紙には、「昭和56年度」の文字が箔押しされている。一九八〇年代の初頭、まさに公立中学校を中心に全国で校内暴力の嵐が吹き荒れていた頃だ。当時勤務していた中学校もその例に漏れず、元治のクラスにも日常的に暴力を振るう生徒が男女合わせて六、七人はいた。

いつも学ランの襟を開いて赤いトレーナーを覗かせていた川上哲朗《かわかみてつろう》。くるぶしまであるプリーツスカートを翻し、頬の両脇でカールさせている赤茶けた髪をしきりと手で払っていた真野奈緒美《まのなおみ》――。

今でも昨日のことのようにまざまざと思い出せる。みんな根は素直で、正面からぶつかればかけ値のない本音で応じるなど意外にいい子であることがわかったものの、手を焼かされたことに変わりはない。

もちろん、不良っぽい生徒ばかりではない。自分が正しいと信じれば、相手がツッパリグループの一員でもひるまずに食ってかかる奴もいたし、荒《すさ》みがちなクラスの雰囲気をなんとか明るいものにしようと、自ら道化役を買って出てみんなの笑いを取っているひょうきん者もいた。

ひときわ印象深かったのが、曾根田《そねだ》慎也《しんや》だ。よく覚えているのは一種の問題児だったからだが、わかりやすい暴力に訴えたり、いわゆる非行を重ねたりするタイプではなかった。

発端は、「殺害計画書」と題されたノートが校内で見つかったことだ。

そこには何人かの生徒と教師の氏名が、殺害を計画しているターゲットとして挙げられていた。文字はいかにも子どもらしい稚拙なものだが、それぞれのターゲットをいつ、どんな手段で殺害するか、手順までが具体的かつ詳細に綴られており、単なる遊びとは思えない真実味があった。

「これはもう、書いた本人は計画どおりに実行するつもりでいると見てまちがいはないですよ。しかも、どれも実際に中学生でも無理なく実行が可能な、リアリティある内容になっている。即刻、警察に通報すべきです。対象になっている先生がたや生徒たちにも警護が必要です」

そんなことを言いだす教師まで出てきて職員会議は紛糾したが、それは早計だとする教頭の鶴のひと声により、まずは内部でもう少し調査をすべきだという話になった。

ノートの書き手は、「計画」が入念だったわりに思いのほか脇が甘く、何人かの生徒への聞き込みからあっけなく身元が割れた。それが曾根田慎也で、当時元治が受け持っていたクラスの生徒だったのだ。

どちらかといえば目立たないタイプだが、成績ではむしろクラスでも上澄みの方に属している。

華奢《きゃしゃ》な体つきだが顔立ちは端整で、切れ長の目が聡明そうな、しかしどこか危なっかしい光を放っている。

元治は、この扱いづらそうな生徒と差し向かいになって往生した。しかし、とにかく担任としてなんらかの対処をしなければならない。

「この計画は、本当に実行するつもりだったのか？」

「はい、基本的にそのつもりでした」

慎也は、目こそ伏せていたものの、悪びれた風もなく肯定した。その態度に圧倒されそうになりながら、元治は強いて冷静さを保持して続けた。

「――ここに名前が書かれてる人たちを、どうして殺したいと思うんだ？」

しばらく黙って考えてから慎也は、「たとえば大崎《おおさき》先生は――」と具体的な理由を述べはじめ、それに続けて、その他一人ひとりについての同様の説明をていねいに施した。

対象の人物によって理由はまちまちで、なんらかの私怨であったり、あるいは本人なりの「正義」に基づく「判断」であったりした。

「なるほど」

ひととおり説明させてから、初めて口を挟んだ。

「でもそれぞれ、本当に殺すに価するほどのことなのかな」

「僕はそう思ったんですけどまちがってますか」

それからは、根比べのようなものだった。

たとえば慎也が「頭にくる」と評する相手のふるまいについては、「それのどこがなぜ腹立たしいのか。こういう受け取り方はできないのか」と疑問を投げかけ、おたがいが完全に納得するまで議論を重ねる。決して頭ごなしに否定はせず、「それはわかった。でもこの点についてはどうか」と別の視点を提供しつづけるのだ。

　本質的に賢くて論理的だった慎也は、やがて自分の理屈の弱点に自ら追い込まれていき、ついに降伏宣言をした。

「なんか——島薗《しまぞの》先生の言ってることが正しい気がしてきました。もうその誰のことも殺したいとは思いません」

「じゃあ、この〝計画書〟は取り消すということでいいんだな」

「はい。それ、もういらないので捨てちゃってください」

　教頭や同僚たちには「もう心配ない」と請けあったものの、内心は半信半疑だった。万が一、殺意が再燃して計画のうちのひとつでも実行に移された日には、責任の取りようもない。結局、慎也がその後これといった問題を起こすこともなく無事に卒業していったときには、心底胸を撫《な》でおろした。

　何年かして、その慎也がふらりと学校に訪ねてきたことがある。一流の私大に進学して哲学を専攻しているという話で、自分の関心領域について、なにやら難解な専門用語をちりばめた解説をひとくさりぶっていたが、元治には半分も理解できなかった。

「それにしても、先生には本当にお世話になりました。今の僕があるのも島薗先生のおかげです」

去り際に慎也は、感慨たっぷりにそう言ってみせた。

「あとになってわかったんですけど、あの頃の僕は、あのノートに名前を挙げた人たちの一人ひとりを殺したかったんじゃなくて、ただなんとなく世界全体にムカついてたんだと思うんです。でもそんなのは論理的じゃない。だからちゃんとした理由がほしくて、それでこれはだれか特定の人物に対する殺意なんだって無理にこじつけてただけなんですよ」

――気づいてくれてよかった。そうでなければ、そのこじつけた理由によって、何人かがいわれもなく殺害されかねないところだった。

「そのことに気づかせてくれたのは島薗先生です。おかげでまともになれました」

そう言って深々と頭を下げて出ていく姿を見たのが、この生徒についての最後の記憶だ。「まともになれた」と言いながら、まだどこにどう転ぶか予断を許さないような危うさが全身にまといついていた。この世界における自分の居場所がどこなのか、確信を持てないまままよってでもいるかのような。

その後どうなったのかは噂にも聞いた覚えがないが、あいつなりの安住の地を見つけることはできたのだろうか。達者なら、五十に近い歳のはずだ。人並みに結婚して父親になっているとすれば、もう子どもがあの頃の慎也自身くらいの年ごろだろう――。

そのあたりまでとりとめもなく追想を弄んでいる間に、宅配便が届いたのだった。

ひとまず菜穂に電話してお礼を言い、冷凍のタンメンでかんたんに昼食を済ませてから、午後はどうして過ごそうかと考え込んだ。このままただ思い出に浸っているのも不毛だし、立ったり座ったりしている間に体調もだいぶ回復してきた気がする。

やはり、日課と決めた散歩をしないのは気分が落ち着かない――。

菜穂は熱中症の心配をしていた。陽射しはますます強まっていて、サッシから覗く庭のナツツバキが今にも発火しそうに見える。こんな炎天下にあえて歩きまわるなんて愚の骨頂で、それこそ片意地もいいところだと笑われそうだ。

だが、おあいにくさま、片意地な性格はそうかんたんに矯《た》められるものではない。

毎朝の散歩は、近隣を二時間ばかりかけてゆっくりと一周するコースだが、ルートの起点は飛鳥山公園だ。木陰のふんだんにあるところが半分以上を占めているし、川べりなど涼しい経路をもともと意識して選んでいる。最悪でも、頭から転倒するようなことにはならないだろう。

――食休みをしたら、出発だ。

元治はそういう心づもりで、念のため、ふだんの早朝の散歩では使わない小さな水筒をキッチンのストッカーから取り出した。以前、文枝と一緒に山歩きをした際に買ったものだ。内部を軽く漱《すす》いでからあらためて水を満たすと、その重みが、自分の命そのものの重さでもあるかのような感じがした。

12:35　永淵亨

優花に電話する約束の時間まで、残り一時間を切った。そうするともう気持ちがそわそわして落ちつかず、電話ボックスの近くにいなければと身構えてしまう。

携帯を使えなくなってから、乏しい公衆電話の設置場所は重要な情報になった。いちばん確実なのは、やはり駅前だ。南口の場合、ロータリーを挟んで両側に三つずつ電話ボックスが並んでいる。その六つがすべて埋まることは、まず考えられない。

ネットカフェは、パックが終了する午前八時にチェックアウトした。延長もできるが、どのみちその時点で一度精算をしなければならない。きりがないから、日中はよそで過ごすことに決めている。ただ、夏場だけに屋外はきつい。

午前中の早めの時間は、いつもどおり、ファストフード店に入ってドリンク一杯で粘った。十時台以降はパチンコ屋の休憩所もよく使うが、遊びもせずにあまり長時間座っていると不審そうな目で見られるし、店内に鳴り響いているけたたましい電子音に、鼓膜が麻痺しそうになってくる。

かわりに今日は、もっぱら駅ビルの九階にあるレストランフロアで過ごした。ベンチもあるし、人は着々と入れ替わるから、怪しまれることもない。

優花に電話で何をどう伝え、どう訴えるか。ネカフェを出る前に殴り書きしたシナリオを何度も読みかえし、推敲《すいこう》したり、声には出さずにリハーサルしたりを繰りかえした。集中すれば一時間もかからない作業のはずだが、ばかに手こずってしまったのは空腹が原因だろう。

最後にものを食べてからすでに二十時間。脱水症状を起こさないように水分だけは補給しているが、脳に栄養が行きわたらなくなっているのか、考えがまとまらなくなりつつある。

おまけにそこへ、四方から焼けた肉や揚げものやラーメンなどの香ばしいにおいが始終襲いかかってくる。レストランフロアの酷な点はそれだ。これでは気が散ってしまって収拾がつかない。

財布の中を見ると、残金は千八百八十七円。今夜の宿泊はすでにアウトだ。本当にもう土壇場で、優花から色よい返事がもらえなければ路頭に迷うことになる。

それに際して、最小限の腹ごしらえは必要だ。こう頭がぼうっとしていては話もうまくできず、せっかく練りに練ってまとめたシナリオが無駄になってしまう。

駅ビルを出た亨は、結局、寝泊まりしているネカフェと同じビルの一階に入っているなじみのコンビニに立ち寄り、菓子パンを物色した。肉っぽい味が恋しかったので迷わず九十八円のウィンナーパンを手に取り、少し迷ってからカレーパンも手にした。こちらは百八円。

まあ、どうせこの話がコケたらその時点でジ・エンドなのだ。今さら百円かそこらで悩んでもしかたがない。最悪、優花への電話代だけ確保できていればいい。

昼どきのコンビニは、昼食を買い求める勤め人で混みあう。正午過ぎよりは捌《は》けたようだが、それでもまだレジの前には商品を手にした数人の客が列を作っている。

亨の前はＯＬ風の若い女で、野菜がゴロゴロ入っているスープとパスタサラダに、デザートのつもりなのかスイートポテトらしきものまで財布と一緒に大事そうに抱えている。羨《うらや》ましいというより、住む世界が違う人間にすら見える。給料をもらえない身になっただけで、そうではない人間との間にこれほどの距離を感じるようになるとは。

支払いを済ませてそそくさとコンビニを出た亨は、比較的人通りの少ない路地に入り込み、歩きながら慌ただしく口の中にパンを押し込んだ。

路地は線路に突き当たったところで行き止まりになっている。銀色にオレンジ色のラインが入った中央線の車両が、柵の向こうで轟々《ごうごう》と唸りながら通過していく。肩に紐の食い込むバックパックは腹立たしいほど重く、十歩進むだけでも全身から汗が噴き出してくる。

勢い込んで食べたパンで喉が詰まりそうになり、慌ててペットボトルの水で胃の中に流し込んだ。さっき駅ビルのトイレで補給しておいた水道水だ。

――約束の時間まであと四十五分。これからどうしようか。

電話ボックスのことを考えれば、駅前から離れたくないことに変わりはない。さりとてこの猛暑の中、むやみに歩きまわれば消耗するばかりだ。

少し考えて、至近距離にある都立の庭園で過ごすことにした。旧財閥の大金持ちだかだれかの別邸だったというものだ。敷地内に入るには入場料を支払わなければならないが、脇に小さな児童公園のようなものが併設されていて、そこは出入りが自由なのだ。

昼休み中の勤め人などでベンチはあらかた埋まっているが、運よくひとつ占有することができた。頭上には生い茂ったイチョウの木が屋根を作っていて、街中に佇んでいるよりはずっと過ごしやすい。ここからなら、駅前の電話ボックスもすぐだ。

亭はようやく安心して、バックパックからノートを取り出した。

そもそもこのノートは、携帯電話から主だった友人知人の連絡先を書き写す目的で買ったものだ。

携帯が壊れたのは先月はじめのことで、その時点ではそれ自体が死活問題だった。

人材派遣会社から一方的に契約を切られ、国分寺で放り出されてからも、しばらくはなにがしかの収入があった。すでにネカフェで寝起きする生活は始まっていたものの、何日かおきに日雇い派遣の仕事が入ってきたからだ。

元締めは、寮仲間だった人間からの口利きで紹介された違法業者だ。禁止されている日雇い派遣への取り締まりはザルで、今もかなりの数の業者が従来どおりの形態で労働力を動員しているという。

労働者の権利や立場を守るのが法改正の意図だったはずだが、現実問題、日雇い仕事がないと食っていけない亨のような人間がいくらでもいるのだ。その現状が変わらないかぎり、そこから甘い汁を吸おうとする人間が絶えるはずもない。

元締めとの連絡は携帯のメールでしか取れない。持っているのは五年ほど前のモデルのガラケーで、ちょくちょく調子が悪くなるのをだましだまし使っていたのだが、ある日、通信機能が完全にイカれたときは青くなった。

「スマートフォンではないものですか？　そうしますと現在当店で扱っているのはこの機種だけになってしまうんですが……」

すぐさま駆けつけたショップで、店員は申し訳なさそうな顔をしながらそう言った。

スマホは通信料がバカ高い。メールとせいぜい電話さえ使えればいいのだからガラケーで十分なのだが、今はかえってガラケーの方が本体価格が高めに設定されているのだ。

だったら格安スマホを探すか、それとも、まだどこかのショップで奇跡的に売れ残っている古くて安いガラケーを探すか――。思案しはじめた途端、不意に徒労感に襲われた。

――再び携帯を手に入れたとして、それがなんになる？

元締めから呼び出しがかかるのをただ一方的に待ちつづけ、呼ばれれば奴隷のようにどこへでも馳《は》せ参じる。そして一日汗水垂らして働いて、せいぜい手取り六千円かそこらの賃金をお情けのように受け取るだけ。

それが三日も続けば少しだけ気持ちに余裕ができるが、次の三日は声がかからないかもしれない。あるいは、それきり二度と呼び出しを受けない可能性だってある。

その恐怖と闘いながら、こうしてネカフェに寝泊まりしたり、コーク一杯で何時間もマックで粘ったりする生活。それを今後も続けていくためだけに、今俺は安い携帯を探しているのか？

こんなことではだめだ。ここから本格的に抜け出すことを考えなければ。それには金がいる。一万や二万ではない。少なくとも二十万、三十万単位の金だ。それがあれば、定住先を見つけることができる。そうすれば、まともな仕事を探すのも格段に容易になるはずだ。

自分でその金を作れないなら、借りればいい。いずれ余裕ができてから少しずつ返していけばいいのだ。ただ、金融はなんとしても避けたい。こんな不安定な立場の人間に金を貸してくれるところなんて、ろくでもないマチ金くらいのものだ。それに手を出して破滅した人間の話は飽きるほど聞かされている。

携帯は、さいわいメモリだけは無傷で、アドレス帳を見ることはできた。完全にイカれる前にと、三十人分ほどの電話番号だけを書き写した。

あとになって、どうせならメールアドレスも控えておくのだったと悔やんだ。よく考えたら、始終ネカフェに入り浸っている身なのだ。フリーメールを使えばやりとりは可能だったではないか。しかし気づいたときには、すでに携帯本体も回収させてしまったあとで、どうしようもなかった。

ともあれ、三十数人分の電話番号は、今やそれ自体が財産といってよかった。これだけ当たれば、だれかしらは情けをかけてくれるだろう。仮に半分の人間しか応じなかったとしても、一人あたり二万円貸してくれれば、それで三十万だ。

優花の名前が連絡先リストの最後にあるのは、迷ったからだ。携帯から書き写すとき、最初は問答無用で飛ばしていた。いくら困窮しているからといって、元カノに、しかも七つも歳下の女の子に金の無心なんてできるだろうか。

——だからこれは、本当に万事休すとなったときのための最後の保険にすぎない。

自分にそう言い聞かせながら、最後にそっと書き加えたのが優花の連絡先だったのだ。

実際に優花を頼ることにはならないだろうと踏んでいたが、リストに基づいて電話をかけはじめてすぐに、自分の見通しが救いようもなく甘かったことを思い知らされた。

「金？　——悪いけど、自分が食っていくので手一杯だから」

「子どもも生まれちゃったしさ。これからどんどん入り用になっていくし。ごめんな」

「友だち同士でそういうのって、やめておいた方がいいと思うんだよね。おまえとの関係、壊したくないし。その前に親兄弟とかは頼れないわけ？」

その調子で、リストには×印ばかりが増えていく。

そもそも、間柄が微妙な相手が多い。何年も音信不通になっている者はもともと省いているが、リストに残った者たちも大半は、そう密に連絡を取りあっているとはいえない仲なのだ。

牛丼屋時代は忙しすぎて友だちと会うどころではなかったし、派遣社員時代は住居すら定まらない流浪の暮らしだった。たまに電話をかけてきたのが金の無心では、心証が悪くなるのも当然のことだろう。

「困ったときはおたがいさまだろ。返してくれるのはいつでもいいから」

そう言って気前よく五万円も振り込んでくれた奇特な友人もいるが、それは例外中の例外だ。

「一万円なら」などとしぶしぶ応じてくれた分も含めて、八万円かき集めるのがやっとだった。

当然、その間の日々の寝食にも金はかかる。八万円借りる間に四万円遣ってしまったのでは、「八万円集めた」ことにはならない。

それに、プライドを捨て、卑屈に身を小さくしては人に頭を下げつづける毎日に、亨の心は再起不能なまでに打ちひしがれていた。

リストにはまだ連絡をつけていない人間が何人も残っているが、もはや電話する気にもなれない。実際、心を奮い立たせて電話をしても、出ようとさえしない者もいる。何度かけても、メッセージを残しても反応しない。

きっと、方々に無心の電話をかけまくっていることが、知り合いの間で知れわたりはじめているのだ。最近、「公衆電話」からかかってくる電話があるとすればそれは永淵《ながぶち》で、出れば借金の申し入れをされるから気をつけろ――そんな警告が出まわっているにちがいない。もはや俺は、知人たち全体から疎まれているのだ。

そのときふと目に触れた「矢内優花」の文字。それが、ばかに光り輝いて見えた。やさしくやわらかい光を放ちながら、ほほえみかけてくれているみたいに。

――優花なら、必死に救いを求める俺の手を冷たく払いのけたりしないかもしれない。

最後の最後まで決してかけるまいと心に決めていた電話番号だが、今となっては、どうして最初に頼らなかったのだろうと不思議に思うほどだった。

おたがい嫌いになって別れた仲ではない。今は新しい恋人がいるとしても、ほかならぬ俺の頼みになら耳を傾けてくれるのではないか。

そうはいっても、もちろん、まだ新人といくらも変わらない年齢の優花自身から額の大きい借金ができると期待しているわけではない。本人からは、借りられるとしても数万円が限度だろう。

「亨は、自分の店を持ちたいんでしょ?」

つきあっている頃、優花がふと口にしたことがある。

「今みたいなチェーンの雇われ店長じゃなくて、オーナーとして自分の店を切り盛りするのが夢なんだよね」

「まあ、ゆくゆくはな。そのためのノウハウを今のうちに身につけたいとは思ってるけど……」

たしかに、当初そんなことを夢見ていたのは事実だ。だがあの頃は正直なところ、目の前の激務をこなすのに汲々としていて、夢の実現に向けて踏み出す気力もなかった。だから優花が続けてこう言ったときも、人ごとみたいにしか思えなかったのだ。

「だったらさ、うちのお父さん、もしかしたら援助してくれるかもしれないよ」

優花はもともと、かなり裕福な家の娘だ。父親は美容品の会社かなにかを経営していて、株の運用などでもかなりの稼ぎを弾き出していたようだ。そんな家の娘が牛丼屋でアルバイトしていたのは、本人いわく、一種の「社会勉強」としてだったらしい。

「お父さん、夢を抱いてこつこつまじめに働いてる若い人が大好きなんだよ。一度、会ってみる？」

ラッキーすぎる突然のチャンスは、かえって亨を怖気《おじけ》づかせるばかりだった。優花と結婚するかどうかもわからない中で、そんな大きな援助を受けてしまっていいのかというためらいもあった。

結局、「将来どうなるかもわからないし」などとあいまいなことを言ってなんとなくうやむやにしてしまったのだが、あのときの優花の口ぶりには、「将来なんて関係ない」というニュアンスも感じられなかったか。

今さらだが、親父さんになんとか口利きしてもらえないものか――。

「いいよ。亨がまじめな人で、ただ運が悪くてそうなっちゃったのは私がよくわかってるし、そのとおりに伝えたらお父さんもわかってくれると思う」

あっさりそう請けあってくれる優花の声が聞こえてくる気がする。

ただしそれは、もっぱら夜間のことだ。フラットシートの上で体を折り曲げ、ドアや仕切り板の隙間から入り込んでくる薄明かりに照らし出される天井を眺めながら、とりとめのない空想に浸っているとき。

そんな中で巡らせるシミュレーションは、なぜかばかに上首尾な展開を見せることが多い。優花はまるで天使のように慈悲深く、すべてこちらの期待しているとおりに事態が進んでいく。

だがひとたび夜が明けて、慌ただしく職場に向かう勤め人たちの群れを目にするたびに、楽観的な予想は幻のようにかき消えてしまう。あんな甘い考えに浮き足立っていたなんて、どうかしていたのではないかと。

実際に優花に電話をかけるまでに、ためらいに継ぐためらいで何日かを空費してしまったのはそのせいだ。

今も、自信があるかといったらかなり怪しいものがある。追いつめられたあまり、正常な判断力を失っているような気がしないでもない。しかし、もはや猶予はない。亨は最後の予行演習のつもりで、ノートに書きつけた「シナリオ」に目を通しはじめた。

まずは世間話から。勤務先のことなど。さりげなく。

↓

「相談したいことがある。会えないか」

↓

（用件を聞かれたら）

「こみいった事。電話で言えない」

「なるべく早く（出来れば今夜）」
※ヨリを戻す話じゃない点を強調
↓

何度も線で消したりして書きなおした跡のある文面を目で追いながら、不意に睡魔に襲われた。さっき食べた菓子パン二つが十分な量だとは思えない。それでも、胃袋はきっと、久々に入ってきた食物からこの機を逃すまいと摂れるだけの栄養を摂り、満腹中枢にサインを送ってしまったのだろう。それにつられて、体が眠ることを欲しているのだ。

——今眠ってしまったらまずい。

そう思うはしから、ノートの字がちらつきはじめ、頭がぐらりとうしろに傾いでいくのを感じた。

13:03　山添択

浅い眠りを破ったのは、姉のみのりの部屋から二階のベランダに出た母親が、洗濯物を干すために行き来する足音だろうか。

日中の睡眠は、もともと途切れがちだ。カーテンを引いて部屋の中をまっ暗にしていても、早ければ十時ごろ、遅くても正午ごろには必ず一度は目覚めてしまう。寝足りないのでそのまま目を閉じているとほどなくまた眠りに落ちることはできるが、それからは一時間、ときには三十分単位の浅い眠りを際限なくリレーしていくことになる。

体がもともと昼に活動して夜眠るようにできているのかもしれない。それを思えば、人類は本来夜行性なのだとする択の持論もかぎりなく怪しくなるが、深く追求しないことにしている。

充電中のスマホが示している時刻は午後一時過ぎ。あと三時間くらいは眠っておかないとつらい。寝なおそうと思ったとき、メールが着信していることに気づいた。

イテからだ――。

送信時刻は十一時台になっている。授業をサボってよく過ごすという保健室から送ったのだろうか。ただ、そんな時間帯にイテがメールを送ってくるのはめずらしい。こっちがいつ起きているのか知っているから、ふだんなら早くても夕方六時以降なのに。

読んでみると、なにやら「お願い」があるという。〈OKならいつでもいいから返信して♪(´θ｀)ノ〉と結んでいて、「お願い」の内容については触れていない。

もちろん、イテのためにできることがあるならなんだってしてあげたい。

すっかり目が冴えてしまった択はベッドの上に座りなおし、「お願いって何」と返信した。すぐには応答がなかった。すでに保健室から引き揚げているとすれば、今はちょうど給食の時間だ。

メールに気づくのはいつだろうか。

しばらくの間、択はもどかしい思いで部屋の中を行ったり来たりしていたが、ふと口内がひりひりに干上がっていることに気づいた。

そっと無人の一階に降りて冷蔵庫を開き、母親が常備してくれている二リットル入りのコカコーラのペットボトルを取り出した。グラスに一杯、息もつかせず飲んでいると、うしろから声をかけられた。

「めずらしいじゃない、こんな時間に」

母親がいつのまにかベランダから戻っていたのだ。

ばつの悪い思いで顔を逸らし、何も言わずにダイニングを出ていこうとすると、母親が重ねて言った。

「もう起きるんだったら、すぐごはん用意するけど。いつもはもっと遅いから……。これから用意して、できたら声かけるのでいい？」

質問されるのはいやだ。できれば家族の誰とも口をききたくないから。口をきくたびにいたたまれない気持ちになるから。だが母親は、機会を捉えてはわざとのようになにか質問してくる。

背中を向けたまま、くぐもった声でかろうじて「うん」とだけ言うと、択はまた階段を上って自分の部屋に戻った。

「みんなと一緒じゃなくてもいいけど、せめてちゃんと一日三食摂らなきゃ。何時だったらいいの？　お母さん、それに合わせて作るから」

家族と食事をともにしなくなってから、母親はしきりにそう訴えてきた。

食事のためにゲームを中断したくはない。体を動かしていないから、さして腹も減らない。用意されていても、まるで手をつけないこともある。そのうち母親も一定の譲歩をして、一日二度の食事のパターンが定まった。

一度めは深夜。これは単純で、母親が寝る前に盆に載せて部屋の前に置いておいてくれる。それも、おにぎりやサンドイッチなど、ゲームをしながらでも口に運べるものが中心だ。好きな時間に部屋に持ち込んで食べ、終わったら盆ごともとの場所に戻しておけばいい。

問題は、午後三時か四時くらいになることが多い二度目の食事だ。寝床から抜け出してきたばかりの択にとっては、いわば朝食に当たる。こちらはおかずの種類も多くて、ちゃんと箸《はし》を持って食べなければならない。しかも、二階まで持ってきてくれない。

たぶん、一日のうち、わずかな時間でも食卓に着かせようという策略なのだろう。寝起きはそれなりに空腹なので、しかたなく食卓で食べていると、母親がそばにつきまとって話しかけてきたりする。うっとうしいので食べに行くこと自体をやめようとしたら、今回も母親は折れた。

「わかったから。択が食べてる間は離れてるから。だから下で食べて。ね？」

そうまで言われたら、択としても呑まないわけにはいかなかった。

母親が融通を利かせられるのも、今は専業主婦だからだ。以前は派遣社員としてあちこちの会社でフルタイムの事務仕事をしていた。択が部屋にこもるようになってしばらくしてから、突然それを辞めて、日中ずっと家にいるようになってしまったのだ。

「今までどおり行ってよ、会社に。監視されてるみたいでいやなんだよ！」

一度だけそう怒鳴ったことがあるが、「だったらずっと家にいる択のめんどうを誰が見るの」と涼しい顔で言いかえされただけだった。

本当にいやだったのは、監視されているように思えることではない。自分が原因で母親が犠牲を払ったことだったのだ。

家計のためというのもあるだろうが、母親はもともと、会社という空間で働くこと自体が好きなのだと言っていた。だから子育てと両立させながら、可能なかぎり会社にも通うような生活を選んでいたのではないか。それが自分のせいでできなくなってしまったということが耐えられないのだ。

だがそれを口にすることはできず、気がついたら今のスタイルが既成事実化していた。

「択、できたよ」

三十分もしないうちに、階下から声がかかった。

階段を下りようとしたところで、足が止まってしまった。イテからの返信が届いたのだ。

〈今日は早起きだね(*´○`*)　いま昼休みだから屋上でこれ打ってる〉で始まる長めの文面に、目が釘づけになる。択はいったん部屋に戻り、最初から注意深く目で追った。

頼みたいことって呪いなんだけど

いきなりこんな話でごめんね
引かないで聞いてねヽ(￣д￣;)ノ
あたしのことをすごく苦しめる人がいる
殺したい人
でもその人を呪い殺すには人の助けがいるんだ

続けてイテは、この呪いの儀式は自分以外のだれかにやってもらわなければならないこと、そのだれかは「えとろふ」以外に思いつかなかったことなどを説明している。呪った者は呪いかえされるというが、この方法なら心配はいらないのだとも。

短い時間に急いで打ったのだろう、ところどころに誤字脱字があるが、意味は十分に読み取れる。

呪いとか信じるなんてばかみたいかな
でももうそれしか手がないんだよ(;_;)

「お願い」が、まさかそんなことだったとは——。

予想しなかった内容に当惑したのは事実だが、さほど驚いたわけでもない。すぐに、二人がゲーム内で出会うきっかけとなったチャットの文面を思い出したからだ。

〈殺したい人って義父？〉と返信を打つと、少し間を置いてから〈そのへんはあんまりくわしく知らないほうがいいと思う〉とめずらしく顔文字をつけない一文が返ってきた。

呪う相手が誰であれ、最初から引き受けるつもりだった。イテのためにできることがあるならなんでもやる。特にそれが、イテのつらい思いを減らすことにつながるなら。

僕にできることならやるけど
どうすればいい？

そこへ母親の声が割り込んできた。

「択、聞こえた？　――できたよってさっき言ったんだけど」

声の大きさや響き方からして、階段の途中まで上ってきているらしい。「聞こえてるから！」と怒鳴りかえしながら、目はイテの送ってきた〈ありがとう☆*:.｡. o(≧▽≦)o .｡.:*☆〉という文字を追っていた。

それから二十分くらいにわたって、短いメールの応酬が続いた。

択はダイニングに移動して、食事をしながら数分おきにメールを読んだり打ったりを繰りかえしていた。用意された食事が、いつもどおりちゃんと箸を使わなければ食べられないものであることがもどかしかった。

ただ、母親は約束どおり、食事中はどこか見えないところに引っ込んでくれていたので、やりとりを覗かれる心配はなかった。

気がついたら、二時になっている。もう昼休みはとっくに終わっているはずだが、イテはメールをよこすのをやめようとしない。このやりとりが完了するまで、教室に戻らないことに決めたのだろうか。おかげで、儀式として何をすればいいかはよくわかった。

なるべく急いでほしいというので、今日中に実行し、終わったら連絡すると返したら、イテはあらためて礼を述べ、最後につけ加えてきた。

やっぱりえとろふにお願いしてよかった！V(^_^)V
引かないでくれてありがとね(／Д`)

引くはずがない。どうしてそんなことを心配するのか。

呪いが本当にあるかどうかはわからないし、人を呪う方法を調べたこともない。でも、呪いたいと思った奴は何人もいる。

たとえば、自分にひどいことをした憎い奴。そいつが、腕力でもかなわず、クラスの中での身分もずっと上で、自分にはとうてい歯が立たない相手だとしたら、どうすればいい？　それこそ呪いでもかけるしかないではないか。

河瀬《かわせ》怜旺飛《れおと》――。この名を忘れることはないだろう。

まともに学校に通っていたのは、一年生の一学期だけだ。七月ごろから休みがちになり、夏休みを挟んでからはもはや登校する意思すらなくなっていた。河瀬の顔を最後に見たのも、ちょうど一年くらい前のことだ。

その後どうしているのかも知らないが、きっと今でもクラスで王様のようにふるまい、いい気になって、だれかを虐げつづけているのだろう。——奴に刃向かうことも取り入ることもできない、僕みたいなクラスの中での弱者を。

なにしろあいつは、声が大きい。

ボリュームのことを言っているのではない。それもあるが、肝腎なのは、みんなに意見が認められやすいかどうかだ。

そいつがなにかを言うと、クラス全体の空気がそっちに向かってさっと動いていく。内心それはどうかと思っていても、自分も同じ意見でいなければいけないみたいな気分にさせられてしまう。声が大きいとは、そういうことだ。

連中には、いろいろな特権がある。たとえば授業中に騒いだり、ちょっとした校則違反をしたりしても、大目に見てもらえる。

教師自身が、やつらと結託しているみたいに見える。一年のときの担任の辰巳《たつみ》もそうだった。河瀬たちが何をしても、「しょうがねえなあ」と言いながら笑っているのだ。「それくらいの方が元気があっていい」とでも言わんばかりに。

一方で、いわれもなく権利を奪われ、そこらに転がっているゴミ同然の扱いを受ける生徒もいる。ただ単に「声が小さい」だけならまだいい。どうでもいい「その他大勢」の一人として放っておいてもらえる。だが、なにかを理由にマークされてしまったら終わりだ。

「は？　おま、何言ってっかマジわかんねーんだけど」

訊かれたことにただまじめに答えているだけなのに、何を言ってもそんな反応をされる。択にすれば、意味のわからないことを言っているのは河瀬たちの方なのだ。

早口で、隠語みたいな言葉がいくつも混じっているから、一度聞いただけではよく意味が取れない。訊きかえすとじれったそうにされるので、想像で補って答えると、とんちんかんなことを言っているみたいに決めつけられてしまう。

なにしろ河瀬たちは、前置きもなく突然こんなことを言ってくるのだ。

「昨日よく知らねえ奴にコチャでスタバクされてさぁ、スマホ重くなってマジ死ぬかと思ったわ。ありえなくね？」

「コチャ」がＬＩＮＥにおける一対一のチャットである「個チャ」を、「スタバク」がスタンプとやらを一度に大量に送る「スタンプ爆撃」を意味するとわかったのは、だいぶあとになってからだ。その時点では、択はまだスマホを持ってすらいなかった。

「スタバク」を「スターバックス」と解釈してなにか懸命に答えたはずだが、嘲《あざけ》るように笑われたことしか覚えていない。

ほどなく、クラスの連絡網をＬＩＮＥでやるからスマホがないと話にならないと河瀬たちに言われて、親に買ってもらわざるをえなくなった。それが、択とスマホとの出会いだった。

ただ、それまではガラケーも持たされていなかったから、使い方がよくわからない。

「いいから貸してみ。設定しといてやっから」

そう言って、河瀬が勝手にＬＩＮＥのプロフィールを作ってしまった。名前はなぜか「いけぬま」になっている。違うと指摘しても、「おまえはいいんだよそれで」と相手にしてくれない。勝手に変えると厄介なことになりそうなのでそのままにしておいたが、ＬＩＮＥそのものが択にはとうてい使いこなせなかった。

ときどきスタンプを使わないと「感じが悪い」ということになっているらしいが、どういうときにどんなスタンプを使えばいいのかがわからない。個々の発言に対する反応のしかたも要領が呑み込めず、黙っていると「既読ぶっち」したと責められる。

クラスのみんなが共有する情報を自分だけが知らされていない、といったことが頻繁に起きるようになったのは、その後まもなくのことだ。

やがて河瀬たちは、教室の中でもこんなことを言いだした。

「いけぬまくん、来る学校をまちがえてるよ。君の学校は隣でしょ？」

意味がわからなかった。だが、クラスの連中はそこかしこでくすくすと笑っている。

通っている中学校の道を挟んで向かい側は私立の大学だが、同じ道沿いの「隣」といったら特別支援学校しかない。あとになって調べると、「いけぬま」は、知的障害者を意味するネットスラングの「池沼《ちしょう》」の読み方をわざと変えたものらしいとわかった。

学校に行かなくなってから、担任の辰巳は何度か家を訪ねてきた。会いたくないと言って追いかえしてもらっていたが、一度だけ、強引に部屋から連れ出されたことがある。

「原因は、河瀬たちか。——でも、あいつらに悪気はないんだよ。それに、俺が見てるかぎり、かたくなに扉を閉ざしてまともに話そうとしなかったおまえにも原因があるんじゃないのか?」

この人間とは二度と口をきくまい——。そう思った。そして事実、その後辰巳が何度家まで足を運んでこようと、部屋からは一歩も出なかった。

形ばかり二年に進級してから担任になった野口は、見たこともない。若い女らしいということだけはわかっている。

「まじめそうな人。学生さんみたいな。まだ大学出て何年も経ってないんじゃないかな。毎回、帰ってもらうのが気の毒でしょうがないのよ。せめて一度くらい顔見せてあげたらどうなの?」

部屋のドア越しに母親にそう訴えられたこともあるが、教師など信用できないことはわかりきっている。

どうしても学校に出てこいというのなら、最低でも河瀬怜旺飛をどうにかしてからにしてほしい。

仮に河瀬がいなくなったとしても、別のだれかが河瀬の立ち位置に収まるだけかもしれない。それでも、恨みが向かうのはやはり、河瀬以外のだれかではない。

殺せるものなら殺したいと思う。だから、イテが人を呪う気持ちも理解できる。

考え込んでしまったのは、儀式の代行を請け負うとイテに約束してからだ。

指示された儀式の手順自体は、そう難しいものではない。紙に「尾岸雅哉」と書き、大きな赤い×印で覆ってから、クスノキの木の根元の地下十三センチメートルの深さに水平に埋める。それだけだ。なんでも、クスノキには霊力があると昔からいわれているらしい。

尾岸雅哉――。「あんまりくわしく知らないほうがいい」とイテは言っているが、きっと義理の父親の名前なのだろう。とすると、イテ自身も尾岸姓を名乗っている可能性が高い。通っている中学もどこかわかっている。イテの本名を割り出すのは容易だろう。

リアルな存在としてのイテに一歩近づくことができたようで単純に嬉しくもあるが、今はあえて本名を突きとめようとまでは思わない。それより気になるのは、「尾岸雅哉」という名前の人物が、この地球上には何人もいるのではないかということだ。

本人の血を紙に吸い込ませるなどするならまだしも、名前だけで、呪いたい相手を正確に特定することができるのだろうか。呪いの効果が、たまたま同姓同名の赤の他人に誤って及ぼされてしまうようなことにはならないのだろうか。儀式を実行するのが自分である以上、そこはなおざりにできない。

〈それは大丈夫〉

イテの返信には、そうあった。「呪いたいのはあたしで、そのあたしがえとろふに頼んでる」という時点で、「尾岸雅哉」がほかのだれかと取りちがえられる可能性はなくなるという。

残る問題は、「クスノキの木」はどこにあるのかということだ。

ネットで調べればどんな見かけの木なのかはわかるものの、画像で見る「クスノキの木」は、それこそ「なんの変哲もない木」でしかなく、現物を見分けられる自信がないし、どこにあるのかもわからない。

「よくわかんないけど、公園とかにあるんじゃないかな」

イテはそう言うが、「公園に行く」という行動自体が、択にとってはおそろしく難易度が高いのだ。

部屋に引きこもるようになってからは、ほとんど家から外に出たことがない。

外は敵だらけだと思っている。

以前、日中、ばかに間近に聞こえた消防車のサイレンが気になって、門扉から何歩か踏み出したことがある。

同じように様子を見るために出てきていたらしい近所の主婦が二人、何軒か先の家の門扉付近で顔を寄せ合っていた。二人は択に気づくと、非難するような目でこちらをちらりと見やってから、視線を逸らしてなにかひそひそと囁《ささや》きかわした。

その日は平日で、中学生はまだ学校で授業を受けている時間帯だった。

なにか自分の悪口を言っているにちがいない——。いたたまれなくなり、そそくさと家の中に避難した。思い過ごしだったのかもしれないが、気分のいいものではなかった。

とても遠出をする勇気はない。家から離れれば離れるほど不安になり、息もできないような圧迫感を覚えるだろう。

だが、近場で思い当たる公園といえば、中央公園しかない。

公園としてはかなり広く、樹木もたくさんある。きっとクスノキもあるのだろうが、問題はそこが学校とほとんど隣接していることなのだ。択の中学校があり、隣の特別支援学校を挟んで、すぐに公園の敷地が始まっている。登下校時にこの公園を経由していく生徒もいる。

そこでうっかりかつてのクラスメートと、最悪の場合、河瀬怜旺飛と鉢合わせしてしまったら？

すでに二時十分。あと二十分もすれば、五時間目が終わる。今の時間割がどうなっているかはわからないが、こんな時間帯にうかつに中央公園に出かけていけば、だれかと遭遇してしまっても不思議ではない。

でも、イテには今日中に決行すると約束してしまった。儀式完了の報告を、今か今かとやきもきしながら待っているかもしれない。

とりあえず択は自分の部屋に戻り、ノートの切れ端に大きく「尾岸雅哉」の名を書いて、赤いマーカーでその上に大きな×印をつけた。そして、引き出しから三十センチメートルの定規を取り出した。掘るべき穴の深さを計測するためだ。

あと必要なのは、地面を掘りかえす道具だ。母親はときどき、庭いじりをしている。小さなシャベルが、縁側の脇にバケツと一緒に置いてあることはわかっていた。

「あれ、どうしたの。めずらしい」

庭をうろついている姿を、母親に見られてしまった。なにかとてつもない失態をやらかしてしまったような気分になり、とっさにシャベルをうしろ手に隠すのが精一杯だった。

ともあれ、これで準備は完了だ。

それでもなお択は、ためらっていた。イテのためなのだ、と自分に言い聞かせながら、ギラギラ照りつける真夏の陽射しを、すがめた目でただいたずらに睨《にら》みつけていた。

13:20　黒沢歩果

やっと、心待ちにしていた昼休みの時間になった。

いつも午前中は昼休みを、午後は終業を待ちわびている。そうして一日、一日が過ぎてゆく。つまらない毎日のようだが、楽しみがないわけでもない。

たとえば、昼休みに社屋を出ていくこの解放感。それ自体がひとつの楽しみではないのか。それを「楽しい」と感じるためには、午前中仕事で拘束されるという一定の苦痛が必要なのだ。そう考えれば、まるで興味の持てない仕事のために端末に向かっていることにも耐えられる。

今日はそこに、例の不明朗な罰金を徴収されるというスパイスも加わっていた。

「黒沢さん、ついひと月前かそこらにも遅刻したばかりじゃなかった？　これは罰金額の吊り上げを検討しなきゃいけないんじゃないかなあ」

芝居がかった調子でそう言いながら、戸田マネージャーは腕を組み、顎を引いてみせた。首回りの余った肉に醜い皺を寄せながら。

「ついひと月前」は誇張で、実際には二ヶ月半ほど前だったはずだが、本質的なことではないので黙っていた。つまらない訂正をしたせいでマネージャーの心証を害し、本当に金額を吊り上げられたらたまったものではない。

　さいわい、今回はひとまず五千円で勘弁してくれた。もともと大金を持ち歩くタイプでもないので、財布には三千円とちょっとしか残らなかったが、それだけあれば昼食と夕食には十分に足りる。

　昼休みは一応十二時から一時ということになっているが、その時間に休憩を取る社員はあまりいない。めいめい、仕事が一段落ついた時点で切り上げ、「自己責任で、適宜に」休憩を取るべしとする不文律があるからだ。

「適宜に」の部分には、「昼休みとはいえあまり長く席を外すのは遠慮すべし」というニュアンスがあるらしい。コンビニでそそくさと買ってきた菓子パンを席でかじりながら、早くも仕事に戻っている者までいる。なんとなくそういうのが社風になってしまっているのだ。

　歩果は入社以来、一度たりともその暗黙のルールに従ったことがない。

　スタート時間こそ日によってまちまちになるものの、必ずきっちり一時間、仕事をしない時間を設ける。必ず外食にするし、時間ギリギリまでオフィスからは離れている。席に戻ると、そのあたりがなしくずしになってしまうからだ。

　争いを避けることが多い歩果でも、この点だけは譲れない。労働者としての当然の権利ではないか。しかるべく休憩を取らなければ、脳だって疲弊して、作業効率が悪くなるにちがいないのだ。

「君は今日、遅刻した身なんだから、それを忘れないように。なるべく早めにね」

一時過ぎ、昼食に行くと告げて席を立ったとき、戸田マネージャーには苦い顔で釘を刺された。ただでさえ遅れた分の損害が発生しているのだから、昼休みの一部を返上して償うのは当然だと言いたいのだろう。

だが、その理屈はおかしい。仮に「損害」が発生しているとしても、それは五千円の罰金を支払うことですでに補償しているではないか。

だから今日の昼休みも、歩果としては一分たりとも短縮するつもりがなかった。

外食派の同僚たちに人気なのは、大通りを渡ったところにある雑居ビルの、地下の食堂だ。同じビルの何フロアかを占めている商社の社食なのだが、誰でも出入りできるので、近隣からもサラリーマンたちが大挙して訪れている。

安くてうまくてメニューも豊富、一見混みあっているようでも広くて回転が早いからすぐに席が取れる。そのあたりが人気の理由らしいが、歩果は一度ためしに使ったきり二度と行こうと思わなかった。

歩果にとって致命的に問題なのは、回転が早い、という点だ。それでは困る。会社からはきっちり一時間離れていたいのだ。そのための場でなければいけない。値段はともかくとして、味などどうでもいい。

歩果が求める条件を満たす店というと、選択肢が自ずと狭まってくる。その点、今日も来た「Café Les Cheveux《カフェ・レ・シュヴー》」は理想的だ。

スタバやエクセルシオールのような大手チェーンではない。よそではロゴも見たことがないので、たぶん個人が経営している店だろう。外観や内装などの構えも、いかにもそれらしい。スタバを不器用に真似ようとして外している、という風情だ。

微妙なのは店名も同じだ。最初のうちは気に留めてもいなかったが、足繁く通ううちに気になって調べてみたら、Les Cheveux はフランス語で「髪」という意味らしい。風になびく美女の長髪をイメージすれば優雅でなくもないが、「毛」とも取れる。カフェ・毛。なんとも食欲を失わせる屋号ではないか。

だが、結果として歩果はここが気に入って、出勤した日の昼食のほぼ九割を負っている。フードメニューは数えるほどしかなく、しかもどれもまずい。パスタはいつ茹でたものなのか妙に伸びているし、ロコモコに乗っているハンバーグは、あきらかに混ぜもののたっぷり入った安い冷凍品で、変にもごもごしている。

そのせいか客足はきわめて悪く、まず満席にはならないし、長時間気兼ねなく占有できる。もちろん、昼休み中も文庫本は必携だ。物語の世界に没頭するには、ぱっとしない店なのがかえって好都合なのだ。

ただ今日は、なんの加減か意想外に混んでいて驚いた。一時を過ぎた時間帯なら、いつもは点々とし か客がいないのに、今日にかぎって八割九割がたの座席が埋まっている。

あまりの猛暑に、冷たい飲み物で喉を潤したい衝動に駆られた通行人が殺到したのだろうか。たしかに外は日盛りで、アスファルトに覆われた街路は焼けつくような熱気を帯びている。

歩果は「きのこの和風パスタ」とドリンクのセットを注文し、番号札を手に席を探した。いつもなら二人がけのテーブル席を取るのだが、これだけ混んでいると気が引けて、フロア中央の楕円形の大きなテーブルにある空席を選んだ。

たしかに空席ではあるのだが、スツール同士がかなり狭い間隔で置かれているため、隣の客との距離は肘が触れあわんばかりになってしまう。見ず知らずの人間だけに少々気づまりだ。

左隣は、移動中に休憩を取っている営業マンという雰囲気の中年男だ。いや、若干髪は薄いものの、「中年」と呼ぶにはまだ気の毒な年齢かもしれない。ワイシャツがはち切れそうなほど肉がついていて、汗に濡れたせいか、前髪がくるくると巻いた形で額に貼りついている。

氷がすっかり溶けて半分水になったアイスコーヒーをときどき啜りながら、ノートパソコンになにかを打ち込んでいるが、作業がはかどっているようにはあまり見えない。

右隣は、食べかけのパスタの器とドリンクだけが置いてあって、客の姿はなかった。トイレにでも行っているのかと思っていたら、背後の壁際にあるテーブルの二人と立ったまま話している若い女の姿がある。どうやら三人連れで、全員一緒に座れる席がなかったようだ。

三人とも見たところ歩果と同世代で、どこかの勤め人らしい。隣の女は、ときどきは自分の席に戻ってくるのだが、すぐにまた話に引き込まれて席を立ち、テーブルの方に行ってしまう。

「あっ、それ！　私も聞いた！　びっくりだよね」

そんなことを言いながら、スカートの裾が乱れるのもかまわずにスツールから滑り降りていくのだ。そして、まるで女子高生のようにけたたましい声を上げながら、壁際の二人となにごとかを夢中で話し込んでいる。

その女の落ち着きのない様子が気になって、最初のうちは本の内容に集中できなかった。どうして今日はこう、読書の妨害ばかりされなければならないのだろう。おかげで、アリシアという謎めいた女が登場する場面を何度も読みなおさなければならないではないか。

ところでこのアリシア、言うことがいちいち思わせぶりだが、語り手ティモシーの父親との関係をほのめかしているようにも聞こえる。

そうだ、ティモシーの父親は、名前は忘れてしまったがたしか映画産業に携わる人間で、女遊びが過ぎたようだ。アリシアは不倫相手の一人？ それにしては年が若すぎる。ということは、弄ばれた女の娘ということはないか？ ティモシーに近づいてきた目的は、母親の復讐――？

その間に、席までパスタが運ばれてきた。いつもどおりのまずいパスタだ。

一応スープパスタということになっていて、形だけはちょっとしゃれている底の深い器に盛られ、えのきだけやしめじなどをベーコンの小さな切れ端と一緒に煮込んだ、しょうゆベースのとろりとしたスープらしきものがかかっている。ただそれが、変に薬っぽい人工的な味なのだ。そしてパスタは、あいかわらず茹ですぎで腰というものがまったくない。

いったいどうやったら、ここまでまずく作れるのだろうか。自分もそれほど料理が上手なわけではないが、パスタだったら数段おいしく作れる自信がある。でもそのまずいパスタを、まずいと知っていながら毎日のように注文して食べている自分がよっぽどの物好きなのだと言われれば、それまでの話だ。

「え、うそ。あの人、私にはそんなじゃないけどな。普通にやさしくいろいろ教えてくれるよ」

不意にまた隣の女が大きな声を出した。それはあんたがかわいいから贔屓《ひいき》してもらっているのだ、といった意味のことを壁際のどちらかが言うと、女は「え、違うって。それは絶対違う！」とむきになって否定しながら、またしてもスツールを降りていってしまった。

——ああ、うるさい。せっかく物語に入り込みかけていたのに。

現実に引き戻されてしまった歩果は、内心舌打ちをしながらなんとなく店内をぐるりと見わたしてみた。入ったときよりは客が減っている。こんなことなら、変に遠慮などしないで二人がけのテーブルを取ってしまえばよかったのだ。

左隣の太った営業マンは、いつしか気の弱そうな大学生風の若い男にすり替わっている。

メガネをかけた秀才タイプでいかにもまじめそうだが、私は知っている。こういうのにかぎって、つきあう女には偉そうに無理難題をふっかけたり、自分の心の歪《ゆが》みを振りかざしてモラハラめいた難癖をつけてきたりするのだ——。

そういえば、携帯はその後も沈黙を保ったままなのでは？

すっかり忘れていたが、昨夜設定した着信拒否がまちがいなく有効だったのだろう。あの男なら、昼休みくらいの時間帯を狙ってまたメールなり電話なりをよこしてきそうではないか。

——これで逃げきれるかな。だといいな。

その瞬間、ブーッ、ブーッという振動が肘に伝わってきた。ぎょっとして身をすくませると、テーブルの上でiPhoneが震えながら唸りを上げている。ディスプレイには「公衆電話」の文字。

——あの男だ。

着信拒否に気づき、あえて公衆電話からかけてきたのだろう。

無視すべきかどうか、一瞬迷った。でも無視をしたら、しつこく何度もかけてくるかもしれない。いっそもっときっぱり言ってやった方がいいのでは？　あの男に対する「器」は、もうとっくに溢れているのだ。

歩果は決然としてiPhoneを手に取り、「スライドで応答」をスワイプした。そして、できるだけ冷たく聞こえるように気をつけながら声を発した。

「はい……」

「あ、歩果？　——あの、えーと、もっと早く電話するつもりだったんだけど……」

どういうわけかばかに息が荒く、そのせいで声が割れてしまっている。追いつめられているという演出のつもりなのだろうか。くさい芝居。もうこれ以上、一秒たりともこの男のために時間を割いてなどやるものか。

「あのね、こういうの、迷惑なんだよね。はっきりそう言わなきゃわかんないの？　もう二度とかけてこないで」

瞬間的に怒りが沸騰して、歩果にしてはめずらしく高めのトーンでひと息に言いきった。

一方的に通話を絶ち、ひとつ大きく呼吸してからiPhoneをテーブルに戻そうとしたとき、背面になにか異質な感触があることに気づいた。

裏がえすと、覚えのないハローキティの小さなステッカーが貼ってある。

え——？

いや、でもこれはたしかに私のiPhoneのはずだ。相手だって、第一声、「歩果?」と訊いてきたではないか。それとも、なにかをそれと聞きまちがえた?

考えてみたら、今日家を出てから、iPhoneを一度でも見た記憶がない。さっきオフィスを出てくるときも、財布と文庫本以外には何も持っていなかったのではなかったか。意識していなかったが、たぶん、朝慌てていて、そもそも持って出るのを忘れたのだ。

昼休みの外出中でも、緊急だと称して戸田マネージャーから電話が入ることがたまにある。持ってきていれば習慣的にテーブルに置いていただろうが、今日はたぶん、いやまちがいなく違う。偶然にも歩果が使っているのと同じ機種の白いiPhoneが目の前で震えていたせいで、とっさに自分のものと錯覚してしまったのだ。

ちらりと壁際に目をやると、女はあいかわらずテーブルのそばに立ち、同僚の肩にしなだれかかるようなポーズを取りながらおしゃべりに熱を上げている。

——なんてことだろう、私は、この子あてにかかってきた電話に、勝手に応答してしまったのだ。しかもあんなけんもほろろな調子で。

事情を説明すべきだろうと思ってうしろからおずおずと「あの……」と声をかけたが、聞こえていないようだ。もともと歩果の声は低くて小さいのだ。

次の瞬間、三人組のうちの一人が、「やばいよ、時間!」と突然叫んだ。

「ほんとだ、もう五十四分じゃん! ダッシュ、ダッシュ!」

隣の席の女は、そう叫びかえすなり、テーブルからiPhoneを引っつかんで瞬く間にレジに向かってしまった。昼休みがまもなく終わるのだろう。追いかけていって説明を聞かせるには、事情が込み入りすぎている。かえって迷惑に思われるだけだ。

――まあ、いいか。

三人組が通りに駆けだしていくのを見送りながら、歩果は心の中でひとりごちた。

あるいはあの電話が原因で、彼女の身の上にはひと悶着起きるかもしれないが、それならそれでいいではないか。彼女の落ち着きのない動きや騒々しい笑い声のせいで、読書がだいぶ邪魔されたのだ。その代償と思えば安いものだろう。

13:27　尾岸雅哉

いつもこうだ。本来の目的を最後まで覚えていられない。昔からそうだった。タバコを買いに出たつもりがゲーセンに寄ってタバコ代まで擦ってしまったり、女のご機嫌取りをするための贈り物を買おうと思って街へ出て、うっかり風俗に寄ってしまったり――。

アパートに戻ってリビングの空調のスイッチを入れた時点で自分の失態に気づき、雅哉は大きな音を立てて舌打ちをした。

こんなクソ暑い中、わざわざ外出することにしたのは、七海に取り入るために空調を買い換えようと思ったからではなかったのか。

その前に腹ごしらえをと思って宝龍軒に寄ったのが運の尽きだった。

輝美が食卓の上に用意していった冷えた目玉焼きやらウインナーやらにはどうにも食指が動かず、近所の中華屋のしょっぱい味つけが恋しくなったのだが、あまりの暑さに耐えかねて、無条件でまず生ビールを頼んでしまったのだ。

だったらいきなりラーメンもないだろうと、チャーシューやメンマ炒めなどをつまんでいるうちに、つい長《なが》っ尻《ちり》になってしまった。

「はい塩バターコーンラーメンいっちょおーう！」

もう優に六十の坂は越えているらしいおやじさんは、そうして必ず客の注文をフロア中に轟くほどの威勢のいい声で復唱する。たとえつまみのチャーシュー単品であってもだ。

従業員に伝えるためではない。用意するのはどうせおやじさん以外にいないのだから。そうやって本人なりに調子を出しているのだろう。雅哉としても、週に一度はそのかけ声を聞かないと、なんとなく息切れしそうになる。

おやじさんに問題があるとすれば、テレビを客に見やすい位置に設置していないことだ。カウンターと小さなボックス席ひとつしかない狭い店なのに、テレビがカウンター中央の背後にあるのはどういうわけなのか。

土日の昼下がりなどに来ると、理由がわかる。客も少なくて手が空いているときに、おやじさんは厨房で腕を組んで一心不乱に競馬の中継を見つめている。テレビは客ではなくて、自分のために置いているのだ。

「どうすんの、今年のサマージャンボは」

「いやー、こないだドリームジャンボで大損出したところだからねえ」

そんな雑談をぽつりぽつりとしながら、ときどき首を無理な方向に巡らせてどうでもいいワイドショーに目をやっていたら、けっこういい時間になっていた。

すりおろしにんにくをトッピングしたチャーシューメンをシメに注文し、満腹で店を出たら、空調のことはすっかり頭から追いやられてしまっていたというわけだ。

これからすぐまたあらためて外に出ていくのもばかばかしい。たらふく食って腹も重いし、まずは食休みだ。

雅哉はリビングの安物のソファの上に寝そべって、缶ビールを片手に、特に観たくもないテレビを漫然と観はじめた。どのチャンネルもつまらないので、あれこれとザッピングしているうちに、ケーブルテレビが配信するチャンネルに切り替わった。

なんでもテレビを地デジ対応にする際に、大家がついでにケーブルの配線を引いたのだという。おおかたどこかの業者にうまいこと乗せられたのだろうが、輝美の話だと、そのときは「工事費用」として家賃にいくらか上乗せされたらしい。

「だったら衛星とかも観れなきゃ取られ損じゃねえか」

輝美にはそう言って、ケーブルテレビの会社とも契約させてしまった。

月々の代金を払うのは、どうせ自分ではない。まあたまに余った金があれば輝美に渡しているから、一部が混ざり込んでいる場合もあるだろうが――。

輝美や七海はともかく雅哉自身は、何もする気になれない昼下がりなどに、ちょっと古い映画やVシネマなどをだらだらと観ているから、そこそこ元は取っているといえる。「難波金融伝 ミナミの帝王」のシリーズや、スティーヴン・セガールのアクションものなどだ。

今はちょうどプログラムとプログラムの合間だったらしく、テレフォンショッピングの長いCMの時間になっている。

「血糖値でお悩みの方に朗報！ 食事制限？ 運動？ 血糖値が高めだと言われるけど、何から始めたらいいのか――。そんなあなたにはこのグルコフリーZ！」

――これ、これ！

雅哉は思わず噴き出して、口の中のビールをソファの上にこぼしてしまった。

半月ほど前のあの顛末を思いかえすと、今でもそのたびに笑いを抑えられない。

人間の才覚ってやつは、つまるところ、そこらに転がっているゴミみたいなものからいかにして価値をでっち上げ、ボロく儲けるかというところにあるのだ。それができる奴だけがうまい汁を吸える。できない奴は、隅っこで悔し泣きしていればいい。

ことの発端は、パチンコの帰りに道に迷ったことだ。

ジャイアントスターは一見ぱっとしない小ぶりな店だが、出玉がいい台がいくつもあると評判なので、前から気が向くとときどき使っている。

難点は、どの駅や繁華街からも離れた場所にぽつりと建っていることだ。大通り沿いなので車さえあれば一瞬だが、ここしばらくは免停中だ。アパートから十分ほどてくてくと歩いていかなければならない。

あの日もそうだった。結局四千円負けて、くさくさした気分でアパートに帰ろうとしている間に、見知らぬ路地に紛れ込んでいた。あのあたりは道がごみごみしていて、どこも似たような見かけだから、気もそぞろだとまちがえることがある。

ところがそのまちがいこそが、金脈へと自分を導いてくれたのだ。

そう、それはまさに、「そこらに転がっているゴミ」として雅哉の前に現れた。

路傍の、丈の低いブロック塀で半端に囲ってあるだけのゴミ集積場所に、巨大な半透明のポリ袋がいくつも投げやりに積み重ねてある。ゴミ回収車が回る時間帯でもない昼下がりの住宅地のただ中であることを思えば、異様な光景だ。近づいて見てみると、どうやら中身はどれも同じだ。高さも幅も十センチほどの白い円筒形をしたプラスチックの容器で、側面に青と黄色で「グルコフリーZ」のロゴマークが入っている。そればかりを目一杯詰め込んだ袋が、三つほど折り重なっているのだ。

袋ごと持ち上げてみると、驚くほど軽い。容器に中身は入っていないようだ。袋をかき分けていくと、青いキャップだけ詰め込んだ袋もひとつ出てきた。

このサプリ商品の存在は、よく知っている。ケーブルで観ているチャンネルでしつこいくらいにCMをやっているので、いやでも名前が頭に刻み込まれてしまったのだ。

「通常、ひと箱約三十日分が四千五百円のところ、最初のひと箱にかぎりなんと三千円もお得な千五百円でご提供！　さらに、この番組終了後三十分以内にお電話いただければ――」

そんなフレーズまでそらで言える始末だ。かなり売れている商品らしく、「累計三百万箱突破」などと謳《うた》っているのも聞いた覚えがある。

その容器だけが大量に投棄されているというのはどういうわけか――。

「それ、ひどいと思いません？」

見知らぬ老女が声をかけてきた。

「燃えるゴミの回収は今日だったんですよ。八時までに出しておかなきゃならないのに、さっき十時ごろふと見たらいつのまにかそんなことになっていて……。これじゃ、しあさっての回収までそのままじゃないですか」

「そりゃとんでもない奴だ。いったいどこのどいつなんですかね」

適当に同調すると、老女はそっと目配せして、近くのある建物を指し示した。

「そこのオクハシさんですよ。倒産しちゃったらしいんですけどね。今は工場ももぬけの殻で。でも何日か置きに、社長だった人が一人で来てなにか中でごそごそやってる気配があって……」

その建物には「(株)奥橋化成工業」の看板が掲げられている。この界隈ではざらに見かける、風が吹けば飛んでしまうような零細の町工場だ。

なるほど、下請けだか孫請けだかで、この容器の製造だけを請け負っていたわけだ。倒産して買い手のなくなった端数の部分を処分しあぐねて、燃えるゴミとして出したのだろう。

「今度社長を見かけたらひとつこってりとお灸《きゅう》を据えといてやりますよ」

そう言って老女を追いやっておいて、雅哉はすぐさま携帯を取り出した。すでに、この空き容器を活用した「ビジネス」を思いついていたのだ。

「おう、今から出てこれるか」

電話した相手は、井浦斉《いうらひとし》。ジャイアントスターで知り合った四十代も後半の冴えない男だ。いい歳をして、西新井大師《にしあらいだいし》あたりの安アパートに一人で住んでいる。かみさんには逃げられたのだったか、もともと結婚していないのか、そこのところは忘れてしまった。

箸にも棒にもかからないただの負け犬だ。似合わない口ひげなぞを生やしているのは、気が小さくてなにかとなめられがちなのをカバーしようとするせめてもの虚勢のつもりかもしれないが、基本的に人の言いなりなのだ。利用のしがいがいろいろとあるので、つきあいを続けている。

雅哉は近くの電信柱の住所表記で現在位置を確認して井浦に伝え、現地まで車で急行させた。そして「グルコフリーZ」の容器とキャップの入った袋を洗いざらい井浦の車に放り込み、とりあえずアパートに持ち帰って保管するよう命じた。

「尾岸さん、こんなもんを何に使うんです」

「いいから俺の言うとおりにしろ。金の卵なんだよ、これが」

井浦にテレフォンショッピングで「グルコフリーZ」の現物をひと箱だけ入手させて内容物を見ると、ベージュ色のさらさらとした粉末で、かすかに化学調味料のようなにおいがする。内容量はおおむね五百cc。

プラスチックの容器の内側には同じ素材でできた計量スプーンのようなものがついていて、切り離して使えるようになっている。毎回の食事にこれでひとさじ、粉末を料理に混ぜて摂取すれば、食べたものを消化するペースがゆるやかになり、血糖値の改善に役立つというのだ。

ゴミ置場から回収した容器とキャップは、全部で二百十八組あった。粉末のかわりに小麦粉を詰めてみると、ひと箱につき、だいたい二百八十グラム程度の見当だ。雅哉はひと袋一キログラムあたり百六十円台の安売りの小麦粉を六十袋ほど、ネット通販で井浦に買わせた。

「こんな小せえ経費くらい、あとで余裕で回収できっから。それが何十倍にもなるんだからよ」

その頃には、雅哉が何をしようとしているのか、井浦にもあらかた見当がついていたようだ。

結果として、小麦粉を詰めた「グルコフリーZ」の容器が二百十八組できあがった。作業のほとんどは井浦にやらせた。どうせろくな仕事にも就かずに暇を持てあましているのだ。

「でもこれ、どこで売るつもりですか。外箱も説明書もないから、ネットのモールに出品するのも難しそうだし……」

「バカおまえ、そこが頭の使いようじゃねえか。だいたい、ひとつずつ売れるのを待つなんてまどろっこしいことやってられっかよ。——おまえの仕事仲間で、ほら、偽ブランドのバッグとかを売ってる奴がいるだろ」

「新見《にいみ》さんのこと？　——いや、それはちょっと……」

日ごろの井浦は、もっぱらこの新見という男の下働きみたいなことをして日銭を稼いでいるらしい。出どころの怪しいアウトレット品なども含めて、いわゆるバッタもんを手広く扱ってけっこうな儲けを弾いている男だ。たしかショップも持っていて、固定客がついているという話だ。

「小麦粉詰めた偽物を買わせたなんてことがバレたら殺されます。そうでなくても俺、食っていけなくなっちゃいますよ。それは勘弁してください」

強硬に抵抗する井浦を、どうにかなだめすかした。

「なにもおまえからそいつに売れなんて言ってるわけじゃねえんだよ。あくまで俺を紹介してくれるだけでいいんだ。売り込むのは俺がやるから。あとで真相が発覚しても、おまえは知らなかったんだってことにすればいいだろ。その頃には俺の行方も摑めず、もう誰も責任の取りようがない。——そういうシナリオでどうだ？」

定価四千五百円のものを外装のないアウトレット品として売るなら、新見のところでの売価としては三千円くらいがまあ妥当なところだろう。仕入れ値は、千五百円あたりなら納得してくれるだろうか。もしそれが通れば、ざっと三十万ほどの儲けになる。

こうしてある日雅哉は、箱詰めした偽「グルコフリーZ」二百十九個を引っさげて、井浦の車で北千住の新見のところに押しかけた。自分はつぶれた町工場の元社長だということにして、奥橋の名をそのまま拝借した。

「工場が倒産しちゃいましてね。下請けでこれを作ってたんですが、端数分が余っちゃって、外箱もないので売りものにもならず、弱りはててたんです。この際、儲けが出なくてもいいのでどなたかに引き取っていただければと……。売れ筋商品ですからまちがいはないですよ」

もっともらしいことを言いながら、箱のいちばん上にある容器の蓋を開けて新見に中を改めさせた。もちろん、わざと紛れさせておいたただひとつの本物だ。

新見は固太りな体格の四十前くらいの男で、気の荒そうな若い手下を二人、引き連れていた。

しばらくの間、にこりともせずに雅哉の全身をじろじろと眺めまわしはしたものの、取引には思いのほかあっさり応じた。

足元を見られたのか、ひと箱千五百円の言い値を千円に叩かれたが、それでも元手は小麦粉代の一万かそこらだけなのだから、濡れ手で粟にはちがいない。即金で二十一万九千円、金庫から手下に出させてその場で支払ういさぎよさは見上げたものだった。

――もっとも、俺にとっちゃこの男も、まんまと騙された間抜け野郎の一人でしかないのだが。

「ま、今後もなんかあったらよろしく」

そのひとことともに名刺を手渡されたときは、一瞬肝を冷やした。流れからいって、こちらの連絡先も伝えないと不自然だろう。

「あ、もう工場も人手に渡って、名刺も処分しちゃってるんで……」

とっさに、メモ用紙にでたらめの携帯番号と「奥橋」の名だけを書いてやりすごした。

まあどうせこの男とは、二度と連絡を取りあうこともない。仮に井浦が締め上げられて真相がバラされたとしても、井浦自身、俺の住所は知らないのだ。いつもこちらから一方的に呼びつけたり、ジャイアントスターで落ち合ったりするだけで。

そのへんは抜かりなくやっている。利用しようと思っている相手に、そううかうかと居場所などを知らせるものか――。

儲けのうち、七万円を井浦に渡した。小麦粉代を差し引いても六万は儲かっているのだから、文句は言えまい。これくらい摑ませておけば、うしろめたさから口も固くなるだろう。

残り十四万円強は雅哉がせしめた。このビジネスを思いついたのは自分なのだから、当然の報酬だ。それは半月の間に競馬やら飲み代やら風俗やらであっけなく消えてしまったが、文字どおりのあぶく銭でしばらくは楽しめた。チョロいものだ。

ただ、偽装が発覚するのは時間の問題だろう。どんな抜け作の客でも、中身がただの小麦粉にすぎないことには早晩気づくはずだ。クレームを受けて真相を悟り、怒り狂う新見の顔が目に浮かぶ。

井浦とはあれ以来連絡を取っていないが、何も言ってこないのは、バレていないということなのか。それとも、本人はすでに痛い思いをしているのだが、片棒をかついでいたことを知られるのが怖くて、俺については黙秘を押しとおしているのか——。

テレビ画面では、いつしか邦画のコメディが始まっている。役者の着ているものなどから察するに、二十年ばかり前のものらしい。

髪をワンレンにして、肩パッドの入ったラベンダー色のスーツを着ているこの女優、最近すっかり見かけなくなったが、なんていう名だったか。退屈なストーリーだ。テンポも悪いし、誰が誰やらよくわからない。

チャンネルを替えようとリモコンに手を伸ばしかけたあたりで、眠気に抗《あらが》えなくなった。ソファの上で足を目一杯伸ばし、そばに輝美が積んでおいたらしい洗濯物の山を蹴散らしながら、雅哉はからみつくような眠りの中に落ちていった。

13:48

永淵亨

ああ、こういうのを前にテレビで観たことがある。たぶん、アカデミー賞の授賞式かなにかだ。赤いカーペットが敷きつめられた中、盛装をした、日本人ではない大勢の男女が行き交っている。そこへ突如としてマイクを通した英語のアナウンスが流れ、スポットライトが自分の体を直撃する。

——え、俺？

マイクを持った銀髪の白人男性は、たしかに「トオル・ナガブチ」の名を読み上げながら、壇上に登るように手招きしている。万雷の拍手の中、わけもわからないまま近づいていくと、手を打ち合わせていた周囲の人々は急に白けたように散っていき、亨だけがぽつんと取り残される。

銀髪の男性が険しい顔つきで亨の全身を睨《ね》めまわしたかと思うと、背後からだれかが腕を摑んでうしろに回し、手首に手錠をかける。

——意味不明の設定、どうやら夢だな。しかもなんだよ、この不吉な展開。

次の瞬間、亨は火でもついたかのようにベンチから身を引きはがしていた。

腕時計を見ると、午後二時近くになっている。なんてことだ。よりによってこんな大事なときに寝過ごしてしまうなんて。優花への電話は、一時半にすると約束していたのだ。

ただ、優花の会社の昼休みが終わるまではまだ十分ほどある。今なら少なくとも電話に出ることはできるはずだ。とりあえずひとこと謝って、今日中に電話していいタイミングをあらためて訊ねればいい。

すぐさまバックパックを引っつかんで駆け足で公園をあとにした。駅前の通りに出たとき、ちょうど停留所に滑り込もうとしていた路線バスに轢《ひ》かれそうになったものの、どうにか躱《かわ》して、いちばん近い電話ボックスに駆け込んだ。

時計の針は一時五十一分を指している。まだ大丈夫だ、落ち着け！　自分にそう言い聞かせながら、焦りで震える汗ばんだ指先でありったけの硬貨を財布から取り出す。そして、一部が床に落ちるのもかまわず電話機に投入し、優花の番号をひとつひとつプッシュする。

「おう、悪いね、忙しいのに。――で、最近はどうなの？　仕事とか順調？」

そんな感じで切りだすつもりでいた。それがすべてだいなしだ。かわりに第一声、何を言うかも思いつけないまま、優花が出てくれるのを待つ。まるで、丸腰で戦場のどまん中に放り出される気分だ。

少し長めの呼び出し音のあとで、「はい……」と低く応じる声がした。

――いつもの明るい調子じゃない。昨夜の感じともあきらかに違う。電話するのが二十分も遅れたことを怒っているのだろうか。もっとおおらかな性格だったはずなのに。

「あ、優花？　――あの、えーと、もっと早く電話するつもりだったんだけど……」

庭園からダッシュしてきたから、みっともないほど呼吸が乱れている。おまけに相手の声が予想よりもはるかに冷淡な調子であることに動揺して、しどろもどろにそれだけ言うのがやっとだ。

いや、待てよ。今、優花の携帯には、「公衆電話」と表示されているはずだ。俺であることに確信が持てず、警戒しているのでは？

一縷の望みをつないであらためて名乗ろうとしたら、扉が鼻先でぴしゃりと閉ざされてしまった。

「あのね、こういうの、迷惑なんだよね。はっきりそう言わなきゃわかんないの？　もう二度とかけてこないで」

一瞬、何が起きたのか理解できなかった。十秒ほど茫然としてからようやく、受話器から通話終了後の信号音しか聞こえていないことに気づいた。

あんまりではないか。昨夜はあんなにほがらかに応じてくれたのに、一夜にして掌《てのひら》を返すように態度を豹変《ひょうへん》させるなんて。まるで別人だ。

「こういうの、迷惑」？　だったら、昨日の時点ではっきりとそう言えばよかったではないか。電話を受ける時間まで自分から指定して気を持たせておいて、相手が安心して近づいてきたところで肘鉄《ひじてつ》を喰らわせるなんてたちが悪すぎる。

それとも、昨夜から今に至るまでの間に、なにかがあったのだろうか。俺が無心の電話をあちこちにかけまくっている噂が優花の耳にも入ったのだとしたら？

優花と共通の知人はそう多くないが、牛丼屋時代からのつながりで一人二人、思いあたる奴はいる。あるいは優花自身が、昨夜電話を受けたあとで不審に思い、俺が今どういう状況に置かれているのか、知人に訊いてまわったのかもしれない――。

亨はボックスのドアに背中を押しつけ、そのまま力なくずるずるとくずおれた。思い出したように全身から汗の粒が噴き出してくる。漏れ聞こえる信号音が耳障りなのに、手を伸ばして受話器をフックにかけなおす気力すらない。

最後の望みの綱が、たった今、ぷつりと断たれてしまった――。

頭に思い浮かべる優花の姿が天使のように慈悲深くやさしい光をまとっていただけに、この拒絶には何にもまして打ちのめされた。

優花に言いたかったのは、ただやみくもに金を貸してほしいということではない。生活を根本から立てなおし、未来を見据えて出なおすために援助をしてほしい。そのための口利きをしてほしい。――それが本意だったのだ。

懇々と言って聞かせれば、わかってくれるかもしれない。でも、もう一度電話をかける勇気は、とうてい絞り出せそうになかった。

もう何もかも終わりだ。神にも仏にも、完全に見放されたのだ。

しばらくは目の焦点も定まらない態《てい》でただドアに寄りかかっていた。ボックスの中は空気がこもって、蒸し風呂並みになっている。這うようにして外に出た亨は、夢遊病者さながらの足取りでふらふらと通りに沿って歩いていった。

財布から転げ落ちた硬貨のことも、もはやどうでもいい。千数百円ばかりの残額を使いきったら、どうせもうホームレスとしてゴミを漁《あさ》る暮らししか残されていないのだ。

どこへ向かうともなく動かしていた足は、無意識のうちにいつものネカフェの入っているビルの前まで体を運んでいた。国分寺街道との交差点に建つ、円筒形に近い形をした建物だ。

今夜の深夜パックに充てるだけの金は、すでに残っていない。好きで泊まっていた場所ではないが、門戸が閉ざされていると思うと、たまらなくいとおしくなる。あの狭苦しい空間が、たとえようもなく安全な慰安の場ででもあったかのように。

国分寺街道を挟んで向かい側はガソリンスタンドで、JRの線路の向こうは高校の敷地になっているはずだが、手前に青々と茂った木立が見える。今までは気にも留めていなかったが、あるいはああいう場所が、野宿のスポットになるのだろうか。

そんな生活が、本当にこの俺にできるとでも？　今は夏だからいいが、寒い季節は――？

信号が青になるや、亨は交差点に背を向け、線路から離れる方向へ街道をとぼとぼと辿りはじめた。

明瞭な目的地があるわけではない。ただ、今しがた見ていたものを再び目にするのがつらくて、おぞましいのだ。ネカフェのビルを見れば、曲がりなりにも屋根のあるところで寝られた暮らしが恋しくなる。木立を見れば、今後はあれしかないのかと恐ろしくなる。

その両方を背にして歩きつづけていれば、過酷な運命から少しでも離れられるような気がする。いや、いっそのことこのまま疲れ果て、前のめりに倒れてのたれ死んでしまいたくて、俺はこうしていたずらに歩みを進めているのかもしれない――。

街道にはガードレールもなく、さして幅もない道をしきりに行き交う車が、亨の体すれすれのところを通りぬけていく。

ときどきそこに、バスが交ざる。府中《ふちゅう》駅と国分寺駅をつないでいる路線バスだ。乗ったことは数えるほどしかないが、短い間隔で次々に出ているのだろう。こうして歩いている間に、もう何台見かけただろうか。

そういえば、バスのイラストを描いた立て看板を、すでにいくつか見かけた気がする。知らなければ見逃してしまいそうなほど小さなものだ。意識することもなく、バスのルートを辿っていたのだ。

幾多のマンションやアパートの脇を通過した。ペットホテルや百円ショップ、宗教団体関係の会館――どれも今の自分には関係のないものばかりだ。

焦げつくような陽射しが無慈悲に降り注ぐ中、額からはひっきりなしに汗が流れ落ちていく。失意のあまりもともとまともに働いていなかった頭がますますぼうっとしてきて、あらぬ考えが浮かんでくる。

「ほんとにこれであきらめてしまっていいのか？　ホームレスになる前に、まだ試せることがあるんじゃないのか？」

だれかが脳みその中で声高に叫んでいる。

「そこらに住んでいる一人暮らしの老人を狙え。まだ三十二歳のおまえなら腕力は圧倒的に上だ。ねじ伏せるなんて朝飯前だろう。できるだけ構えのいい家を狙うんだ。年寄りでそれなら、金はたんまり持っているはずだ」

――いや、それはだめだ。犯罪は許されない。

「きれいごとだな。いいか、思い出せ、おまえがこれまでこの社会から受けてきた理不尽な処遇の数々を。それはおまえ自身に落ち度があったせいか？　違うだろう。おまえはおまえなりに、誠実に力を尽くしてきたはずだ。そのおまえが、こんなひどい目に遭ってるんだぞ。豊かな老後を送れるほど恵まれた人間が少しくらい不幸になるからって、それがなんだというんだ？」

――違う、そんなのは詭弁《きべん》だ！

気がつくと、スーパーマーケットの前まで来ていた。二階には衣料品安売りのチェーンが入っている。

駐車場の片隅に、ベンチらしきものが見える。暑い中歩きづめで、どうやら頭がすっかりのぼせ上がっているらしい。亨は一も二もなく道を渡り、ベンチに直行して、沈み込むように体を落とした。

――いいから落ち着いて、少し頭を冷ますのだ。このままではとんでもないことをやらかしてしまう。

ベンチはさいわい、建物の際に並べられている。陰になっているので、直接は陽が差さない。そばに証明写真ボックスがあるが、今は無人だ。亨はペットボトルの水道水を勢いよく喉の奥に流し込み、咳き込んで体を折り曲げた。

折り重なる甲高い叫び声が聞こえてきたのは、そのときだ。

「やめてよ、返してよ！　壊れちゃうよ！」

「ばーか、アメフトだって言ってんじゃん。おまえのこれ、ボールだから。はいゴンちゃん、パス！」

「あそこエンドゾーンね」

「タッチダウン、タッチダウン！」

「やめてってば！　ねえ、やめてよ！」

一部は、変声期特有の押しつぶされたような声だ。「やめて」と連呼している声がいちばん悲痛で、ほとんど泣き声になっている。

学校帰りの小学生たちが、遊び半分イジメ半分で騒いでいるのだろう。どのみち自分には関わりのないことだ――。

亨は顔を起こしてすらいなかったが、無視しつづけることはかなわなかった。突然、なにか黒っぽい物体が敷石の上をこちらに向かって勢いよく滑ってきたからだ。

その物体は、足をわずかにかすってベンチの下に潜り込み、鈍い音を立てて止まった。

黒いランドセルだ。どうやら泣き声の男の子のものを何人かが奪い、アメフトのボールに見立てて放り投げたりしながら駐車場を走りまわっていたらしい。

「あ、すいません……」

いちばん近くにいた男の子が申し訳程度に頭を下げ、おっかなびっくり猛獣に近づくような姿勢を取りながら、ベンチの下からランドセルを引きずり出した。留め金が外れて、カバーの部分がべろりと開いてしまっている。

男の子がランドセルを持ち上げて抱えなおすと、背後の二、三人も口々に「すいません」と謝った。騒がせて申し訳なく思っているからというより、ただ単に大人が怖くて反射的に謝っている感じだ。

次の瞬間には、小学生たちは遊びだかイジメだかを再開していた。そして、「壊れちゃうよ、返してよ！」と愚直に訴えつづける涙声がそれを追いかけていった。

——なんかさっき、ゴトッていわなかったか？

走り去っていく子どもたちをあっけに取られてただ見送っていた亨は、一拍置いてからようやく、ランドセルが足元から回収された瞬間のことに思い至った。

ベンチの下を覗き込むと、案の定、黒光りする包みが落ちている。カバーが外れた拍子に、ランドセルの中から転げ落ちたのだろう。

「おい、ちょっと！　これ！」

包みを手に子どもたちを追いかけようとしたが、急にばかばかしくなってやめた。

今の自分は、それどころではないのだ。さっきの子も、荷物の一部がなくなっていることに気づけば、自分で探しに戻るだろう。

包みはいったんベンチに置いたものの、内容物の形状がなんとなく気になる。そっと取り出してみた直後、ぎょっとしてすぐに戻してしまった。

「おいおい……」

動悸を鎮め、周囲に人目がないことをたしかめながらあらためて取り出すと、どう見ても拳銃である。全体はいぶし銀で、グリップ部分と、照門というのか、照準を定めるのに使うパーツだけが黒くなっている。側面に刻印されているのは、〝COLT MK IV ——SERIES 80——〟の文字。

一見したところ本物にしか見えないが、一介の小学生がそんなものを持っているはずがない。第一、全体が金属でできているにしては軽すぎる。

実際、触ってみれば、外殻部分のほとんどはプラスチック製であることが容易にわかる。引き金もだ。ただ、なにか特殊な塗料を噴きつけて、金属っぽい重厚感を出しているようだ。継ぎ目部分などにも、パテかなにかで埋めて均《なら》したような痕跡がある。おまけに、銃口の内側に墨のようなものまで塗り込んでいるという念の入れようだ。さも火薬を使って実弾を発射した実績があるかのように装っているのだろう。

あれこれいじっていたら、不意に弾倉が外れて敷石の上に落ちた。見ると、白いBB弾らしきものが詰められている。やはり、エアガンの類だ。ただ、弾倉をもとに戻して引き金を引こうとしても、途中で止まってしまう。

どうやらこれが安全装置で、銃身の上の部分はスライドさせることができて——と手探りの操作を続けていたら、突然引き金が利くようになった。その瞬間、バスン、という乾いた鋭い音とともに、驚くほどの勢いで白い弾が銃口から飛び出し、敷石に当たってどこかに弾けた。

きっと、さっき泣かされていた子にとっての最終兵器だったのだろう。こんな精巧な偽装を施した偽の拳銃をランドセルにしのばせることで、いよいよとなればあいつらを脅しつけてやればいいと自分を鼓舞していたのにちがいない。

ランドセルごと奪われてしまったらそれもかなわないし、ランドセルを取りかえせたとしても、大事な武器が今は入っていないのだ。かわいそうに――。

ふだんなら、少なくとも、もっと気持ちに余裕のある状態なら、あの子の手にこれを戻してやるためのなんらかの努力をしていただろう。今はとても無理だ。

それより、なぜ今ここで、降って湧いたようにこんなものが目の前に現れ、俺が手にするなりゆきになったのか。

そこにはなにか、意味があるのではないか。神には見捨てられたと思っていたが、そうではなくて、これが次になすべきことを暗示する神からのサインなのだとしたら？　これを使って汝のなすべきことをなせ――神は、俺にそう伝えているのでは？

14:45　島薗元治

自宅を出てほどなく突き当たるいちばん広い道が本郷通りで、向かい側はもう飛鳥山公園だ。京浜東北線の線路沿いに、なにかのまちがいのようにこんもりと丘のように盛り上がっている小さな森。

シーズンには都内有数の桜の名所として大勢の人が押し寄せ、歩行も困難になるほどだが、ほかの季節はほぼ年間を通して閑散としている。

今日もそうだった。いつもどおり南東側の出入口から入って、旧渋沢庭園のあたりをぐるりと回る間、出会った人間は一人としていない。都電の保存車両や遊具があるあたりまで来て、ようやく小さな子ども連れの母親たちと遭遇した。

この公園そのものには、かなり前からなじみがある。夫婦で連れ立ってちょくちょく足を運んでいたからだ。

「家でごろごろしてばかりいると足が動かなくなるわよ」

日曜日などに、たいていは文枝の側からそう言って散歩に誘ってきたのだ。

元治の担当科目は社会で、休日家にいても、たいていはプリントなどの教材作りに精を出していた。

社会という科目が扱う対象は、時事刻々と変化していくものだ。新しいルールや法律が日々生み出されていくのはもちろん、歴史ですら、古文書や遺跡などの新発見で、通説があっさり覆されることがある。

もともと調べものは嫌いではない。元治は常に、教科書ではカバーしきれない最新の動向や、ちょっと角度を変えた見方などを、プラスアルファとして生徒たちに提供できるよう心がけていた。

それを「ごろごろしている」と評されるのは釈然としないものの、寝転がって本を読みながらいつしか眠り込んでしまうようなこともままあったのは事実だ。誘われれば、億劫《おっくう》そうに返事をしながらもたいていはつきあうようにしていた。

「今日は天むすにしてみたんだけど、どうかしら」

まめな文枝は、近所の飛鳥山公園に散歩に行くにも、よくちょっとした軽食のようなものを手早く用意していた。花をつけていない桜の木の下で、青空を眺めながら頬張る海苔巻きやひと口サイズの握り飯は、うまかった。

それがもう二度と味わえないのだということが、ときどき、どうにも納得できなくなる。「なんでなんだよ！」と子どもみたいに駄々をこねてみたくなる。

サヨナラダケガ人生ダ。――頭に浮かんでくるのは、そんな語句だ。

あれはたしか、「人生に別離は多い」といった意味の古い漢詩の一節を井伏鱒二《いぶせますじ》が意訳したものだったはずだが、この歳になると、その意訳の方こそが実感を伴って胸に迫るようになる。生きていても、目に触れるのは「サヨナラ」ばかり。愛しいものはすべて去っていき、なじみのあったものはすべて姿を変えていく。

あそこにある都電の保存車両もそうだ。６０８０と呼ばれる、昭和時代に実際に街を走っていたものだ。

今ではオレンジ色に赤いラインを入れ、ガラスも張りかえた美しい姿になっているが、十年ばかり前には、薄汚れた白っぽい車体で、窓には柵のようなものが取りつけられていた。車両の内部もぼろぼろで目も当てられないありさまだったが、むしろその点にこそ、歴史の重みや独特の風情が感じられたものだ。

なんでも新しくきれいにすればいいというものではない。古いものを、ただ古いからというだけの理由でむやみに追いやろうとするのは乱暴に過ぎる。それとも、これも「昔はよかった」と無条件に過去を礼賛する年寄りのノスタルジーにすぎないのか――。

保存車両を横目に、元治は歩を進めた。

噴水や野外舞台の脇を通り抜けると、丘を昇降するための無料のモノレールがある。数年前にできたものだ。手前の狭い階段を下りていけば、王子駅の中央口に辿りつく。その前を通過してガードをくぐり、都電荒川線の線路脇にある横断歩道を経由して駅の北口からコンコースを抜けると、親水公園口に出ることができる。

すぐに静かなたたずまいの遊歩道が始まり、歩行者は自然に石神井川《しゃくじい》のしめやかな流れへと導かれることになる。遊歩道は川に沿ってずっと先まで続いており、気がつけば十条に近い界隈まで来ている。

この遊歩道を見つけたのは元治自身だ。文枝を亡くし、毎朝の長い散歩を自らに義務づけてから開拓したルートの一部。

「どうだ、こんなに感じのいい道があるんだよ。知ってたか？」

通るたびに、文枝に自慢したくなる。もっとも、あいつなら先刻承知だったかもしれない。たいていのことは、俺より先に知っていた。最後まで俺をどこか弟みたいに扱い、それでいて立てるところは立ててくれていた文枝――。

「あなた、大丈夫？　少し休んだ方がいいんじゃないの？」

不意に耳元で囁く文枝の声が聞こえた気がして、次の瞬間、めまいに襲われた。足元がふらつき、手すりにしがみついてしまう。

用心してまめに水分補給していたつもりだが、それでも無理がたたったのだろうか。川沿いとはいえ、水面は地面よりだいぶ低いところにあるから、空気はいくらも冷やされない。遊歩道には日よけになるものもなく、さっきから直射日光を浴びっぱなしだった。

ひとまず近くのベンチに腰を下ろして水筒から水を飲み、頭がはっきりしてくるのを待ってから、一歩ずつ慎重に足の感触をたしかめながら再び歩きはじめた。どのみち遊歩道から離れるポイントに近づいていた。先にあるのは中央公園だ。木陰に入ってしばらく休めばいい。

園内の小さなベンチに陣取った時点で、午後三時近くになっていた。家を出てから一時間強、少々がんばりすぎてしまっただろうか。

この公園も、面積では飛鳥山公園に引けを取らない。たくましく枝を広げた樹木が鬱蒼《うっそう》と生い茂っていて、一歩足を踏み入れさえすれば、周囲の喧騒が嘘のようにかき消えてしまう。かわりに鼓膜を震わせるのは、姿を見せずに至るところで鳴いているアブラゼミの声だけだ。

もともとは陸軍の造兵廠《ぞうへいしょう》があったところで、跡地の一部は陸上自衛隊の駐屯地になり、残りが公園になったのだと聞いている。正面入口から入ってすぐのところにある文化センターはばかに古めかしい、厳かななりをしたまっ白い建物だ。かつての造兵廠本部をそのまま使っているらしい。

旧軍が解体されたのは、いいことだ。あのような過ちは、二度と繰りかえしてはならない。それを思えば、「昔はよかった」とも一概にはいえない。もっとも、最近は世相がどことなくきなくさい方向に逆戻りしはじめているようだ。若い世代に、戦争の悲惨さを実感してもらうもっといい方法がありはしないものか——。

とりとめもない考えを巡らせながら、元治はかなり長い間ベンチに腰かけていた。

分厚い葉叢《はむら》の傘の下にいるかぎりは、だいぶ過ごしやすい。「だから言わんこっちゃない」などと娘の菜穂にしたり顔で言わせないためにも、体調が完全に回復するまでは一歩も動くまい。

ここは飛鳥山以上の静けさを保っていて、ほとんど無人のままだ。来たときに造園の会社のトラックを見かけた以外には、およそ人の姿を見ないまま今に至っている。

三時半も近づく頃合いになってようやく、遠くにひとつだけ、人影が認められた。

小さなバッグを肩から提げ、スマートフォンかなにかを片手にうろうろしながら、しきりに木を見上げたり、幹に触れてみたりしている。

二十メートルほどの距離に近づいてきた時点で初めて、それがまだ顔立ちに幼さの残る少年であることに気づいた。

濃紺のTシャツに、黒いジャージ。華奢な体つきで、血色もあまりいいとはいえない。髪はぼさぼさで、無造作に伸ばしほうだいだ。小学校の高学年くらいだろうか。いや、意外と中学生なのかもしれない。

現役の頃は子どもたちの年齢を見分けることも容易だったが、今ではあまり自信がない。それに今の子は、歳に比して妙に幼く見える。

行ったり来たりを続けながらも、なんとなくこちらを気にしている風情だ。何をしているのかはわからないが、人に見られるのがいやなのだろうか。あの年ごろの子どもはなにかと自意識過剰なものだ。そっとしておいてやろう。

わざと目を逸らし、興味がないふりをしていたら、突然、少年の方から声をかけてきた。

「あの――」

間近に顔を見て、一瞬ぎょっとした。

――よく似ている。曽根田慎也――「殺害計画書」を書いたあの教え子とそっくりだ。どこを見ているのかわからない、対面する人間を不安な気持ちにさせかねない暗いまなざしといい、全世界に対する不平を秘めているような少し尖《とが》らせた口元といい、本人と見紛うほどだ。

しかし、そんなはずはない。あれは三十何年も前のことなのだから。

間近といっても、少年との間にはなお五メートルほどの間隔が横たわっている。そこでおずおずと首をすくめ、世にも恐ろしいものに対峙《たいじ》しているとでも言わんばかりの物腰で立ち尽くしているのだ。人に呼びかけておきながら、目は逸らしたままだ。

慎也も、なかなか目を合わせようとはしてくれなかった。この少年もまた、似たように突拍子もないことを考えているタイプなのではあるまいか。

「何？　――僕に用なの？」

できるだけやさしくにこやかに問いかけてみるが、相手は「いや、あの――」と口ごもったまま、次の言葉を発せずにいる。さらにただせば、この少年はここにいることが耐えられなくなって、いきなり走り去ってしまうのではないだろうか。――「大丈夫です」と口走りながら。

「あの、クスノキってどれですか」

「え――?」

唐突すぎて、何を訊かれているのか一瞬わからず、意味がわかってからは拍子抜けしてしまった。なんだ、そんなたわいもないことか――。

「いや、あの、クス――クスノキ。木がありすぎて、わかんなくて」

少年はスマートフォンをいじり、何歩か近寄ってから、腕を伸ばして画面をこちらに向けた。半径一メートル以内には踏み込んではいけないと思い込んでいるかのようだ。

画面には、大ぶりな枝を広げて葉を茂らせた樹木の写真が映っている。

「これ、クスノキなんですけど、こういうの探してるんですけど、わかんなくて。これかなっていうのもさっきあったんですけど、違うかなって――」

たどたどしい話し方だ。視線もあいかわらず合わせないままだし、まるでもう何年も他人と口をきいたことがなくて、しゃべり方を懸命に思い出そうとしながら言葉を紡いでいるようにも見える。

それでも何を知りたいのかはわかるし、質問には答えられる。理科が専門ではないが、それくらいはわかる。

「そこらじゅうクスノキだらけだよ。それも、あれも――ほら、あそこの大きいやつも」

「あ……マジですか。そうかなとも思ったんですけど」

少年は、何度もうなずいてみせた。いくぶん引きつってはいるものの、嬉しそうに見えなくもない表情を浮かべている。

「なに、学校の宿題かなにか？」

「――とは違くて。でもちょっと知りたくて」

強いられたわけでもないのに自分から自然環境に興味を示すなんて、今どきの子にしては感心ではないか。

「今の子は自然に触れることもほとんどないから、わかんないだろうね。――この公園なら、クスノキだけじゃなくて、シイの木だとかヒマラヤスギなんかもあるはずだよ。なんなら案内してあげようか」

「あ、大丈夫です」

――またやってしまった。これがおせっかいだというのだろう。慎也に似ていることもあって、つい親切にしてやりたくなってしまったのだ。

ちょうど体力も戻ってきたところだ。少年も早く一人にさせてもらいたがっているように見えるし、これを潮に散歩を再開するとしよう。

「じゃ、自然観察、まあ楽しんで」

軽く手を挙げ、少年に背を向けると、「あの、ありがとうございました」と思いのほか礼儀正しいお礼が返ってきた。

あれくらいの年ごろの子とまともに口をきいたのは、何年ぶりだろうか。

現役で生徒たちと接していた頃と違って、子どもがこちらからの働きかけにどんな反応を返すかは、読みきれないところがある。なんとなく接触を避けてきた面もあるのだが、話してみれば、なんのことはない、昔とたいして違わないではないか。

コミュニケーションのスタイルがいくらか変わっただけで、個々の子どもたちの純真さやものの捉え方などは、見かけほどの変化を被っているわけではない。――その仮説は、やはり正しかったのだ。

事実あの子は、どれがクスノキなのかなんてことを知りたがり、あんなに熱心に探していたではないか。ちょっとぶっきらぼうだったとはいえ、見知らぬ大人に自分から話しかけ、ちゃんとお礼も言えたではないか。

――この世の中、まだまだ捨てたものではない。

少しだけ、鼓舞されるものがある。相手が何歳でも、一見取りつく島がないように見えても、気持ちを通いあわせることはできるはずなのだ。言えばわかってくれるし、思っていることは案外たわいもないことだったりするのかもしれない。

だったら、こちらから門を閉ざしてしまってはいけないのだ。あきらめずに話しかけつづけよう。そしてたとえば公共のルールを破っている若者にも、ためらわずにひと声かけよう。その若者はもしかしたら、それが他人の迷惑になるということに気づいていないだけなのかもしれないのだから――。

公園の出口で頼もしい思いとともに振りかえったが、少年の姿はすでに見えなくなっていた。

もう大丈夫だと思っていたが、樹々の庇護の下から陽射しのただ中に出ていくと、やはり暑い。真夏だけあって、三時半過ぎでも陽光が衰えたようには思えない。ここはひとつ慎重を期し、図書館にでも寄って、もう少し陽が傾いてから散歩に戻った方がいいかもしれない。

元治は、十条駐屯地のグラウンドでランニングしている隊員たちを眺めながら、図書館へと通じる、敷石で固められた細い道を辿りはじめた。

15:16

山添択

たかが歩いて五分の公園まで足を運ぶだけだ。それがどうしてこんなに難しいのか——。

呪いの儀式に必要なものを揃え、小さなショルダーバッグに詰め込んでから、択は意味もなく部屋の中をうろうろしたり、またベッドに腰かけなおしたりを繰りかえしていた。

イテからのお願いなのだ。今日中にやると約束してしまっているのだ。こうしている間にもどんどん時間が過ぎていくばかりではないか。——何度も自分にそう言い聞かせるのだが、いざ外に出ていくことを思うとそのたびに足がすくみ、吐き気に似たものが喉を迫《せ》り上がってくる。

——そうだ、その前にまず、体を清めよう。よく知らないが、儀式にはそういうのがつきものではないか。

風呂には二、三日に一度しか入らない。浴室は一階にしかなくて、一階にはなるべく長く留まりたくないからだ。入るとしても夕方、起きて最初の食事を終えたあと、父親や姉が戻ってくるまでの間に短時間で済ませるのが常だ。体の隅々まできれいにする余裕はない。夏場などは寝汗もかくし、髪もべたべたして気持ちが悪いのだが、慣れてしまえばたいして気にならなくなる。服も数日は着たきりだ。寝巻きと部屋着の区別すらない。Tシャツに膝丈のパンツ姿で眠り、起きても同じ恰好でいる。

洗濯物は階下に降りるときなどに持っていき、洗濯機の脇にあるカゴに入れておくルールになっているが、着替えるのがめんどうでそのままにしてしまうこともよくある。

Tシャツの襟をひっぱって扇《あお》ぐように動かしながら鼻先を突っ込んでみると、くさい。服も体も汗ばんでいて、酸っぱいような、動物園のようなにおいがする。

あたりまえだ。この二日間、風呂にも入らず、服も着替えていないのだから。いつもそのにおいと一緒にいるから、鼻が麻痺していただけだ。これでは呪いの効果も消えてしまいそうだ。

択は替えの下着だけ持って浴室に向かい、ごしごしと体を洗いはじめた。それもなかばは、出かけるのを少しでも先延ばしにしようとする口実にすぎないことは、自分でもわかっていた。

「どういう風の吹きまわしなんだか、今日はいつもと違うパターンの連続だね」

脱衣所からドア越しに母親がからかうような調子で声をかけてくる。

「択、聞こえてる？　お母さん、ちょっと買い物に行ってくるから。着替えはここに置いておくね」

体をすっかり清めて出てくると、洗濯機の上にひと組の衣服が畳んだ状態で置いてあった。濃紺のTシャツと、下はどうやらジャージだ。母親が部屋着にと買ってきたものだが、なんだかやぼったい気がして気に入らず、ほとんど身につけた記憶がない。

どうしてよりによってこれなのか――。

パンツ一丁で浴室を飛び出し、もっとましなものはないかと探したが、見つからなかった。ジーンズや膝丈のパンツは、さっき母親がベランダで干していたものに交ざっていたのだ。

用意されたTシャツとジャージをしかたなく身につけたものの、こんな恰好で外に出ていくのはますますいやだというのを口実にして、さらにぐずぐずしつづけていた。

ただ、外出するなら母親が買い物から戻る前にしておくべきだ。行き先を訊かれるに決まっているし、とっさにもっともらしい言い訳ができる自信がない。

ようやく意を決して、一度は門扉の外まで出て路地を歩きはじめた。それだけで、全裸で屋外に放り出されたかのようないたたまれなさに襲われる。近所のどの家の窓からも、だれかがこちらを注視しているみたいな気がしてならない。

その直後、どこかの家の玄関から人が出てくる物音がした。その時点で恐怖と恥ずかしさに打ち勝てなくなり、大急ぎで家の中まで逃げ帰ってしまった。

――しっかりしろ、自分。視線が怖いなら、公園まで走ればいい。それならだれかに見られるとしてもほんの一瞬だ。

三和土《たたき》で何度か深呼吸してから、あらためてドアを開けた。そして、砲弾が飛び交う戦場を突っ切るような思いで一散に路地を走り抜けた。視線をずっと真下に据えていたから、だれかに見られたかどうかすらわからない。

角を曲がって進めば、すぐに大通りに出る。信号で足止めを食らっている間に体中から汗が噴き出し、せっかく清めたばかりの肌の上をくまなく覆っていく。走ったのはわずかな距離なのに、息ももう上がっている。およそ一年間、人並みに歩くことすらしていないから、足の筋肉がすっかり衰えているのだ。

通りを渡ってからは、早歩きくらいのペースに落として先へ進んだ。向かって右の方は、極力見ないようにしていた。かつては毎朝辿っていた通学路だ。同じ形の都営住宅が何棟も並んでいる中を進んでいくと、ほどなく道の反対側に学校の正門が現れるのだ。

外塀の周囲に張りめぐらせたツツジの植え込み。レンガを積み上げた正門と、スライド式の門扉。毎朝そこに立って、生徒たちを出迎えていた当番の教師。その先に見える、校舎と校舎をつなぐ空中渡り廊下をくぐって昇降口に向かう生徒たち。――思いかえすだけでも、胸がむかついてくる。

「いけぬまくぅん、またこっちに迷い込んじゃったんだぁ。何度も教えてあげたよね、君の学校はあっち」

ゲタ箱の前で、特別支援学校のある方向を指差しながら笑っていた河瀬怜旺飛と取り巻きたちの顔――。

急な激しい運動に痙攣《けいれん》を起こしそうになっている両足に鞭打《むちう》つようにして、択はマンション脇の細い道に入った。直進して図書館の前を通過し、自衛隊の駐屯地のグラウンドを回り込めば、そこはもう中央公園だ。

敷地に入る前に、スマホで時刻を確認した。三時十六分――。なんとも微妙な時間だ。

今日、二年生が五時間目までなら、部活のない生徒はもうあらかた下校しているだろうが、中には遅くなる奴もいる。六時間目なら、もう少しで授業は終わるけれど、掃除や帰りのホームルームもあるから、生徒たちが出てくるのはまだしばらく先だ。

ただ、クスノキがすぐ見つかるともかぎらないし、作業に手間取る可能性もある。とにかく、学校の制服を着た人影を見かけたらすぐにどこか見えないところに隠れよう。

――そうしてようやく園内に入り、クスノキを探すこと十分、いまだに見つけられずにいる。

さいわい、園内を通過する生徒の姿はまったくなく、案ずるまでもなかったと安心したのだが、ぐるりと一周してみてもどれがクスノキなのかわからず、焦りが募ってくる。

どの木もスマホの画像とある程度似てはいるが、確信が持てるほどではない。葉の形や幹の様子がわかるように撮影されたものもあるので、近寄って比べてはみるものの、やはり、今ひとつ決め手に欠けている気がする。

もしも木をまちがえたらこれまでの苦労が水の泡だし、イテに対して申し開きのしようもない。

ふと、年老いた男が一人、ベンチのひとつにじっと腰かけていることに気づいた。

敷地の中に足を踏み入れたときからそこにいたような気がする。石のように動かないから、最初は人ではないと思っていたのだ。眠っているのかと思って遠くから様子を窺《うかが》うと、むこうもこちらをちらちらちらと見ているようだ。

年寄りは物知りだという。あの人に訊いてみようか。でも、クスノキのことなんかなぜ知りたいのかと問いただされたら――？

第一、知らない人間にものを訊ねるなんてハードルが高すぎる。学校に行かなくなってからは他人が怖くて、ここ一年ほど誰とも口をきいた覚えがない。家族とすらほとんど会話せず、やむをえないときに母親と一瞬だけ言葉を交わすのが関の山なのに。

それでも、このままでは埒が明かないこともわかっている。――思い出せ。これは自分のためじゃない。自分のためならここであきらめてもいいが、イテのためにやっていることなのだ。

勇気を奮い起こし、恐怖に耐えられるギリギリの距離までベンチに近づいて、ついに自分から声をかけた。

「あの――」

そこから先は、思っていたよりもずっとあっけなかった。

「この砂漠のどこかにサギュラってモンスターがいるはずなんだけどわかりますか」

ゲームの中で通りすがりのプレイヤーにチャットでそう訊ねるのと何も変わらない。声をかければ相手は注意を向けるし、訊いたことには答えてくれようとする。不足があれば、相手の方から確認してくれる。そうやって会話が進み、目的を果たすことができる。

チャットで話しかけても、無視してどこかに行ってしまうプレイヤーも中にはいる。でもたいていの人は、親切さに差はあっても、なにかしら応答はしてくれるものだ。

リアルな世界だって、変わらないのではないだろうか。無視する奴、腹の立つことを言う奴、こちらを傷つけ、蔑んで追いやろうとする奴は実はごく一部で、全員がそうしているみたいに見えたのは錯覚だったのではないだろうか。

——一瞬だけ、そんな思いが頭をかすめる。

でも、きっとそれは甘い楽観だろう。事実、河瀬たちが「いけぬまくん」などと言いだしてから、クラスの連中は潮が引いていくみたいにさっと離れていったではないか。それまでは普通に口をきいていた奴も、話しかけると迷惑そうにしてそそくさと話を切りあげるようになってしまったではないか。

とにかく、この老人はまともに応じてくれた。しかも、親切だった。どれがクスノキなのかさえわかればいいのだから、ほかのことまで教えてくれようとするのはありがた迷惑なのだが、まともに相手をしてくれることが嬉しくて、もっと話していたいとすら思った。話題はこの際、なんでもいいから。

ただ、長く口をきいていれば、きっとボロが出るだろう。呪いの儀式については、絶対に知られてはならない。知ればこの人はきっと、「そんなことはやめなさい」とたしなめてくるにちがいない。

だから、「じゃ、自然観察、まあ楽しんで」と言いながら老人が立ち去ってくれたことにはほっとさせられた。そばにいられたら、いつまでも儀式を始めることができなかっただろう。

自分が公園に入ってきたルートを逆に辿って老人が道に出ていくのを見届けると、クスノキのうちの一本を選んで根方に膝を突いた。教えてもらった中でいちばん大きくて立派な枝ぶりの木だ。その方が、呪いの力をより確実に及ぼすことができそうな気がする。

バッグからシャベルを取り出し、周囲をざっと見まわした。ちょうど木が密生していて、通路からもやや離れている場所なので、それほど人目につきそうにもない。択は四つん這いになって、根のあたりの地面を手早く掘りかえしはじめた。

急がなければ。こんなところをだれかに見られたら、きっと怪しまれる。ましてそのだれかが、元同級生だったら？　もたもたしていたら六時間目も終わり、掃除やホームルームを済ませた生徒たちが校舎から出てきてしまう。

だが作業は、いらだたしいほどはかどらない。土は柔らかいのに、根っこが複雑にからみあっていて、差し込もうとするシャベルをいちいち邪魔するのだ。太い根が行く手を遮るように横たわっていて、どうにも掘り進められない箇所もある。

「尾岸雅哉」の文字に赤い×印をつけたノートの紙は、「水平に」埋めるように言われている。つまり、穴の大きさは紙の面積を上まわるものでなければいけないということだ。

どうにかそれだけの面積を確保できても、四辺とも均等に十三センチメートルの深さまで土を取り除くのは、並たいていの作業ではなかった。予想よりもはるかに時間がかかり、通行人に見咎められそうになって、慌ててランニング中を装った瞬間もあった。

ようやく穴が完成したときには、四時近くになっていた。もう、いつ学校のだれかに遭遇しても不思議ではない。択は紙を慎重に穴の底に敷くと、大急ぎで土をかぶせ、足で踏み固めてその部分が周囲から浮き上がって見えないようにした。

知らぬまに、全身が汗だくになっていた。

手の甲で額の汗を拭い、立ち去ろうとしたそのときだ。

「あれ、山添《やまぞえ》くん？　──山添くんだよね」

背中の方向から、大きな声が聞こえた。

瞬時にして体が凍りつき、心臓をえぐられたような気持ちになる。誰なのか声だけでわかるわけではない。それでも、名前を知っているということは、あのクラスのだれかだということだ。

その時点で、誰であろうとそいつは敵だ──。

あと一歩で、誰にも気づかれずにクエストを完遂できるところだったのに。

選択肢はひとつしかない。──逃げるのだ。このまま振りむかず、何も聞こえなかったふりをして。

体はまだこわばっていて、見えない縄で縛りつけられたかのように動かない。「動け！」と何度か心の中で念じたら、ようやく足を踏み出すことができた。そのまま出口に向かって直進しようとすると、「待ってよ」と言いながら背後のだれかが腕を摑んだ。

「いや、人違いだから。──知らないし」

見えすいたことをしどろもどろに呟きながら、相手と顔を合わせないようにするのが精一杯だった。手を振りほどこうとするのに、体に力が入らない。心臓が無駄にバクバクいうばかりで、両足が震え、背中には悪寒が走っている。

去年の今ごろは、毎朝、学校へ行こうとするだけでこうなっていた。必死で追い払っていた悪夢が、あっけなく舞い戻ってきてしまったのだ。こうして元クラスメートかもしれない一人と接触しただけで。

——怖い。見られるのが。「あの山添択」だと認識されるのが。認識した上で蔑まれたり無視されたりするのが。

「何言ってんの、どう見ても山添くんじゃん。ほら、俺だよ、コバシ。コバシ・ユウタ」

その声には軽い笑いが含まれているが、あざ笑う調子ではない。河瀬たちとはあきらかに違う。

「もしかして忘れてる？　まあね、もう一年くらい会ってないし。山添くん、二学期から来なくなっちゃったもんね。俺とか、もともとクラスで目立つタイプじゃないし。まあ覚えてないか」

おそるおそる一瞬ずつ何度かにわたって顔を見上げると、たしかに見覚えがある。色白で、頬のあたりがふっくらとしている輪郭。いつも半分閉じているように見える眠たげな目。「小橋悠太」という文字面《づら》が、自然と頭に浮かんでくる。

「いや、覚えてるけど……」

不思議と動悸が鎮まっていく。少しだけ余裕ができて、小橋悠太の背後を見ると、ちょっと困ったような顔をして通路で待っている制服の男子が二人いるが、どちらも知らない顔だ。

「ほんと？　よかった！　いやさ、ずっと気になってたんだよ、あれから学校にも来ないでどうしてるのかなって。ＬＩＮＥもつながらなくなっちゃったし。まあ、いろいろあったし、わかるけどさ。——ひどかったよね、河瀬たち」

とっさにどう返していいかわからなかった。

あのクラスは、担任も含めて全員が敵だと思っていた。こんな風に思っている生徒がいたなんて――。

「やりすぎなんだよね、あいつら。嫌ってる奴多いよ。クラスでは誰も表向きは逆らえなかったけど……。LINEとかでは反河瀬派のグループがいくつもできちゃったりしてるんだよ」

「そう――なの?」

半信半疑の思いで聞いていると、悠太は少しばつが悪そうに続けた。

「まだ山添くんが来てた頃もさ、ほんとは俺、最初から河瀬たちのことどうなのって思ってたんだけど――ほら、まだクラスの中がどう落ち着くかわかんなくて、うかつに動けなかったんだよね。今さら言い訳っぽいけど、庇ったりとかしてあげられなくてごめん」

そう言って悠太は、ぺこりと頭を下げてみせた。

いったい今、目の前で何が起きているのか。クラスメートの一人が、自分のことをまともに扱ってくれている。謝ってくれてさえいる。戸惑い、混乱して、なにか言いたいのに口がこわばってしまい、言葉ひとつ出てこない。

――いや、違う。言うべき言葉が見つからないのではない。言いたいことは、抱えきれないほどある。この一年間、喉の奥に押し込み、溜め込んできた無数の言葉が、出口を求めてひしめきあっているのだ。口の外に出ていく順番も決まらず、たがいに押しのけあっているせいで、何も出てこないだけなのだ。

思わず両手で口をきつく押さえたくなる。ひとことでも発したら、それが突破口になって、全部がいっぺんに溢れ出てきてしまうのではないか。言葉が止まらなくなってしまうのではないか——。

「とりあえずさ——」

択の様子を黙って見つめていた悠太が、不意に学生カバンからノートを取り出し、ページの縁のあたりになにかを書きつけて破った。

「これ、俺のLINEのID。——気が向いたら連絡ちょうだいよ。まずは個チャで」

手渡された紙を、択は佇んだままじっと見下ろしていた。そこに書かれた、たかが十文字かそこらのアルファベットと数字の羅列が、まるでじっくりと時間をかけて味わう詩の一節ででもあるかのように。

「じゃ、俺もう行くから」

そう言って悠太が、待たせていた仲間のところに戻っていく間も、択は姿勢をいっさい変えずにいた。少ししてから、「そのうちまた学校で会えるといいね」と離れたところから叫ぶ声が聞こえた。ようやくゆっくりと顔を起こしたときには、悠太たちの姿はすでに見えなくなっていた。

択はノートの切れ端をそっとジャージのポケットに収め、家への道を辿った。気持ちが昂ぶっていて、出てくるときは近所の目を気にしていたことすら忘れていた。

自分の中で、なにかが変わりつつある。腹の底でなにかが動いて、内側から自分を駆り立てようとしている——。

うまく説明のつかないそんな思いに軽いめまいを起こしながら、玄関のドアを開いた。

「びっくりした、出かけてたの？　部屋にいるもんだとばかり思ってたから——」

リビングの方から母親が駆け寄ってくる。無視して階段を上りはじめると、「今日はいったいどうしちゃったの？」と重ねて問いかける声が聞こえた。

——本当に、僕はいったいどうしてしまったのだろう？

部屋に戻るや否や、どっと疲れが出てきた。

ほんの一時間かそこら外出していただけなのに、幾多の荒野や湿原、洞窟や迷宮を経めぐる大冒険をなしとげ、今しも帰還してきたところであるかのような感覚がある。横になった途端、正体もなくして再び眠り込んでしまいそうだ。もともと今日は、いつもよりも睡眠が足りていないのだ。

択は最後の力を振りしぼるようにスマホを取り出し、イテに報告のメールを打った。きっと首を長くして待ちかまえているにちがいないから。

呪いの件完了

疲れたのでちょっと寝る

15:26

永淵亨

「車中の男、ただちにバスを停止させ、乗客全員と運転手を解放しなさい。無駄な抵抗をやめて投降しなさい。繰りかえす。この道路はすでに前後とも封鎖されていて逃げ道はない。ただちにバスを停止させ――」

しつこく追尾してくる警察車両が、さっきから拡声器で同じことを何度もがなり立てている。そんなことは最初から百も承知だ、と怒鳴りかえしたくなる。どうしてこんな事態になってしまったのか、誰よりも亨自身がわからないのだ。

それより、遠ざかっては近づいてくるあのけたたましいサイレンの音をなんとかしてほしい。ただでさえ、乗客の子どもが咳き込む音で集中力を奪われているのに、これでは頭がさらにかき乱されて、ものも考えられなくなってしまうではないか。

「封鎖されている」というが、そもそもここはどこで、今通っているのはどの道なのか。右へ左へとでたらめに走らせつづけてきたのだ。わかるわけがない。運転手のこめかみに形ばかり銃口を突きつけて詰問すると、「青梅《おうめ》街道。もうじき東大和《ひがしやまと》」と短い返事が返ってくる。

「いつまで続けるの。――見てみなよ、もう逃げられないって!」

短く刈った髪の半分以上が白い運転手が、人生の先輩として諭すような口ぶりでそう言う。ほぼ同時に、何台ものパトカーが斜めに道を塞《ふさ》ぎ、赤いカラーコーンを並べているさまが、前方百メートルほどのところに見えてきた。

もはや万事休すか――。

話は四十数分前に遡る。

　エアガンをはからずも入手してしまってからしばらくの間、亨はベンチに腰かけたまま、その外殻を指で撫でさすっては、塗料でざらつく手ざわりをたしかめていた。心臓はいたずらに高鳴り、いやな感触の汗が頭皮からじわじわと滲み出てきていた。

　もしかしたら、さっき泣かされていた子が、今にも大事な最終兵器の紛失に気づいて引きかえしてくるかもしれない。あの子に「これだろ？」と言ってエアガンを手渡すことができれば、そこで話は終わりだ。その後は何も起こらずに済む。できればそうなってほしい――。

　しかし待てど暮らせど、男の子は現れない。

　――ということは、やはりそうなのか。神からのこのサインを、無視するわけにはいかないということなのか。

　エアガンを黒いビニール袋でぞんざいにくるむと、亨はふらりと立ち上がった。

　日陰から一歩でも踏み出せば、ギラギラした真夏の陽光はあいかわらず少しも衰えていない。それはのぼせ上がった亨の頭にも容赦なく照りつけ、脳みそまで沸騰させようとしている。汗がこめかみを伝って首筋まで流れ込む。

　駐車場に停めてある車のルーフから、陽炎《かげろう》が立ちのぼっている。それを透かして、道の向こうにいくつかの商店が見える。亨はバックパックをベンチに放置したまま、エアガンを包んだ袋だけを腹のあたりに押しつけるような姿勢で、よろよろと商店の並びに近づいていった。

「手を挙げろ！　ありったけの金をよこせ！　言うことを聞かないと撃ち殺す！」

そう言って従業員を脅すのだ。テレビドラマで役者がやっているように。精巧に偽装されたこのエアガンなら、本物と思わせることができるだろう。

ただそれをするには、このあたりに並んでいる店はあまりに構えがささやかすぎるのではないか。薬局に花屋に、路地を挟んで青果店。その隣は、整骨院――。どこも、レジにある全額を巻き上げたところでせいぜい数万円がいいところだろう。

――それが仮に三万円だとすると、最低十軒から強盗しなければ、今欲しい額には達しないということだ。一軒につき一分くらいの所要時間で矢継ぎ早に回っていけば、警察に通報される前に目標額に届かせることができるだろうか。

正常な判断力が麻痺しつつあった亨は、頭の中でそんなありえない計算を本気で行なっていた。十五人の友人知人から二万円ずつ借り受けて三十万にすることを考えていたときのように。

もっとましな店はないのかと大通りに出て、スーパーと反対側の道沿いを眺めても、目に入るのは弁当屋などの庶民的な店舗ばかりだ。むしろ、そんな小ぶりな店や民家などが並んでいるだけの一画に、なにかのまちがいのように送電線の鉄塔がそびえている場違いさばかりに目が行く。

――いや、ちょっと待て。それもまた、神が示し給うたヒントということはないか？　あの鉄塔は、神が用意した目印なのではないか。

鉄塔のふもとにあるのはひとつの小さな建物で、三軒ほどの商店がぴたりと看板を寄せ合っているばかりだが、右端の看板にでかでかと書いてあるのは、「金・プラチナ」とか「ブランド・ジュエリー」といった文字。貴金属などの買い取り専門ショップだ。「K24　4，648円」「P t1000　4，672円」といった買い取り価格も掲示されている。

あそこなら、しかるべき額の現金を常備していそうではないか。

亨は車の流れが途切れるのを見計らって通りを斜めに横切り、ショップの前に立った。

入口はガラスのサッシで、客のプライバシー保護のためか、曇らせる加工が一部に施されている。入ってすぐにカウンターがあり、椅子が三つほど並べられているが、現在、客はいないようだ。カウンターの向こうに男性の従業員が一人立っているが、こちらは見ていない。

踏み込むなら今だ。ここまで来たら、もうやるしかない。

心臓が喉から飛び出しそうなほど激しい鼓動を打ち、全身をすさまじい勢いで血流が駆けめぐっている。もはや自分が何をしているのかもわからないまま、腹に押し当てていたビニール袋からエアガンを取り出して構えた。

だがそこで、頭の中のごくわずかな一部だけが冷静さを取り戻した。

――俺、顔丸出しなんだけど、いいのかこれで？　普通、覆面とかするものなんじゃないのか？

「えっ――？」

一瞬の隙を突くように、かたわらから声が聞こえた。見ると、見知らぬ通行人が近くで身をこわばらせて佇み、丸くした目でエアガンと亨の顔を素早く見比べている。ポロシャツを着た、四十前後の男だ。

「あ、いや、これは――」

なんとかごまかそうとうろたえているうちに、視界の一部がなにか大きなもので覆われた。すぐ近くの交差点の角を曲がって、路線バスが近づいてきたのだ。

目の前に、バスのイラストを描いた立て看板がある。――ここも停留所だったのだ。

「いやこれは――おもちゃ、おもちゃだから」

恐怖に顔を引きつらせている男の前でエアガンを振りまわしている間に、目の前でバスが停車し、車体の中ほどの乗り口ドアが開いた。

男の視線から逃れたい一心で、ステップを駆けのぼって車内に飛び込んだ。ドアが閉まり、バスが再び動きだすのとほぼ同時に、「ひっ」という女の悲鳴が車内に轟いた。

――亨の右手は、エアガンを高々と掲げたままだったのだ。

声を上げたのは、バス前方の優先席に座っていた老女だ。慌てふためいて、交差させた両手を顔の前にかざしながら、目をぎゅっと閉じた顔を窓の方に背けている。ただならぬ様子に反応したほかの乗客たちからも、次々に悲鳴が上がった。

事態を察した運転手が、バスを減速させた。緊急停車しようというのだろう。窓から路傍に目をやると、さっきの男はあいかわらずメデューサにでも睨まれたかのように立ち尽くし、こちらをこわごわと凝視している。

「停めるな！　このまま走らせろ！」

反射的に大声で口走りながら、運転手のもとに駆け寄って銃口をこめかみに突きつけた。初老の運転手は、「はい……はいっ」と小刻みに何度もうなずきながら、再びバスを走らせはじめた。

――もはや引っ込みがつかなかった。

当初の計画とはだいぶ違うが、そもそも貴金属やジュエリーの買い取り専門ショップから現金を強奪すること自体思いつきで、計画もへったくれもあったものではない。こうなってしまった以上、乗客から所持金を奪う以外にないではないか。

ちらりと腕時計に目を走らせると、二時四十三分を指している。

平日の昼下がり、路線バスを利用する人口はいくらもない。見たところ女ばかり十数人で、七割は年寄り。成人男性の姿も一人だけ見られるものの、痩せた老人だ。さしあたって脅威になる存在はない。その全員が、固唾《かたず》を呑んでこちらを注視している。

「いいか、これからはすべて俺の指示に従え。刃向かう奴はその場で撃ち殺す。――言っとくがこの銃は本物だ」

力関係をはっきりさせるためにひと声張り上げてみたが、最後のひとことは蛇足だっただろうか――。

席を立つのはバスが完全に停まってからにするように注意を促すアナウンスが流れつづけている。ただ一人立っている亭を咎めるかのように。

うるさいので止めさせて少しすると、バスは次の停留所の前を素通りしていった。立て看板の前で待っていた二、三人の客が、怪訝《けげん》そうな顔でバスを見送っている姿がはっきりと見える。

「あの、このあとはどこへ向かえば……」

おずおずと運転手が訊ねてくる。「適当に走らせろ」と怒鳴りかえしそうになった。どこへ向かえばいいかなんて、亨自身にもわからないのだ。

ただ、通常ならあと三つか四つの停留所を過ぎたあたりでバスは左折し、終着点である国分寺駅南口に到着するところだろう。繁華街からは離れた方が得策なのは歴然としている。

「駅の方には曲がらずに、このまま国分寺街道を直進しろ。俺がいいと言うまでだ」

あとのことは、その場で考えるしかない。とにかくまずは所持金の回収だ。

なにか袋状のものがほしかったが、エアガンが入っていた黒いビニール袋は、男とかけあいをしている間に落としてしまっていたらしい。見まわすと、最初に悲鳴を上げた優先席の老女が菓子折りらしきものの入った紙袋を持っている。

「あんた、それをよこせ」

飽きもせずに大げさな悲鳴を上げるのを無視して、亨は老女から紙袋を奪い、中に入っていた包みをシートに放り出して、紙袋だけを老女に突きつけた。

「この中に財布を入れて、うしろの席に回せ」

そう言ってから、ふと思いついてつけ加えた。

「あと携帯もだ」

言いながら、意味があるのだろうかと自分でも思った。どのみち今ごろは、バス停で遭遇したあの男が、バスの営業所なり警察なりに通報しているだろう。それでも、打てる手はひととおり打っておきたい。

「こっちからうしろにこう回して、そっちのいちばん前にいるあんた、あんたが俺に渡すんだ。

いいな。妙なまねをしたら撃つからな」

車内全体にぐるりと銃口を向け、全員に聞こえるように声のトーンを上げる。優先席の老婆が震える手で財布と携帯を紙袋に放り込み、身を屈めたまま近くのシートの乗客に手渡すのが見える。

「そこ！　なにもたもたしてんだよ、早くしろ」

うしろの方のシートで動きが滞っているのを察して大股で歩み寄ろうとしたとき、不意に車体が大きく揺れた。たたらを踏みながら手近な手すりに左手でしがみついたものの、バランスを取りなおすのに手間取り、すぐそばの二人がけのシートに座っていた乗客の上にのしかかってしまった。

「わあ！」

恐怖に震える幼い声が聞こえ、「大丈夫だから、お母さんが一緒だから」となだめる囁き声がそれに重なる。見れば窓際に小学生二、三年生くらいの男の子が座り、四十前後とおぼしい母親が隣から庇うような姿勢を取っている。

母親になかば抱きかかえられながら、男の子が押し殺したような小さい咳を漏らした。

――さっきからときどきだれかが咳き込む声が聞こえていたが、この子だったのか。

二人の席から身を引きはがすと、母親の方が一瞬だけ、露骨な敵意を込めた目つきで睨みつけてきた。気圧《けお》されそうになったことに自分で腹が立って、必要以上に声を荒らげてしまう。

「ほら、あんただよ、そこのあんた！」

最後尾の長いシートに一人で座っている初老の女が、さっきから紙袋を自分のところで止めてしまっているのだ。

「言ったことが聞こえなかったのかよ。さっさと財布と携帯を入れて次の奴に回せ」

銃口を突きつけて怒鳴っているのに、女は動じるどころか、非難がましい目でこちらを見上げながら苦情を申し立てはじめた。

「お金はいいのよ、お金は。でもお財布ごとっていうのは困るの、これをあなたに持っていかれちゃったら。クレジットカードとかも全部入ってるし、病気で亡くなった娘の大事な写真も――」

「だったら財布はいいから金だけ袋に落とせ。早く！」

女はようやく納得して、紙幣と硬貨だけを袋に入れて次に回した。そのあたりで亨は運転手の動向が気にかかり、手すりから手すりへと慎重に手を移しながらうしろ向きに前方へ戻っていった。

やがてバスは、駅前に通じる通りを渡り、ここ数ヶ月寝泊まりしたネカフェの入っているビルとガソリンスタンドの間を通過して、中央線の線路を越えて北上していった。

ほどなく、十数人分の財布と携帯でずしりと重たくなった紙袋も戻ってきた。その時点でバスを停めさせ、自分だけが降りて逃走してもよかった。それをしなかったのは、どうせすぐに捕まるという思いが重石《おもし》のようになって心にのしかかってきていたからだ。

バスを走らせつづけている間は、絶対に捕まらない。その間に、これからどうするかを考えるのだ。――もしもまともな考えがあればの話だが。

紙袋の中身は、改める気にもなれなかった。運賃二百円かそこらの路線バスをつましく利用している年寄りたちの財布に、いったいいくら入っていると？　その総額よりも、あのスーパーの駐車場前で見かけた花屋のレジから強奪した方がまだ多かったかもしれない。

――俺、なんでこんなばかげたことをしてるのかな。どうしてこんなことになっちゃったんだろう。

どこか人ごとのような気持ちでぼんやりとそう考えている矢先に、足元の紙袋の中でだれかの携帯がブーッ、ブーッと唸りながら震え、やがてその音もやんだ。

「もうすぐ喜平橋で五日市街道と交差するけど、このまま直進で？」

不意に運転手が訊ねてきた。心なしか、最初ほどの恐怖心を抱かれていないような気がする。実は根が凶悪な人間ではなく、本人が言うほどの危険もないことが見透かされているのだろうか。

「左折だ、そこを左折！」

ただ相手の言うことを否定したい一心で、あてずっぽうにそう命じた。

そこから先は、やみくもだった。亨自身、このあたりの地理に格別明るいわけでもない。ただ最後の数ヶ月、会社の寮がたまたま国分寺にあり、そこで放り出されてしばらくネカフェで寝泊まりしたというだけのことだ。車も長いこと運転していないし、勘などとうになくしている。

そこを右へ、次の交差点で左へ、などとランダムに指示を出していたのは、そうした方が警察に追われにくいのではないかと考えたからにすぎない。

信号で停められるのが怖かったということもある。信号が赤でも、クラクションを鳴らしっぱなしで強行突破させ、危うく別の車と衝突しそうになるきわどい局面もあった。とにかく、停車されるのだけはなんとしても避けたかった。

「あんたね、悪いことは言わない、こんなことは今すぐやめた方がいい」

運転手がかたわらからなだめすかすように語りかけてくる。

「こんなことしてなんになるっていうの。どこへどう走っても、遅かれ早かれ警察に捕まるに決まってる。バスの到着が大幅に遅れたら絶対連絡が行くし、今はGPSとかもあるから現在位置なんて簡単にわかっちゃうの。パトカーが迫ってくるのも時間の問題だよ」

「黙れ！　あんたはよけいなこと言わずにただ言われたとおり運転してればいいんだ」

ヒステリックに叫びかえしてしまったのは、さっきから子どもの咳が激しくなり、神経を逆なでされていたからでもある。ぜいぜいと喉を鳴らす音と、断末魔の喘《あえ》ぎのように苦しげに咳き込む音がひっきりなしなのだ。

「おい、そこ！　うるさいんだよ、さっきから！　あんた、子どもにその咳をやめさせろ！」

いらだちに任せて駆け寄り、怒鳴りつけると、母親は猛然と反撃に出てきた。

「無茶言わないでください。この子はぜんそくなんです。ストレスが高じると症状が悪化するんですよ。あなたのせいで怖い思いをして、それでこんなになっちゃってるんじゃないですか」

「だとしても――」

物怖じしない態度にひるみ、声の勢いが弱まってしまう。

「そうだとしても、薬飲ませるとかなんかあるだろ」

「その薬が効かなくて今朝から症状がひどかったから、病院に行く途中だったの、武蔵小金井の。学校を休ませて、私も仕事を休んで。それをこんな風に邪魔されて、ほんとに迷惑！」

とっさに言いかえせずにいる間に、母親はさらに切り込んできた。

「さっきから振りまわしてるそのピストル、ほんとに本物なの？　よく見るとなんだかおもちゃっぽいんだけど」

「なんだと？　――だったら今すぐあんたの頭を吹き飛ばしてやろうか」

銃口を母親の顔に向けたその瞬間、パトカーのサイレンが突然鳴り響いた。かなり間近だ。広いリアガラスから後方を見ると、わずか十メートルほどの距離に回転する赤色灯が見える。しかも、二、三台が後続しているようだ。

――いつのまにあんな近くに。

「そこのバスの中にいる男、ただちに拳銃を手放し、バスを停止させて乗客全員と運転手を解放しなさい」

拡声器による呼びかけが追い討ちをかけてきて、子どもの咳き込む声と重なりあった。


――そして現在に至る。

運転手の言うとおりだ。どうせ逃げきれない。なぜ逃げまわっているのかすらもはやわからなくなっている。これ以上抵抗すればするほど、罪も重くなるだろう。

並べてある赤いコーンの前でバスを停め、両手を挙げて降りていけばいい。それが今取れる最善の道ではないのか。——脳の片隅に残る理性は、声高にそう主張している。

だがそれでは、収穫ゼロどころか、残るのは刑事罰という負債だ。さっき、優花に電話したときよりもはるかに事態が悪化したということになってしまう。何もしない方がましだったということに。その事実に、どうしても納得がいかない自分がいる。

「もうやめようよ、ね？　やめどきだよ。——そこで停めるよ、いいね？」

そう言って運転手がブレーキに足をかけようとしたとき、右手の曲がり角が視界をかすめた。

瞬間的な迷いが、強硬手段を取らせた。

「だめだ、右折だ！」

運転手を押しのけてハンドルを奪おうとして、揉みあいになった。運転手は弾みでアクセルを踏み込んでしまったらしく、バスはエンジンの唸りを上げながら角に建っている建物に斜め前から突進していった。

窓も割れんばかりの無数の悲鳴が重なり、マンションのエントランスロビーらしきものがすさまじい勢いで間近に迫ってきた。

ガラスが砕け散る音とともに、体がどこかに力任せに叩きつけられるのを感じた。

16:15

尾岸七海

えところふは必ずやってくれる。——そう信じて待っていた。

魔力のスキルをアップするための試験として課されたクエストで、七海には歯が立たないモンスターを倒さなければ手に入らないアイテムを集めるのに苦労していると、えところふはきまって、問題のモンスターのいるフィールドにかわりに一人で入っていってくれる。「待ってて」のひとことだけを残して。

そして瞬く間に必要な数のアイテムを手に入れ、キャラクター同士で使うメールに添付して送ってくれるのだ。「石霊の杖」が二十個、「冷めた溶岩」が十五個というように。見返りに何を要求するわけでもなく。

えところふが戻るのを待っている間の、頼もしい感じが七海は好きだった。純然たる厚意で、人が自分のためになにかしてくれるのを待つその感じが。

ただし今回は、リアル世界での話だ。なるべく急いで実行すると約束してくれてはいたが、なかなか報告がないところを見ると、手こずっているのかもしれない。

クスノキは公園などにあるのではないかと投げてしまったけれど、無責任だっただろうか。七海自身、クスノキを見分けられる自信はないのだ。

今日は、「お願いがある」と保健室からえところふにメールしたあと、給食の時間にはいったん教室に戻っていた。腹痛は一応、ある程度までおさまっていたからだ。

ただ、痛みが完全に消えてなくなることはほとんどなく、ちょっとしたはずみでズキズキする痛みにスライドしてしまう鈍い芯のようなものが、いつでも下腹部で燻《くすぶ》っている。いつもながら食欲もなく、給食のおかずは半分がた残してしまった。

昼休みは誰とも口をきかずに屋上へ直行した。危険だからということで閉鎖されているのだが、七海はいつでも難なく出ていくことができる。

職員室の壁にかかっているスペアキーをこっそり持ち出し、合鍵を作ってしまったのだ。学校の中にも、誰にも干渉されず一人になれる居場所が必要だったから。用が済んだ鍵を元どおりそっと戻しておいたら、誰にも気づかれなかった。学校というのは、そのへんの管理がずさんなのだ。

直射日光のもとではさすがに暑くてかなわないので、出入口の陰になっているところに座り込んだ。そして壁にもたれてスマホの電源を入れたら、えところふからの返信が来ていたので驚いた。まず夕方くらいまでは、こちらからのメールを見ることすらないだろうと思っていたのに。

呪いの方法などについて細かいことを伝えている間に、昼休みの終わりを告げるチャイムが鳴った。無視して、そのまま屋上でやりとりを最後まで続けた。授業なんかより呪いの方がずっと大事だし、やる気になってくれているえところふを待たせたくなかった。

じゃあ今日中、なるべく早めにやる
終わったらメールするから待ってて

そう、この文字が見たかったのだ。「待ってて」の文字が——。

それで少し元気が出て、六時間目の英語の授業はまともに受けた。五時間目を許可もなくサボったことは、誰にも咎められなかった。いないことに気づかれてさえいなかったのかもしれない。吹奏楽部に属してクラリネットを担当していることになっているものの、ほとんど顔を出していない。ホームルームが終わって人が捌けてから、教室に一人で居残ってスマホの電源をオンにしてみたが、えとろふからの返信はまだ来ていない。

やきもきしながら待っていたら、四時十五分になってようやく着信があった。

いつものように短くてそっけないメールだが、呪いの件は「完了」とたしかに書いてある。「疲れたのでちょっと寝る」と書き添えてあるところをみると、さしものえとろふにとってもやはり、「石霊の杖」を二十個揃えるほど楽勝というわけではなかったのだろう。

具体的にどんな苦労があったのか、メールの文面からはまったく窺い知れないのだが、やりとげてくれたことがとにかく嬉しくて、すぐに返信を打った。

ありがとう!!!☆*:.｡. o(≧▽≦)o .｡.:*☆
えとろふならきっとやってくれるって信じてたよ(*´ε`)

続けて「こんどなにかお礼させて」と書こうとして、やめた。

お礼って、いったい何を？　どうやって？　「エルミヤ戦記」で、なかなか手に入らない貴重なアイテムだとか強力な武器だとかをプレゼントできればいいが、圧倒的にレベルの高いえところふが欲しがるものなどを私が手に入れられるわけがないではないか——。

返信に対する反応はなかった。予告どおり、本当に寝てしまっているのだろう。

問題は、呪いがいつ効くのかということだ。

掲示板では、その点についてはひとことも触れていない。くだんの人物は、ただこの呪いの「殺傷力は保証」するということと、自分は「実際に成功」しているということを言っているだけだ。そもそも、すべてがまったくの作り話かもしれないのだ。

——でも、効き目はきっとある。だって、えところふがやってくれたのだから。

七海はそう信じていた。いや、そう信じたいと思っていた。それ以外に、未来につなげられる希望が何もなかったからだ。

メールを送ってからも、なおしばらくの間、七海は教室で席に一人で座っていたが、やがて矢も盾もたまらない気持ちになった。

呪いは、実行すると同時に効力を発揮するのかもしれない。だとしたら、アレはすでに死んでいるということになる。どんな死に方かはわからないが、一刻も早くこの目でたしかめたい——。

いつもなら、まして母親が「エルドラド」での仕事を終える午前二時近くまで帰らないとわかっている今日みたいな日なら、帰宅時間を少しでも先延ばしにしようとするところだが、今は気が逸ってしまって、それを待っていられない。

五時前の時点で耐えられなくなり、七海は学校を飛び出した。そして、めずらしくアパートまで直行すると、高鳴る胸を抑えながらそっと玄関のドアを開けた。

熱された空気がむっと鼻先に押し寄せてくるだけで、中はしんとしている。だれかがいる気配もない。でもそれは、アレがすでに息絶えているからなのかもしれない。

期待が七割、恐れが三割という思いでキッチンに踏み込み、続いてリビングを覗く。

ソファの背もたれにはバスタオルがぐちゃぐちゃの状態で引っかけてあり、テーブルには栓の空いた缶ビールが放置されているが、アレの姿はない。キッチンの小さな食卓には、母親が用意したアレの分の朝食のおかずが手つかずで残っている。

さらに頭を巡らせて、自分の部屋のドアが半分ほど開いていることに気づいた。登校する際に閉めておいたはずなのに。開けた人間がいるとすれば、アレ以外には考えられない。

もしやアレが、ドアの陰で息を詰めて待ち伏せしているのでは——？

「おう、七海、待ってたぞ」

そう言って酒くさい息を吐きながら、汗ばんだ手でうしろから羽交いじめしてくるアレの姿が目に浮かぶ。だが、ドアを内側いっぱいまで勢いよく開ききっても、それは誰にもぶつからない。中は無人だった。

残るは寝室のみだ。昨夜、アレが私を引きずり込んで、おぞましい行為に及ぼうとした寝室。

空調が壊れていることを口実に、かろうじて逃げ出すことができた寝室。こちらの襖《ふすま》も、なかば閉じた状態だ。

いつでも逃げられるように、玄関に近づいてから大声で呼んでみるが、反応はない。

額に汗を滲ませ、早鐘のように打つ心臓に軽い吐き気すら覚えながら、襖の引き手に手をかける。

「——いるの？」

蒲団の上で、ありえない角度になるまで身をのけぞらせ、目を見開いた苦悶の表情を凍りつかせたままことされているアレ——。

ひと息に襖を全開にした瞬間、ホラー映画さながらのそんな情景が視界に入ってきたとたしかに思った。

それは一瞬の幻で、実際には、ひと組だけ万年床と化しているアレの蒲団の上に、起きだしたときのままに乱れたタオルケットが汚らしくうねっているだけだった。

ほっとしたようながっかりしたような気持ちで、その場にへたり込んだ。

——まだわからない。外出中なら、どこかよそでのたれ死んでいて、まだ発覚していないだけなのかもしれないではないか。

七海はひとまず自分の部屋に入り、内側から鍵をかけて机に向かった。そして両肘を突き、両手で握ったスマホに祈るように額を押し当てた。

16:29

黒沢歩果

なんなのだろう、この寝覚めの悪い気持ちは――。

そんな思いを抱えながら歩果が席を立ち、トイレに向かったときには、午後四時をだいぶ回っていた。

午後四時台というのは、この会社の社員にとっては標準的な「折り返し地点」に当たる時間帯だ。

人によってはそれが五時台、六時台に及ぶ場合もある。サラリーマンの勤務時間を表す「九時・五時」という言いまわしは、この会社では一種の都市伝説のような扱いを受けている。文字どおり五時に上がれる社員などがどこにいるというのか。

「まだやっと半分か」ということを自覚させられる忌まわしい時間帯、それが四時台の持つ意味なのだ。

ただ、当面の問題はそれではない。

昼休みにカフェで他人の携帯にまちがえて出てしまったこと。あの一件が、なんともいえないあと味を心に残しているのだ。なにか大事なものが宙づりになったままであるかのような――。

電話をかけてきたあの男と、落ち着きのなかったあの女の子は、いったいどういう関係だったのだろう。男の口調は他人行儀なものではなかったが、今どき公衆電話からという点が引っかかる。

——あ、もしかしてあの男も、あの子から着拒《ちゃっきょ》されていたとか？　だとしたら、私はストーカーを撃退するという気が重い役割を肩代わりしてあげたことになる。そういうことにしておこう。

いったんはそう思い定めたものの、まだなにかがすっきりしない。

首を傾げながら女子トイレに足を踏み入れると、洗面台の前で洟《はな》を啜りあげている人影がある。同じ課の後輩で、今年新卒で入ってきた荒井《あらい》末彩《みさ》だ。

「あ、お疲れさまです」

末彩はあからさまな鼻声でそう言いながら顔を背けるようにしてハンカチで目を拭い、慌ててメイクを直そうとしている。

この女子トイレでは、ざらに見られる光景だ。

戸田マネージャー配下にかぎった話ではない。管理職以外でつらい毎日に耐えていない人間など、たぶん一人もいない。なにかひどいことを言われてやりきれなくなると、女子の多くはこうしてトイレに駆け込み、ひとしきり泣いてから席に戻るのだ。

そういう場合、男子がどうしているのかは知らない。その姿を見ることがないだけで、案外同じようにトイレに駆け込んでむせび泣いているのかもしれない。

戸田マネージャーがときどきカラオケで調子外れに「ハッハァ～ン、ホッホ～ウ」とがなり立てるあの古い歌謡曲の歌詞を引用するなら、「私は泣いたことがない」。——少なくとも会社では。

あれこれ言われれば悔しいし腹も立つが、いちいち真正面から受け止めていたら身がもたない。天候不順みたいなものだと考えて、ただ黙ってやりすごすのだ。

未彩にはそれができないのだろう。ほんの数ヶ月前までは学生だったわけだし、見るからにまじめで融通が利かなそうなタイプだ。

ただ、つらいのはおたがいさまというところがある。トイレでそういう場面に出くわしても、あえて深く干渉はせず、軽い同情のサインだけ送ってスルーするのが暗黙のルールになっている。歩果もひとこと「お疲れ」と言って肩をポンポンと叩いただけでそばを通りすぎ、個室に入って用を足した。

ところが個室から出てきても、未彩はまだ鏡の前に立ち尽くしている。

「黒沢《くろさわ》さん……」

鏡を通してこちらを凝視するその目の中で、たちまち涙の粒が大きく膨れ上がった。

「私もう、耐えられない！　どうしてこんな目に遭わなきゃならないんですか」

——まいったな。こういうの、苦手なんだけど。

さりとて目の前で号泣されているのにおざなりな対応で済ますわけにもいかず、しかたなく背中をさすりながら、「どうしたの、今度は何があった？」と訊ねてあげる。

未彩はモデル体型に近く、小柄な歩果より頭ひとつ分ほど背丈もある。知らない人間がうしろから見たら、お姉さんが妹を慰めているというより、子どもが大人にかまってとおねだりしている図に見えるかもしれない。

「戸田マネージャーなんですけど――」

――うんうん、そうだろうね。

末彩の訴えの大半は、予想の範囲内のものだった。

別室に連れ込んでは、ささいな失点をねちねちと責める。社会人どころか小学生からやりなおすレベルだとなじる。君の教育コストで採用以来毎月経費倒れに終わっているのをどう償うのかと詰め寄る。

だが聞いていると、――いつものやり口で、歩果自身も何度もやられている。

「マンツーマンの教育が必要だからって、末彩に対してはちょっと別の要素の攻撃も混ざっているようだ。

それも、戸を閉めきっちゃう薄暗い個室で――」

――パワハラだけじゃなくてセクハラもかよ。

同じ若い女なのに、自分に対してはそういうそぶりを見せたことが一度もないのはどういうわけなのか。ちんちくりんな私には性的魅力を感じないということ？　別にあんな気持ち悪い男に性的魅力を感じてもらいたいわけではないが、微妙に不名誉でもある。

ともあれ、戸田マネージャーがあえて末彩を標的にした理由はわからなくもない。スタイルがいいわりに目尻の垂れた人懐こい風貌で、おとなしくてなんでも言いなりになりそうに見える。

あの男は、とにかく「弱い」ところを狙うのだ。

末彩に対するセクハラは、酒席で必要以上に体に触れてくるといったところに留まらなかった。

「部下の私生活の管理も上司としての務めだから」という名目で、退社後も就寝まで一時間おきに電話連絡を入れるように命じてきたり、休日さえ、日中、自宅近くの喫茶店に生活の「報告」をしに来ることを強要したり。

「それで昨夜とうとう、私が一人暮らししてるアパートまで押しかけてきたんです。どんな暮らしをしてるのか見せてみろって。あれこれ言い訳してどうにか帰ってもらったんですけど、今日出社したら、朝からひとことも口をきいてくれなくて、そしたらさっき突然別室に呼ばれて――」

度重なる懇切丁寧な指導にもかかわらず、生活態度・勤務態度に改善のあとが見られず、改善しようとする意思すら見受けられないため、この際退職願を提出してもらうよりほかにないという結論に達した。――マネージャーは、そう放言したというのだ。

「何それ。頭おかしいんじゃないの?」

「それだけじゃないんです。今まで君の教育にかけたコストを回収できていない、それは君が原因で発生した社の損失だから、退職に当たって弁償してもらうしかない、今その具体的な金額を経理課に問い合わせて算定しているところだって。そんなお金、いったいどうやって――」

「いやいや。ちょっと待って。いやいやいや、それはありえないから」

思わず失笑してしまう。そんなでたらめな横暴が法的に許されるわけがないではないか。未彩もともと世間知らずなのかもしれないが、かわいそうに、きっとマネージャーに一方的に責め立てられてわけがわからなくなっているのだ。

「そんなの戸田マネが勝手に言ってるだけ。辞める必要もそもそもないと思うし、ましてそんなお金とか絶対払っちゃだめだよ」

それにしても今回は目に余る。あんなひどい男をこのまま野放しにしておいていいのだろうか。あの男用に用意された「器」にはまだ余裕があると思っていたが、未彩の話を聞いてにわかにそれが今にも溢れんばかりになり、表面張力でかろうじて持ちこたえる状態になってしまった気がする。

あながち未彩に対する同情だけでそうなっているというわけでもない。これまでにほかならぬ自分がされた仕打ち、投げつけられた心ない言葉の数々が脳内に蘇ってきて、たがいにせめぎあっている。

今朝徴収された遅刻の罰金五千円も、急に惜しくなってくる。あの五千円でどれだけのものが買えただろうか。

でも、どうして今回にかぎって？　これまでそのへんについては割りきっていて、心の中で天秤にかけた上で受け流していたのに。

ふと、ある考えが意識の表層に浮かんできた。

もしかして、私の怒りゲージというものは、もともとひとつしかなかったのではないか——。忍耐を溜め込む器の話だ。これまでは、戸田マネージャー用のそれ、そのときどきのダメ彼用のそれ、自分勝手な妹用のそれ、その他用のそれ、という風に、怒りは相手ごとにカウントしているのだと思い込んでいた。でもそういう区別は、実は便宜上の仮のものにすぎなかったのかもしれない。

怒りを仮の容器で小分けしておけば、どれかひとつが溢れても、局所的な小爆発で済む。容器がひとつしかなかったら、溢れたときにどんな大惨事になるかわかったものではない。その危険を回避するために、無意識に個別管理という方法を選んでいたのではないだろうか。

ただ、昼休み、ストーカー化した元彼に向けて発生した小爆発は、結果として不発に終わってしまった。――実は相手が違っていたとあとから判明したからだ。

例の電話を切ってからずっと寝ざめが悪かった真の理由は、そこにあるのではないか。せっかくキレたのに、相手にそれを届けることができなかった。その消化不良感が、心の中でずっとわだかまっていたのだ。

行き場を失ったその負のエネルギーは、結果としてどこに流れ込んだか。――たぶん、戸田マネージャー用の器だ。

「――黒沢さん？　聞いてます？」

心配そうな未彩の声に、われにかえった。自分の心の中を分析することにかまけていて、未彩の話を途中から聞いていなかった。

「ああ、ごめん。――いや、今ちょっと考えてたんだけど、未彩ちゃん、このまま泣き寝入りしていいの？　いいわけないよね。私もあの男にはさんざんいやな思いさせられてきたし、ああいうのをのさばらせておくのは社会全体のためにもよくないと思うんだよね」

「え、でも、だったらどうすれば――？」

「ちょっとだけ時間をくれる？　そうだな、あと一時間。その間になにか考えて、あとで声かけるから」

日ごろ体温の低い歩果が、めずらしく闘志を燃やしていた。どうやり込めてやろうか――それを考えるだけで、心が疼《うず》いた。

あらためてメイクを直している未彩をトイレに残して廊下に出た途端、ようやく傾きかけた日光が窓から差して、まっすぐに目を射貫《いぬ》いた。

16:33　尾岸雅哉

古代中国っぽい衣裳を身につけた男女がなにか話しているが、台詞《せりふ》は何ひとつ聞き取れない。どうやら中国語らしく、下に字幕が出ている。二人の背景には、ＣＧをこれ見よがしに使ったきらきら輝く宮殿のようなものが映り込んでいる。

――なんだこれ。こんなの観てたか？

ソファの上で身を起こすと、全身がばかに冷え込んでいて、寝違えたように首が痛い。手にしていたはずのビールの缶はカーペットに転がり、飲み口のまわりにしみが広がっている。

ヤバい、また眠り込んじまった――。

雅哉はリモコンでテレビの電源を落とし、効きすぎている冷房も止め、中身が少しだけ残っているビール缶をテーブルに置きなおした。

時刻は、四時半を過ぎている。宝龍軒を引き揚げてきてから、三時間ばかりもブタのように眠りつづけていたということだ。

体を冷やしすぎたせいか、鼻づまりは昼前に起きたとき以上にひどくなっている。寝ている間もずっと口だけで呼吸していたのだろう、口内はひりひりに乾燥していて、上あごを舐《な》めるとそのまま舌が貼りついてしまう。

冷蔵庫の麦茶で口の中を潤しながら、寝室のための空調を買いに行かなければならなかったことを思い出した。

「めんどくせえなあ、もう」

思わず一人で毒づきながら、なんなら今日のところは見合わせようかと一瞬考えた。しかしそれは、少なくとも今夜は七海を思いどおりにできないということを意味する。寝起きのせいか、朝勃《あさだ》ちに近い現象が起きていて、体の中で渦巻く情欲が出口を求めてグツグツと煮えたぎっているのを感じる。

「よし！　ちょっくら行ってくるか。——はいチャーシューメンいっちょおーう！」

調子を出すために宝龍軒のおやじさんの口真似をしながら、雅哉はあらためて玄関から外に出た。

寝ている間に陽は少しだけ傾いてきたものの、まだまだ外気は蒸し蒸ししている。過ごしやすくなったとは言いがたい。かえすがえすも、こんな季節に免停を食らったことがいまいましくてならない。

アパートを出てすぐの路地で、近所の年老いた主婦がアスファルトに打ち水をしている。昭和時代から抜け出してきたかのようなレトロな光景だが、前にテレビで、打ち水をするだけで周囲の気温が軽く一、二度は下がるなどと言っていた覚えがある。

事実、濡れた路面に近づいた途端に、すがすがしい涼風が下から吹きつけてくるみたいに感じられた。

「あらやだ、引っかけちゃうところだった」

雅哉に気づくと、老婆は柄杓《ひしゃく》を振りまわしていた手を慌てて引き下げ、言い訳をするようにつけ加えた。

「いえね、いつまでもあんまり暑いもんで……」

「いやあ、おかげで涼しくていいですよ。夏の風物詩ってとこですか」

如才なく適当におあいそを言って通りすぎようとしたら、「今日はお休みですか」という声が追いかけてきた。

——このババア、平日の日中に顔合わせるたびにこの手のひとことをかけてきやがる。皮肉のつもりか？

「ま、そんなところ」

そそくさと立ち去り、通りに出る。向かい側は私大の付属高校で、部活に励む生徒たちのかけ声がここまで届いてくるが、グラウンドはポプラかなにかの並木で覆われていて見えない。

雅哉は信号で通りを渡り、数ブロック進んでから右へ折れた。通い慣れた道だ。イワタ電機は、パチンコ屋ジャイアントスターと同じ大通り沿いにある。

通りに出るまでの道の大半は、年季の入った商店街だ。そこを辿るのが、いちばんまちがいがない。うっかり別のルートを開拓しようとすると、見知らぬ路地に迷い込んでしまう。――「グルコフリーZ」の大量の空き容器を見つけたあのときのように。

雅哉はタバコに火をつけ、それを指に挟んだ右手を大きく前後に振りながらわがもの顔に歩いた。

最近、この区でも路上喫煙が条例で禁止されたようだが、知ったことではない。禁止論者は、副流煙による害はもちろんのこと、火が子どもの目などにぶつかる危険性について声高に訴えているが、子どもはおろか、そもそも通行人の姿が今はほとんど見られないではないか。

商店街のエリアは、両側に申し訳程度にアーケード風の庇《ひさし》が設けられ、角灯を模した形にデザインされた街灯が点々と立っている。そのひとつひとつに吊り下げられた幟《のぼり》風の青い布を見るたびに、雅哉は噴き出しそうになる。

みんなの笑顔がこぼれる街

そう書いてあるのが、悪い冗談にしか思えない。

この商店街に活気があり、客足が絶えなかったのは、おそらく二十年以上は昔の話だろう。魚屋、八百屋、肉屋、菓子屋、床屋、本屋、洋品店、靴屋……とひととおりのものは揃っているが、いつ見てもシャッターが降りたままの店も少なくないし、足を止めて商品に見入っている客は数えるほどしかいない。

その人けのないうら寂れた通りに、ところどころに設置されたスピーカーから流れる楽しげな音楽がただ無駄に鳴り響いているのだ。曲がマドンナの「ライク・ア・ヴァージン」をインストルメンタル風にアレンジしたものであることが、輪をかけてもの悲しい。

――笑顔どころか、ジジババの欠けた歯がこぼれ落ちてきそうなしけた街じゃねえか。

「ライク・ア・ヴァージン」が聞こえなくなったあたりで角を曲がり、少し進むと、交差点が現れる。イワタ電機はその通り沿いにあるのだが、交差点で最初に目にするのは、ジャイアントスターだ。

角に面した出入口に、「海物語」シリーズや「エヴァンゲリヲン」「蒼天の拳」などCR機のポスターが張りめぐらされている。

――ここまで来たんだ。ちょっとくらい寄っていってもバチは当たらないよな。

財布には、輝美の家計費から四万円ほど拝借してきている。それだけあれば安い空調なら買えるだろうと考えてのことだが、二万円台の機種もあるかもしれない。そうでなくても、月賦払いにすれば今日必要になるのはいくらでもないはずだ。

よし、とりあえず一万だけ遊ぼう。あとのことはそのとき考えればいい。

自動ドアをくぐり抜け、騒がしい音響に包まれたとき、一瞬だけ井浦のことを思い出して不安な気持ちになった。

ここなら、店内で奴と出くわす可能性も十分にある。偽物の「グルコフリーZ」を掴まされたことを新見が知るのは時間の問題だし、そうなれば最初に責められるのは井浦だ。すでにそういう事態になっているとしたら、奴がどう出てくるかは予測しきれない。

もっとも、責任を取ってほしいなどと自分から詰め寄るだけの度胸があるなら、とっくに電話をかけてきているだろう。そんな肝の据わったところが奴にあるわけがない。

「尾岸さん、えらい目に遭いましたよ。見てくださいよ、これ」

新見の手下にボコボコにされたときの顔の痣《あざ》を見せながら、べそをかいたような調子でそんな陳情を申し立ててくる。——根っから腰抜けの井浦にできるのは、せいぜいそこまでだろう。

「そりゃ災難だったな。でもおまえだって七万は着服したんじゃねえか。それを思えば、その痛みも必要経費のうちだろ」

そうとでも言ってやればいいのだ。

店内は狭いから、ざっと見わたせばほぼ全員の顔がわかる。さしあたって井浦はいない。そしてラッキーなことに、出玉がいいといわれている台がひとつだけ空いていたので、さっそく陣取り、遊戯を始めた。

しかし今日にかぎって、なかなか調子が出ない。ときどき台を換えてみるが、結果は同じだ。瞬く間に金が玉に変わり、玉が吸い込み口に消えていく。たまに勝ってもこれでは元が取れないと深追いしているうちに、二万円が藻屑と消えていた。

「くそっ、どうなってんだよ、今日は」

誰に向かってともなく悪態をついて膝を叩きながら、気ぜわしくタバコを吸っては、燃えている部分をいたずらに伸ばした。

入店してから二時間ばかりも過ぎた頃だったろうか、ずっと空いていた隣の席にだれかが座ったかと思うと、こちらに向けた顔をなれなれしくぐっと近づけてきた。

——誰だ、こいつ？

せいぜい三十歳くらいの、茶髪の若い男だ。さも昔なじみのようにうすら笑いを浮かべているが、こんな奴は知らない。——いや、待てよ、どこかで見たことがある。

そう思った直後、若い男の背後から聞き覚えのある声が聞こえた。

「オクハシさん、困るんだよね。でたらめな名前や連絡先を教えてもらっちゃ」

オクハシ？　オクハシってなんだ——？

それが、新見を騙すときに使った偽名——「グルコフリーZ」の空き容器を大量に投棄した町工場の社長の名前であったことを思い出すのと、声をかけてきたのが新見その人であることに気づいたのは、ほぼ同時だった。

茶髪は、取引のとき同席していた手下の一人だ。

反射的に立ち上がって逃げようとした途端、茶髪が腕を摑んで引き戻そうとした。なりふりかまわず振り払い、出口に向かって走り去るとき、新見のうしろにまた別の人影があるのを目に留めた。顔中に絆創膏を貼り、魂が抜けたような表情を浮かべている井浦——。

あの野郎、痛めつけられたあげく、新見たちをここに案内しやがったのか。

井浦に電話させたところで、俺の居場所はわからない。それよりは、俺が出没しそうなスポットで張っていることを新見たちは選んだのだ。

「待てコラ、尾岸！」

背後から怒号が追ってきたが、振りかえらずにとにかく一目散に逃げた。

午後七時も近くなって、さすがに陽はだいぶ翳《かげ》ってきている。ただ、まだあと三十分ほどは、身を隠せるほどの闇にはならないだろう。この界隈に幾分土地勘があるのがせめてもの救いだ。角があればとにかく無条件に曲がり、見通しの利く広い通りは極力避けるようにして逃げつづけた。

――新見のあの据わったような目つき。あれはヤバい。

小悪事を重ねてきた人生の中で、ひとつ学んだことがある。

面子《メンツ》をつぶされた人間が取る道は二つだ。ひとつは、とにかく金銭的に折りあいをつけて解決しようとする方法。そこに暴力が介在するとしても、それはあくまで、獲得したい金額を相手に差し出させるために振るわれるものにすぎない。

もう一方の道を取る人間には、金などこの際問題ではない。自分の顔に泥を塗られたことが、ただひたすらに許せないのだ。追ってくる目的は、自分を騙した相手に対する純然たる制裁、それだけだ。気が済むまで相手を痛めつけることでしか、その制裁が終わりを迎えることはない。

あのヤバい目をした新見は、まちがいなく後者のタイプだ。

生まれてから五十二年、これといっていい思いをしたこともないくだらない人生だが、まだ死にたくはない。今は何も考えず、逃げおおせることだけを目指そう。

隅田川も近いごみごみとした住宅地のただ中を、雅哉は全身汗だくで走りつづけた。

16:57　設楽伸之

この分なら、今日中にどうにかなるのでは――？

部下の富士本を帰してから一人黙々と作業を続けていた伸之は、まだ取りつけていない部材が予想よりもずっと残りわずかになっているのを見て、顔をほころばせた。

「がんばったな、がんばったよ、俺」

誰も褒めてくれないので、思わず自分で声に出して言ってしまう。

空調もない中、孤立無援で重たい部材を二階まで運んだり、熱気のこもる屋内で何百個ものボルトを締めたりするのは、地獄のような作業だった。心配性な性格が災いして、ここまでやってから、いややはりここまで、と休憩を先延ばしにしているうちに、いつしか五時が近づいている。

作業に集中していて気づかなかったが、空腹で体に力が入らなくなってきている。さっきから頭がぼうっとして気が散りがちなのもそのせいか。――当然だ。今に至るまで昼食を摂りはぐれているのだから。

これ以上続けたら倒れてしまう。目処《めど》もついたことだし、ここらで腹ごしらえをしてからラストスパートをかけるとしよう。

現場の前に広がる造成地にあらためて目を遣ると、陽が傾いてきたせいか、いっそう荒涼とした様相を呈している。とにかく少しでも早くここを引き揚げることを考えなければ。

大通り沿いのファミレスに入った。昼に富士本と一緒に行きかけた店だ。ランチタイムはとうに終わってしまっているので、グランドメニューから和風ステーキ膳を注文した。

料理はすぐに運ばれてきたが、目の前で湯気を立てている肉や白飯を見ると、かえって食欲が減退してくる。死ぬほど腹が減っていると思っていたのに。なまじひと息ついたせいで疲れが出てしまったのだろうか。

なかば義務感で箸を動かしながら、なにやら物悲しい気分になってくる。

――気がつけば、いつも俺がすべてをかぶっている。こんな毎日が、ずっと続くのだろうか。

現場におけるただ一人の部下である富士本があの調子では、今後も似たようなことは数えきれないほどあるだろう。かといって辞めさせる度胸もないし、もっといい人材を摑まえられる自信もない。だったらせめてもっと健康管理を徹底するように注意すればいいのに、それすらできずにいる。

「あれこれ言う前に考え込みすぎちゃうのがいけないんじゃないの？」

芽衣子には、よく苦言を呈される。

「相手の立場だとか、相手が自分をどう見てるのかとか、先まわりして考えすぎなんだよ。とりあえず思ったことをそのまま口に出してみればいいのに。相手の人だって、異論があるならそのときに正々堂々と言えばいいんだし、言えなかったならそれはその人が悪いんだよ」

「言ってることはそのとおりなんだけどさ、俺はおまえみたいになんでもすっぱりと言葉にできる性格じゃないんだよ。だからつい、相手もそうなんじゃないか、言いたいことがあってもがまんしてるんじゃないかって、いちいち身構えたり遠慮しちゃったりして」

「たしかに性格っていうのは持って生まれたものだからね、どうしようもない面もあるけど――」

気抜けしたように笑いながら、芽衣子は続けた。

「でも、そうやって遠慮することで結果として得したことが、今まで一度でもあった？　損してるって思いがあるなら、努力してその弱点を克服しなきゃ。性格そのものを変えることはできなくても、ふるまいを変えることはできるんじゃないかな」

なにもかも、芽衣子の言うとおりなのだ。

広告代理店時代も、それが原因で何度も苦い思いをしている。大事な契約を取り逃がしたときに、同僚に体よく罪を着せられて、上司にすべき抗弁を喉元で控えてしまったり、もう一歩押せばなんとかなったかもしれないときに、相手の出方を見計らいすぎて機を逸してしまったり――。

クリーニング屋に洗濯物を出しに行くようなときですら、似たようなことが起きる。

列に並んでようやく順番が回ってきたと思った瞬間、ふらりと入ってきた中年女性が当然のように割り込んできて、先に従業員とやりとりを始めてしまう。

これだけ公然とやってのけるからには、あらかじめ従業員との間でなにか約束でもしていたのだろうか――。

　勝手にそんな憶測を巡らせて、追及をつい手控えてしまう。女性が去ったあとで、従業員に「お待たせしてたいへん申し訳ございません」と平謝りされ、正当な理由などなかったことに気づくのだ。

　中年女性が割り込んできた時点で、「あちらのお客様が先にお待ちですので」とひとこと言えない従業員にも腹が立つが、「並んでるんですけど」と言えなかった自分自身にはもっと腹が立つ。

　そういうことの繰りかえしで、日々が過ぎていくのだ。それが今後もずっと続くのだとしたら、ちょっとやりきれない。

　胃の中に押し込むようにしてどうにかステーキ膳をたいらげたあとも、すぐには席を立つ気になれず、ドリンクバーを追加注文してしばらくアイスコーヒーを啜っていた。どうやら思っていた以上に疲れているらしい。家に帰って寝たいと全身が訴えているのがわかる。思えばもう四十三歳、無理が利く歳ではないのだ。

　これ以上休憩を続けたら働く気力が完全に枯渇してしまうというきわどいタイミングで、伸之は勢いをつけて立ち上がった。もうじき六時、今の見通しなら、八時前後までがんばれば全作業完了だ。

　現場に戻ると、手前にあるトラフェンスの前に見慣れない濃紺の乗用車が停めてあった。

　往来は乏しいから通行の妨げになっているわけではないが、こんなところにわざわざ停車する理由がわからない。

少し警戒して周囲に目を配りながら鉄製パネルの裂け目を抜けると、造成地の草むらの中に人影が見える。コンクリートを敷いた現場から二十メートルほど奥へ進んだあたりだ。

枯れ木のように痩せた体型の男で、髪もだいぶ薄いようだ。ワイシャツを袖まくりした姿でなにかの作業に没頭していて、こちらの存在にはまだ気づいていない。

――関係者だろうか。

最初は、そう思った。なにしろ伸之は現場事務所の施工を下請けで受注しただけで、この造成地全体については何も知らないに等しいのだ。ここにマンションだかを建てる施主側のだれかが、なにかの確認に来ているのかもしれない。

しかしそれにしては、男の動きはあまりにも怪しい。あたりを憚るようなそぶりを見せながら、しきりと体を上下させている。よく見ればその手に抱えているのは赤いポリタンクで、注ぎ口から透明な液体がしとどに滴っている。

地面には灯油缶のような四角い金属の容器が置かれていて、液体はその中に注がれているようだ。

人けのないところに来て、なにかを燃やそうとしているのだろうか。なんらかの犯罪か、少なくともうしろめたいところのある行為のにおいがする。

それでも一瞬、放っておこうと思った。現場ならともかく、造成地の方は管轄外だ。あの男にもなにかややこしい事情があるのだろう。うかつに首を突っ込みたくもない。

しかし、本当にそれでいいのだろうか――。

これが自分の悪いところなのだ。ポリタンクの中身は灯油なのかガソリンなのか知らないが、日照りで乾燥しきったこんな場所で不用意にものを燃やしたら、炎が瞬く間に造成地全体に広がり、あげくは現場まで害を被るかもしれない。今日、ほぼ一人で苦労してここまでやってきたのに。

「ちょっと、そこ――何やってんですか！」

肚を決め、つかつかと歩み寄りながら思いきって声をかけると、男は不意を打たれたネズミのように身をすくませ、血走った目をこちらに向けた。ただ、どちらかというと肝っ玉の小さそうな手合いに見える。

「すぐそこが現場なんですよ。こんなところでものを燃やされちゃ危ないじゃないですか」

「いや、これは――すみません、誰もいないと思ったもので……」

缶の中には液体をかぶった大量の書類が散乱していて、似たような紙の束が男の足元にまだごっそりと積み上げられている。液体は、においからするとガソリンのようだ。

「誰なんですか、あなた」

「いや、誰っていうか――まあ、会社を経営している者ですけど」

男は、禿《は》げ上がった額の汗を拭いながらしどろもどろに答えた。

「会社を経営、そうですか。それでそういう方がいったいこんなところで何を燃やそうと――」

足元の書類をひと摑み拾い上げると、男は血相を変えて取り戻そうとした。かえって気になり、中身を見てやろうとしたそのとき、ポケットの中で携帯が震えはじめた。

芽衣子からだ。

「おう。——どうした。病院の方は無事に済んだか」

書類を取り戻そうと男が手を伸ばしてくるのをよけながら訊ねると、芽衣子は「それがね」と言いかけたまま、なぜか黙っている。

「なんだよ、なんかあった？」

「驚かないで聞いてね。実は今、病院からなんだけど——ううん、クリニックじゃなくて、府中の総合医療センター。私たちが乗ったバスにね、拳銃を持った男が押し込んできて——」

ジャックされたバスは東大和あたりで青梅街道沿いのマンションに激突して大破。犯人と運転手は重傷を負い、乗客十二名は全員が保護されて病院に連れていかれたという。

——耳を疑うような話だ。驚くなという方が無茶だろう。

「それでおまえたちは——無事なのか？　将平は？」

「うん、将ちゃんは無事。私はバスが激突するとき、将ちゃんを守ろうとして変な姿勢取ってたせいでちょっと首とかを捻挫《ねんざ》しちゃったんだけど、たいしたことないからそれは安心して。乗客は全員、無傷か軽傷程度で済んだの」

事故が起きたのは三時半ごろのことで、すぐに連絡したかったのだが、検査を受けたり、警察に事情を話したりしなければならず、ままならなかったのだという。

「それに、携帯を犯人に取り上げられちゃってたから、回収するのにも手間取っちゃって。警察の人もなんだかバタバタしてて――」

かたわらで騒いでいる男がうっとうしくてならない。いらだちのあまりその手を乱暴に振りほどきながら、現場に停めてあるミニバンに駆け寄った。

運転席に乗り込んでドアを閉めるとき、赤いポリタンクをぶら下げたままふらふらしながら追ってきていた男の倒れ込む姿が見えた。タンクを足にぶつけてもつれさせたらしい。

それを横目に将平に替わるように言うと、「パパ？」というのんきそうな声が聞こえた。

「あのね、銀色のピストルを持ってたんだよ。本物みたいだったけどそうじゃなかったんだって。そばに来たとき汗くさかったよ」

「そうか――。怖かったな、でももう大丈夫だからな。――ぜんそくの方は平気なのか？」

「うん、さっきシューしたから。今日は一回目は朝の六時くらいだったからまだ十二時間経ってなかったからほんとはいけないんだけど、こっちの先生がいいよって言ったから」

外から男が窓を叩きながらなにか叫んでいるようだが、気もそぞろでほとんど耳に入ってこない。

「とにかく、すぐに病院に行くから。――ええと、どこだって？　総合医療センター？」

再び替わって出たあとで芽衣子にそう言うと、本人は拍子抜けするほどあっけらかんとしている。

「あ、ほんとに、私の怪我《けが》はたいしたことないから。もうそろそろ私たちも帰っていいみたいだし――」

「おいおい、そんな目に遭っておいて、自力で帰るなんて言うなよ。すぐ行くから。とにかくちょっと待ってろって」

ミニバンを発進させると、男は髪を振り乱しながら慌てふためいて追ってきた。無視して道に出たら、トラフェンスのそばに停めてあった濃紺の乗用車に乗り込み、車で追いかけてくる。

――いったいなんだというのか。あんなに執拗に追いまわされるようなことをこの俺がしたか？

通りに出てから、わざといったん路地に入って迂回《うかい》して戻ってきたら、いつのまにか車の影はなくなっていた。

助手席に紙の束が散らばっていることに気づいたのは、信号待ちで停車している間のことだ。芽衣子からの電話で気が動転していたせいで、あの男が燃やそうとしていた書類の一部をそのまま持ってきてしまっていたのだ。パラパラとめくってみると、財務関係の資料らしい。

――ひょっとして裏帳簿の類か？　だとしたら、あの必死さにも合点がいくというものだ。あのオッサン、脱税でもしていて、証拠隠滅するつもりであの場にこれを持ち込んでいたのだろうか。

なんにしても、今はそれどころではない。まさか妻子がバスジャックに巻き込まれるとは――。声を聞いたかぎりでは二人とも無事ではあるようだが、元気な姿をこの目で見るまでは安心できない。

黄昏《たそがれ》が近づく中、混みあって遅々として進まない車列に組み込まれながら、伸之は前の車両のテールランプが遠ざかるのをじりじりと待ちあぐねていた。

17:15　島薗元治

少し前に、窓際のスツールで少しうとうとしてしまった。ずり落ちそうになって、隣の若い女性に「大丈夫ですか?」と体を支えられた。「大丈夫です」と答えて座りなおしながら、今の「大丈夫です」は昔ながらの用法だったはずだと思った。

やはり、暑い中歩きまわったことでだいぶ体力を消耗してしまっていたのだろう。図書館にはほんのいっとき立ち寄るだけのつもりだったが、気がつけばもう五時を回っている。少々長居をしすぎてしまったようだ。

居眠りの現場を女性に目撃されてすぐに立ち去るのもなんとなくばつが悪くて、なおしばらくは手元の論壇誌に目を落とし、続きを読んでいるふりを続けていた。中国の最近の海洋進出について警告を促すような内容の論文だが、似たような趣旨の記事をすでにいくつも読んでいて、興味も薄れている。

当の若い女性が荷物をまとめて出ていったのを潮に、元治もようやく席を立ち、雑誌を棚に戻して図書館をあとにした。

中央公園を出たときに比べれば、さすがに陽の勢いは弱まってきている。このままゆったりしたペースを保って歩くかぎり、めまいに襲われるようなことはもうないだろう。

それにしても、と元治は思う。――それにしても、石神井川沿いの遊歩道で倒れそうになったことは、それなりにショックだった。

人は結局、いくつになっても、自分の実年齢に意識を追いつかせることができないものなのだろう。体は着々と老いていくのに、意識だけは十歳も二十歳も若い頃のまま取り残されているのだ。

若い頃は、たとえばひと晩徹夜することくらいなんでもなかった。それが次第に、夜を徹することはできても、翌日はほぼ終日使いものにならないようになる。それだけ体力が落ちたのだという事実をようやく受け入れる頃になると、そもそもひと晩中眠らずに済ませること自体が不可能になっている。

今では、夜更かしすることすら難しい。夜も十時を過ぎれば眠たくてかなわず、蒲団に横になるなり意識を失ってしまう。そのくせ眠りを長く持続させることはできず、夜が明ける前にきまって一度は目覚めてしまう。

それでもなお、「俺はまだ現役世代にそうそう引けは取らないはずだ」と心のどこかで思っていはしまいか。――もうそんな体力などどこにも残っていないのに。

「若いつもりでも本当はそうじゃないんだから――」

四十を過ぎたくらいの頃から、文枝が口癖のようにそう言っていたのを、今さらながら思い出す。

「自分で見積もっているより二割、三割は差し引いて考えておくくらいでちょうどいいのよ」

それは元治の中で、文字どおりの意味での「妻の口癖」、つまり常套句《じょうとうく》と化していて、意味をことさらに考えることも久しくなくなっていた。文枝がそれを言いだすと、「また始まった」といくぶん閉口しながら聞き流す癖がついてしまっていた。それがまったくもって適切な助言であり、戒めであったことが、今になってよくわかるのだ。

今日の長い散歩で最も骨身に沁みて思い知らされたのはその点だが、いいこともあった。若い世代が、言葉の通じない異星人などではないと実感できたことだ。

自分の知っている人間の世界が、多少見かけは変わったとしても、本質は変わらぬまま今後も続いていくのなら、案ずることは何もない。あと何年生きながらえるかは神のみぞ知るだが、そろそろバトンを若い世代に託していさぎよく退くべきなのだろう。

「それでいいんだよな、文枝」

声に出してそう言ってみた。答えはなかったが、あの世から文枝がほほえみながらうなずいているような気がした。

気がつくと、名主《なぬし》の滝《たき》公園の前まで来ていた。

文枝と何度か足を運んだことがある。江戸時代に王子村の名主が開いた庭園で、さして広くない敷地に巧みに仕込まれた人工の四つの滝が、今も汲み上げ式ポンプによって常時水を巡回させている。

ルート上にあるので、いつもの早朝の散歩でも必ず前を通るが、開園時間には早すぎて、入ることができずにいる。今日、こんな時間帯にここに来あわせたこともなにかの縁だろうと思って入口に向かったが、五時で閉園していた。

今日のところはまっすぐ帰宅しろということか――。

元治は苦笑いしながら、王子駅方面に向かう道を辿りはじめた。このまま線路に沿ってしばらく歩けば、おのずと駅前に出る。あとは、飛鳥山公園の脇を抜けて自宅に帰り着くだけだ。散歩は、つつがなく終了しそうに思えた。その最終局面に至って、なにやら不穏な空気を漂わせる人物の姿が目に留まってしまった。

駅の方向から歩いてくる男が、火のついたタバコをぶらぶらと振りまわしている。見たところまだ若い。せいぜい三十前後だろうか。最近はむしろ若い世代ほどタバコを嫌うようになっていると聞くが、この男は粋がってこれ見よがしに煙をふかしている。暴力団関係者を思わせるたたずまいだ。

歩きタバコは本当に迷惑で、百害あって一利なしだ。この区でも最近、とうとう路上禁煙が条例化されたようだが、本来、個々人に良識さえあれば、行政がわざわざ規制するまでもないことではないか。

タバコを吸うなとは言わない。元治自身、六十になるまではむしろヘビースモーカーだったから、吸いたい気持ちはわかる。

しかし、吸うなら最低限のルールは守るべきだ。ましてこのあたりはどちらかというと閑静な住宅地であり、幼稚園などもある界隈だ。あんなに不用意に手を振りまわして、小さな子どもの目に火が入ってしまったらどう責任を取るつもりなのか――。

男は左側通行をしているので、このまま進めば、右側を歩いている自分とは至近距離ですれ違うことになる。

元治は迷った。

相手は気の荒そうな若者だ。うかつに注意でもしたら襟首を摑まれ、蹴りのひとつやふたつお見舞いされるかもしれない。いや、それで済めばいい方だ。相手の虫の居所が悪ければ、何をされるかわかったものではない。こちらは無力な老いぼれだ、暴力に訴えられたら抵抗すべくもないだろう。

しかし、公園でのあの出会い、曽根田慎也に似た少年との短いやりとりに、元治は勇気を与えられていた。

――言うだけ言ってみるのだ。相手は異星人ではない、言葉が通じるはずの同じ人間ではないか。

「あなた、ちょっと――」

思いきって声をかけたときには、男はすでにすれ違い、二、三メートルは背後に進んでいた。

「危ないですよ、歩きタバコは」

「あぁっ？」

案の定、男は大仰《おおぎょう》に顔をしかめながら、元治の体を足のつま先から頭のてっぺんまで剣呑《けんのん》な視線で舐め上げるように睨みすえてきた。

「小さい子とかが歩いていることもあるし――」

「なんだとコラじじい！　俺にイチャモンつけようってのかよ。いい度胸じゃねえかオイ！」

なるべく居丈高にならないように気をつけたつもりだが、どんな言い方をしようがこの手合いには関係がない。なんであれ、人から物言いをつけられること自体にがまんがならないのだ。

胸ぐらを摑まれて息が頰にかかるほど顔を近づけられ、さすがにすくみあがった。だが、まちがったことを言っているわけではない。引いたら負けだと思い、歯を食いしばって恐怖に耐えた。

「ただちょっと気をつけてほしいと言ってるだけです。それであなたになにか損があるわけじゃないでしょう」

たまたまそばを通りかかったサラリーマン風の中年男が、恐れをなしてあからさまに道の反対側に逸れ、足早に立ち去った。

元治は殴られることを覚悟の上で、しかし決して瞼は閉じずに、目の前の男と合わせた視線を逸らさずにいた。

一分にも及ぶ長い時間だったのか、ほんの数秒だったのかはわからない。男は不意にしらけたように鼻から息を漏らし、摑んでいた襟首を突き放した。そしてこちらを睨みつけたまま、聞こえよがしに舌打ちをしながらタバコを路面に叩きつけ、靴の底で踏みつけて火を消した。

ポイ捨ても公共道徳を犯していることに変わりはない。吸い殻を拾っていくように言いたかったが、勇気も限界だった。男がすでに歩み去っていることを自分に対する言い訳にして、口をつぐんだ。

――危機一髪だった。

額がじっとりと冷や汗で覆われている。無理をしないでまっすぐ帰宅しようと心に決めたばかりなのに、別の意味で無理をしてしまった。

それでも、気分はすがすがしい。言うべきことを言えたし、相手も結果としては受け入れたではないか。態度は最後まで不遜《ふそん》だったものの、ちゃんとこっちの言い分に耳を傾け、従ったのだ。あんなならず者のようななりをした男ですら――。

目の前で捨てられた吸い殻を放置して去るのもしのびない。素手で拾ったものの、処置に困ってあたりを見まわしていたら、だれかが「あの、すみません」と声をかけてきた。

「今、そばで見てたんですけど――」

三十代なかばほどの主婦風の出で立ちをした女性で、買い物の成果らしきものをカゴに載せた自転車を押しているが、見覚えはない。まったくの通りすがりのだれかだろう。

「かっこよかったです！　あんなヤクザっぽい人にあんな風にちゃんと注意できるなんてすごいと思います」

「え――？」

「ああいう歩きタバコしてる人とか、何考えてるんだろうって、見るたびに腹が立ってしょうがないんですけど、いつも自分じゃ何も言えないんですよ」

そのややふっくらとした女性は、涙袋の目立つくりくりとした明るい目を輝かせながら、戦場の英雄に賛辞を捧げるような調子で続けた。

「その場では何も言えなくて、でもいつもあとになってから、ああ言えばよかった、こう言ってやるんだったって後悔してるんです。今、そばで見ていて、ああ、ああいう風に言えばいいんだってすごく納得して、私も見習わなきゃって思いました」

「そんな——そんなたいそうなことじゃありませんよ。私も言いたくても言えないときもあるし」

照れくさくて、年甲斐もなく顔がまっ赤になっているのがわかる。

「でも今は、言えてたじゃないですか。——私も今度ああいう人を見かけたら、ためらわずに言ってやりますよ、さっきみたいな毅然とした態度で」

「ああ、でも気をつけて——」

女性はすでに自転車にまたがり、深々とおじぎをしながら漕ぎだしていた。元治はその背中に向かって追いすがるように大声で言い添えた。

「世の中には荒っぽい人間もいるから」

「あ、はい、気をつけます！」

一度だけ女性は振りむいて、満面の笑みで頭を下げた。

今日、いつもと違う時間に散歩に出て本当によかった——。

女性のうしろ姿を見送りながら、元治は心の中で呟いていた。

猛暑にやられる局面もあったものの、得るものも大きかった。ささやかな満足だが、たとえささやかでも、満足はないよりもあった方がずっといい。そしてこんな年老いた自分にも、日々の暮らしの中でその小さな満足を求め、手にする権利はあるのだ。

今夜はきっと、ぐっすり眠られるだろう。

心地よい疲れを何よりのみやげものとして引きずりながら、元治は王子駅への、そして自宅への道のりを一歩ずつ踏みしめていった。

18:11

永淵亨

最初にはっきりと視界に入ってきたのは、見覚えのない白い天井だった。

置かれた状況もわからず、前後のつながりも記憶にない。ただ、かたわらを何人もの人間があわただしく行き来する気配だけが伝わってくる。

次に認識したのは、体のほとんどの部位が自分の意思では動かせないことだ。正確には、あちこちががっちりと固定されていて、動作の自由が利かない。首を巡らせることさえかなわない。

もがいて拘束を逃れようとした途端に、激痛が走った。――どこに、とはいえない。位置を特定できないほどあちこちが同時に痛み、獣のような声で呻《うめ》いてしまう。

フラッシュバックが襲ってきたのはそのときだ。

砕け散るガラスと阿鼻叫喚《あびきょうかん》、全身を貫く衝撃――。そこから時間が遡り、走っているバスの内部の様子がまざまざと脳裏に蘇ってくる。

半白の短い髪を頂いた運転手のこめかみに突きつけた銃口と、そこから流れ落ちるひと筋の汗。「もうやめて！　今すぐ停めて！」と叫ぶだれかの声。民家の合間に点々と商店が挟まっているような、ばかにのどかな窓外の風景。迫りくるパトカーのサイレン。ひっきりなしに咳き込む子ども。

――これは、あれの続きなのか？　あれは本当にこの俺がやったことだったのか？

「あ、ナガブチさん、目が覚めましたね」

薹《とう》の立った女性看護師が顔を覗き込み、しばらくすると医師が部屋に入ってきた。まだ若い、いかにも秀才といったたたずまいのメガネをかけた男だ。

「いやナガブチさん、よかったですよ。強運としか言いようがありません。正直、普通なら死んでます」

医師はそう言って、しかし本当に「よかった」と思っているようには見えない事務的な調子で続けた。

「フロントガラスに頭から激突していったようですね。頭部に十二針の裂傷、頭蓋の亀裂骨折、右上腕骨の複雑骨折、左前腕に七針の裂傷――」

淀みなく列挙される負傷の詳細が、多数の外来語をちりばめた呪文かなにかのように聞こえ、途中からは内容を追えなくなった。要するに満身創痍《まんしんそうい》であること、ただしさいわい脳の内部には損傷が見られないこと、はっきりとわかったのはそれだけだ。

「手術は一応成功しましたが、当分はこのままほぼ身動きが取れません。ほぼ全身、ギプスやコルセットでがんじがらめですからね。まあ予後がよければ半月後には歩行器を使って多少は自由に移動することができるようになりますよ、ナガブチさん」

「あの――」

言葉を発して初めて気づいたが、口内にも肉が裂けて腫れあがっている箇所があるらしく、ねっとりした軟膏の感触が舌にまとわりついてくる。

「なんで俺の名前を――」

「さっき手術室で麻酔から覚めたときにお訊きしたら、ご自分でそう答えてらっしゃいましたよ、ナガブチ・トオルと。――もっとも、たいていの方はそのあとすぐにまた意識を失ってしまって、そのときのことは記憶していないという方が多いようですが」

――覚えていない。ここで目覚めて天井を見上げる前の記憶といえば、バスのフロントガラス越しにマンションのエントランスが猛然と近づいてくるところでぷつりと途絶えている。

「なにか――女性の名前らしきものを連呼されてましたね。急いで電話しなきゃいけないから携帯を貸してほしい、とか」

優花のことだろう。しかも時系列の認識まで混乱していたらしい。まさにその優花に実際に電話をかけた結果、あのようななりゆきになったというのに。

包帯でぐるぐる巻きの状態では、表情に表れた苦い思いが外から見て取れたとも思えないが、医師はいくぶん慰めるようなトーンで言い添えた。

「ま、麻酔から覚めた直後は、あらぬことを口走る方もよくいらっしゃいます。そこはあまり気にしないで」

「あの、それで……俺はこれからどうなるんでしょう」

医師は一瞬黙り、無表情に亨の顔を見つめてから口を開いた。

「――今後の治療のことですか？」

「いえ、あの、俺、今どういう立場にいるんですかね。あんなことしでかしちゃって――」

「それは、医師の管轄外のことですので」

それからしばらくは、一人で放っておかれた。三十分も過ぎると、刑事がやってきた。五十がらみの、目尻の皺が一見柔和そうに見えるタイプだ。

「氏名はナガブチ・トオル、それでまちがいないな。どういう字を書くんだ」

そう言って寝台の縁《へり》に腰を引っかけながら、刑事は手帳を開いた。そのときのわずかな振動さえ、全身に響いて拷問のような痛みを誘い起こす。

「住所は？」

刑事は手帳に目を落としたまま、続けてそう尋ねてきた。「不定」だと答えると、眉を吊り上げ、最後にいたところはどこかと問いを重ねた。ネカフェの名を告げるよりほかになかった。

「いわゆるネカフェ難民か――」

そう言われると、自分はそれとは違う、と主張したくなる。しかし、だったらなんだというのか。現に最後の三ヶ月ほどは、ネカフェ以外の場所で寝起きしたことなどなかったではないか。

「生活苦に追いつめられたあげくの犯行ってか。にしたって、もう少しましなやりようはなかったのかよ、え？」

　柔和そうに見えたのは顔立ちだけだったようだ。刑事はだしぬけに声を荒らげ、ヤクザさながらの柄の悪さを剝《む》き出しにしながら顔を近づけてきた。

「バスジャックってのは、なんかこう、乗客を人質に取って要求掲げたりするもんだろ。お年寄りや女子どもからあれっぽっちの金をかき集めてどうするつもりだったんだよ、え？　おまえのやってることは意味がわからねえんだよ。いったい何がしたかったんだ、え？」

「――わかりません」

　本当にわからないのだ。気がついたらあんなことになっていた、と言うよりほかにない。――俺はいったい、何がしたかったのか。一時的に錯乱していたのだとしか思えない。

「わかりませんじゃねえだろ、あれだけのことをしでかしておいてよ！」

　肩を手荒に揺すられ、またしても部位をどことも特定できない激痛があちこちに走る。

「痛っ、痛いです！　揺らすのはかんべんしてください」

「あ、言っとくけどおまえ、人質強要処罰法違反容疑の現行犯ですでに逮捕されてっから。今はそのザマだ、手錠もかけらんねえからとりあえずこのままだけどよ、怪我が一段落したら地獄が待ってっから覚悟しとけよ。ほかにも器物損壊、業務上過失致傷、いや、傷害罪だな、それに――」

　考えられる罪状を指折り数えている刑事を、思わず遮った。

「あの――」

「なんだよ」

「死んだ人とかは……」

聞くのは怖いが、たしかめずにはいられない。

刑事は不意に、殺気のみなぎる目つきで睨みつけてきた。

「どっちがよかったんだよ、おまえとしちゃ」

「どっちがって――」

「死者が出るのと出ないのと、どっちがおまえの望みだったのかって訊いてんだよ」

これはもしかして、「殺意」の有無をあきらかにするための尋問の一部なのだろうか。もちろん、あのバスの中にいる誰に対しても、殺意などみじんも抱いていなかった。それでも、もしもだれかの命が奪われていたとしたら――。

「そんな――望みとかそんなもんはありませんよ。ただ俺は――」

刑事は急にめんどうくさくなったように、疲れの滲む声で答えた。

「乗客十二名のうち、負傷が八名。全員、軽傷だ。死んだ人間はいない。ま、運がよかった方だな。――ただし、運転手はかわいそうに、顔面に大怪我を負っちまったけどな」

胸を撫でおろすと同時に、運転手に対して申し訳ない気持ちでいっぱいになる。まじめで気のよさそうな男だった。こつこつ働いて家族を養ってもいたのだろう。なんの罪もないそんな人間を、道理の立てようもないあんな狂態の中に自分が巻き込んでしまったのだ。

「とにかくだな」

刑事は少し口調を改め、よく肥えた尻をようやく寝台から浮かせた。

「よかったのか悪かったのか、おまえも九死に一生を得たところだ。医者にも今日のところはあまり長くしゃべらせるなって言われてっから、ひとまずこれで引き揚げるけどよ、次回は洗いざらい全部吐き出させてやっから覚えとけよ」

そう言って、頭に巻きつけた包帯の隙間からわずかにはみ出した亨の前髪を摑んだ刑事は、大儀そうに肩を揺らしながら病室を出ていった。

静寂だけが残った。

実際には、ドアの外でだれかがしきりに行き来したり、なにかを載せたカートを転がしたりする騒々しい音が間断なく響きわたっているのだが、それはかえって、部屋の中の静けさを際立たせるばかりだった。

ここはどうやら個室らしい。そして今、この寝台に横たわる人間の存在を意識している者は、たぶん一人もいない。

まるで世界中が自分の存在を忘れてしまい、包帯やギプスで微動だにできないこの状態のまま、永遠に放置しようとしているかのように感じられる。誰でもいい、さっきの刑事ですらかまわないから、だれかそばにいてくれないものだろうか。

――なんでこんなことになってしまったんだろう。俺はただ、優花に援助を願い出たかっただけなのに。

図らずもバスの中に逃げ場を求めたあの瞬間からの一連のできごとが、きっと今夜あたりにはテレビなどのニュースで報道されるのだろう。「永淵亨容疑者（32）住所不定・無職」――そんなテロップとともに。

優花は気づくだろうか。そして何を思うのだろう。自分のつれないふるまいが凶行の引き金になったのだと悔悟するだろうか。それとも、クズがやけを起こして自滅しただけだと鼻で笑って済ませるのだろうか。

どのみち、甘かったということだ。今になって思えば、虫がよすぎる空想だった。それに気づかない時点で、俺は正気を失っていたのだ――。

バスの中で、咳き込む子どもを庇って目を剝き、正面から立ち向かってきた母親。あの女性の姿が、ばかにしつこく脳内で躍っている。彼女は、勇敢だった。拳銃が偽装したエアガンにすぎないことも、すんでのことで見破られるところだった。

幼い息子が一緒だったからだろうか。血を分けた、守るべき子どもがいるだけで、母親というのはあそこまで強くなれるものなのだろうか。

自分の子を全力で守ろうとしていた見知らぬ女性、今後も生涯、直接知りあうことはないであろうあの女性に、瞬間的に強い憧れに近い気持ちを抱いた。いつか俺も、そんな親になれたら。まっとうな生活を送り、まっとうに結婚して、息子でも娘でも、守るべきわが子を持つことができたら――。

しかしそれは、仮に実現するとしてもまだだいぶ先の話だろう。その前に、起訴やら裁判やら刑期やら、さまざまな試練が自分を待ちかまえているはずだ。

それでもいい。とりあえず今日は、冷房の利いた快適なねぐらがある。刑期が終わるまでは、寝食の心配をする必要はないのだ。

亨は不可解な安らぎに包まれながら目を閉じ、全身麻酔が解けたあとの虚脱感の中で、近年なかったほどの甘い眠りに引きずり込まれていった。

19:31 尾岸雅哉

やれやれ、どうにか逃げおおせただろうか——。ひと息ついたときには、太陽はすでに没し、夕闇のなごりが西の空に滞るばかりとなっていた。

新見たちの追跡は、執拗だった。

迷路のように入り組んだ路地をどこまで分け入っていこうと、足音を聞きつけて必ずついてくる。手下はもう一人いたらしく、近場で先まわりして挟み撃ちにしようとするからかなわない。

しばらく民家と民家の狭い隙間に身を潜め、もういいだろうと路地に出ていくと、十メートル先で張っていた奴が「いたぞ！」と声を張りあげたりする。

走っては身を隠し、見つかってはまた逃走し、走る車の隙を縫って通りを渡っては路地に逃げ込み、ということを何度繰りかえしただろうか。とうに息も切れ、全身が汗みどろになっている。

駐車場で車の下に潜り込み、もうこのまま何時間でも隠れていようと心を決めた矢先、耳元に小さな足音が近づいてきて、車体と地面の隙間から絆創膏だらけの顔が見えた。

「やっぱり。今、向こうからちらっと見えたんですよ」

井浦が、身を屈めて覗き込んでいる。慌てて外に這い出ようとしたところへ、先まわりされた。

「尾岸さん、逃げないで。頼むから。——新見さん、いました！　ここにいました！」

今にも泣きべそをかきそうな顔のくせに、しがみつく力はびっくりするほど強い。振り払いあぐねている間に、アスファルトの上を全速力で駆ける複数の足音が近づいてくる。

「井浦、今度のことは悪かった。謝る。だから離せ！」

「だめですよ、今尾岸さんに逃げられたら、俺が殺されます。このままおとなしく捕まってください」

「バカおまえ、そうしたら俺が殺されんだろがよ」

駆け寄る新見と手下たちの姿が駐車場の入口に見えた瞬間、雅哉は井浦を突き飛ばし、背後の柵を乗り越えて逃げた。まだそんな力が自分の体に残されていたことが信じられなかった。

そこからどこをどう走ったものか、気がついたら運送会社の車庫らしき建物の片隅で体を丸めていた。これ以上一メートルでも走ったら、心臓が破裂してしまうだろう。今度見つかれば、そのときこそ終わりだ——。

口を手で覆い、荒い息の音が漏れるのを懸命に抑えている間に、鼓動も呼吸もしだいにおさまってきた。追っ手は現れず、汗でぐっしょりと濡れたTシャツが急速に冷やされていく。

一度だけ、車庫の外にトラックらしきものが停まり、運転していただれかが降りてくる物音がしたものの、じきにまた車を走らせて行ってしまった。

それから二十分ばかりが過ぎただろうか。おそるおそる車庫から抜け出してみたが、見わたしても新見たちの気配はなかった。

どのみち、まもなく空は完全に暗くなる。ぽつりぽつりと外灯が立っているだけのこんな住宅地では、十メートル、二十メートル先の人影を正確に見定めるのは難しいだろう。

ジャイアントスターを使うのは、金輪際やめよう。そして、今後この界隈にはいっさい近づかないことだ。念のため、携帯の番号も変えておいた方がいいかもしれない。そうすれば、井浦にも新見たちにも、もう足取りを辿られることはないはずだ。

ひと安心して、ジーンズのポケットからタバコの箱を取り出した。汗と熱気で全体がなんとなく湿っぽくなり、よれよれになってはいるが、吸えないこともなさそうだ。火をつけてふかしながら、どこへ向かうともなくちんたらと歩きはじめた。

あいかわらず鼻の穴は両方とも完全に詰まっていて、煙を吸ったところで香りもへったくれもない。それでも、タバコはタバコだ。

そのとき、すぐうしろで自転車の停まる音がした。

新見たちではないか——。反射的に身をすくませながら振りかえると、なんのことはない、どこかの主婦といった風情の女だ。ややぽっちゃりしているが、何が幸せなのか、にこにこ笑っているみたいな顔だ。素の顔がそうなのだろう。こういう女は、意外と床上手だったりする。

すぐに興味を失って前に向きなおると、驚いたことに女が声をかけてきた。

「危ないですよ、歩きタバコ」

「え――？」

聞きまちがえかと思ってしまう。顔があまりににこやかで、まるで「かっこいいですね、お兄さん」とでも言っているかのように見えるからだ。

「ほら、このへん、住宅地ですし。ちっちゃい子とかが歩いてることもあるかもしれないし」

たしかに住宅地だし、目の前はマンションだが、今ここに居合わせているのは自分とこの女だけだ。

「誰もいねえだろ、え？　ちっちゃい子がどこにいるって？　見えねえなぁ、ちっこすぎて」

それだけ言い捨てて立ち去ろうとすると、女は自転車を押しながらしつこく食い下がってきた。

「いえ、問題は、今実際にそばにだれかいるかどうかじゃなくて――」

「わかったよ、うるせえな」

雅哉は露骨に舌打ちをしながらタバコを路面に投げ捨て、足早に遠ざかろうとした。絶体絶命の危機から命からがら抜け出した安心感を満喫しようというときに、口うるさい女がそばにいたのでは、せっかくの一服がだいなしではないか。

二十メートルほど進んでから振りむくと、女はまだ同じ位置で自転車にまたがったまま、こちらの様子を窺っている。にこやかな表情は崩さずに、母親が幼い子どもを見送るようなたたずまいで。

苦手なタイプの女だ。あれでいかにもうるさ型風のぎすぎすした雰囲気なら、まだ対抗のしようもあるものを――。

いまいましい思いでさらに進んでいくと、不意に視界がさっと開けた。隅田川の川べりに出たのだ。

暗い空を背景に、川と並行して走る首都高速の高架道路が、一列に並んだ道路照明灯のもとにぼんやりと空中に黄色っぽく浮かびあがっている。

手前のかなり広い一画が、工事現場らしく白いパネルで覆われている。中はしんとしていて、今現在工事を行なっている気配はない。パネルには車両が通りぬけられる程度の隙間が設けられていて、特に出入りを禁じている様子もない。

隙間から覗き込んでみると、パネルの内側はまったくの無人だ。

左手には、雑草が無造作に生い茂るだだっ広い更地が広がっているばかりで、右手のごく狭い一角にだけコンクリートが敷かれている。その上に二階建ての現場事務所らしきものが建っているが、どうやらまだ施工途中のようだ。部材の一部が、地面に積み上げたまま放置されている。

ここまでは、さすがにさっきの女も追ってこないだろう――。

雅哉は片隅に積んである部材の上に腰かけ、あらためてタバコを口にくわえた。

ふと、足元のコンクリートが一体に濡れているのに気づき、ああ、打ち水か、と思った。今日は暑かったからな、と。

ライターを取り出してタバコに近づける間に、詰まったままの鼻の穴を通して、かすかに揮発性の化学臭を感じた。なんのにおいだろうと思いながらライターに点火するのと、五メートルほど先に転がる赤いポリタンクが目に留まるのとは、ほぼ同時だった。

紅蓮《ぐれん》の炎が一瞬にして周囲一帯を取り巻き、信じがたいほどの明るさで目を焼いた。

何が起こっているのかも理解できないまま、雅哉はその場に転げ、やみくもにのたうちまわった。自分自身のものとも思えない絶叫が口から迸《ほとばし》り出て、口の中にまで炎が押し入ってきた。

20:23

尾岸七海

鳴り響く電話のベルがしじまを切り裂き、七海は心臓をわしづかみにされたような感覚とともに目を見開いた。

――闇だ。いつのまにかまっ暗になっている。

自分の部屋で机に両肘を突き、スマホを握りしめたままの姿勢で、何時間もの間、いったい何をしていたのだろう。眠っていた記憶もない。瞼も閉じていなかったはずだ。でも、窓の外から昼の明るみが消えていくことに今までまったく気がついていなかった。

ベルは鳴りつづけている。リビングの片隅にある固定電話だ。ドアの手前まで駆け寄ってからもなお、呼び出し音を四回ほどやりすごした。部屋からはうかつに出ていかない方がいい。もしもアレが知らぬまに戻っていたとしたら――。

だが、ドアの外には誰の気配もない。

鳴りつづけるベルが、焦りをかき立てる。その焦りは、恐怖にもいくらか似ているし、期待のようなものも少し混ざっている。

固定電話のベルが鳴ることなどめったにない。あるとしてもたいていは日中、どこかのセールスと決まっている。でも今は夜だ。――予感めいたものが胸の奥底からこみ上げてくる。

意を決してドアを開き、まっ暗な中、リビングに駆け込んだ。電話機が置いてあるストッカーの前に辿りつくまでに、いろいろなものに足をぶつけた。無意識に右手の拳を胸に押し当てながら、受話器に手を伸ばした。

「――もしもし、もしもし？」

少し甲高い、聞きなれない男の声が、慌ただしく連呼している。「はい」とだけ応じると、相手は地元の警察署の名を告げた。

警察――。その単語を耳にしただけで、えたいの知れない緊張感で胸が高鳴る。

「そちらは尾岸さんのお宅でまちがいないですかね」

「はい、そうです」

「尾岸雅哉さんという方は、そちらにお住まいですか？」

声を出すことができない。激しく躍り狂う心臓が、体の外へ飛び出そうとして喉につかえているのだ。

「おたくさんは尾岸雅哉さんの、えーとお嬢さん？」

自分をアレの娘だと思ったことは、一度もない。黙っていると、相手はじれったそうに続けた。

「お母さんはそばにいらっしゃる？　ちょっと替わってもらえませんかね」

「母は、今ここにはいません」

心臓を押さえながらようやくそう答えると、電話の主は、連絡を取ることはできるか、なんならお母さんからなるべく早く折りかえしてもらえるように伝言してほしいと言って、一方的に携帯の電話番号を伝えてきた。男はカシワギという名で、刑事らしい。

「あの――なんなんですか？　なにかあったんですか？」

カシワギは口を濁し、しばらくためらっていたが、やがて観念したように明かした。

「実はね、その――身元がわかるものを身に着けたお父さんらしい人が、遺体で見つかってね」

イタイ。遺体。たしかにそう言った。「遺体」と。聞きまちがえではないだろう。

――効き目があったのだ。

あの掲示板に書いてあったことは、本当だった。えとろふが代わりに儀式をやってくれた呪いが、さっそく力を及ぼしたのだ。

だがカシワギは、こちらの沈黙にうろたえたように大急ぎでつけ加えた。

「いや、まだそうと決まったわけじゃないんだよ、お父さんと決まったわけではないんだけども、確認のために、遺体を身内の人に実際に見てもらわなければならなくてね」

「どんな風だったんですか？」

「――え？」

「どんな風に死んでたんですか？　どこで？」

訊かずにはいられない。「一見事故に見える悲惨な死に方」――掲示板にはそう書いてあった。この呪いで死に至らしめられた者はそうなると。

刑事は、食いついてくる七海に恐れをなしたように口ごもり、「それはとにかくお母さんとお話しさせてもらってから」だと言って話を切りあげてしまった。

時間はすでに八時を回っている。母親はスーパーから直接赤羽の「エルドラド」に向かい、今ごろはフロアに出ているだろう。まだそれほどお客さんの多い時間帯ではない。電話すればすぐに出るか、少なくとも折りかえしかけてくるはずだ。

それでも、即座に電話する気にはなれなかった。

気持ちが異常なまでに昂ぶっている。今母親と口をきいたら、いきさつを伝えている間にわけがわからなくなって大声で笑いだしてしまいそうだ。

七海は携帯を握りしめたまま、狭いアパートの中を何度も行ったり来たりして、気持ちを鎮めた。そして、どうにか普通のトーンで話せる程度まで心を落ち着かせてから、ようやく母親の携帯に電話をかけた。

「どうしたの。なんかあった？」

母親は、すぐに応じた。どちらかというとのんきそうな調子だ。背後にＢＧＭが聞こえる。人手が足りずに駆り出されたはずなのに、客がひと組も来ていないのだろうか。

「――あれっ、今日エルドラドが入っちゃったって、今朝言ったよね？」

「うん、それは聞いてるけど、そのことじゃなくて――」

警察からの電話の件を伝えると、母親はしばし絶句した。そして、「待って、どういうこと？」と訊きかえしてきたときには、周囲の騒音が消えていた。フロアからいったん引っ込んだのだろう。

「わかった。――うん、わかった。え、でも――違うよね？　あの人じゃないんだよね？　たまたまあの人のものを持ってたってだけなんでしょ？　ねえ、そうだと言って！」

もう少しで、「知るかよ！」と怒鳴ってしまうところだった。そこをたしかめたいと警察は言っているのではないか。

七海自身は、遺体がアレであることを最初からほぼ確信していた。それでも、自分でたしかめたい気持ちはある。――もしかしたら母親以上に。呪いはたしかに効いたのだとこの目で見届けなければ、気が済まない。

もしも遺体が、「悲惨な死に方」のせいで正視できないような状態だとすると、警察は未成年である七海の目からそれを隠そうとするかもしれない。――そんなことは許されない。えとろふに手伝ってもらったとはいえ、呪いをしかけた張本人は私なのだ。私にはすべてを見る権利がある。

「あ、それで、ごめんね、なんだっけ、その刑事さんの名前――カワサキさん？」

「カシワギ」

「そうそう、カシワギさん。カシワギさんね。あ、ごめん、電話番号ももう一回言ってもらえる？」

「お母さん、遺体をたしかめに行くなら、私も行くから」

「え、でも――」

母親の当惑を押しきり、連れていくように約束させた。

目一杯急いだのだろう、二十分もしないうちに、母親はタクシーでアパート前に乗りつけ、七海を同乗させた。行き先は警察署だという。

「お父さんの携帯、さっきから何度もかけてるんだけど、つながらなくて――。でもまだわかんない、まだわかんないよね」

母親は、汗ばんだ手で七海の手を固く握り、体を震わせていた。

ショッキングピンクの半袖のスーツ。スカートの丈も、四十を過ぎた女にしては短すぎるほどだ。店に出るときの恰好のまま駆けつけたのだ。七海自身は母親が迎えに来るまでの間に制服を脱いで、ラフなTシャツやショートパンツに着替えていたので、対比からいってもその恰好はいっそう悪趣味に見えた。

薄暗い照明のもと、笑顔でお酌している分にはそれなりにさまになるのかもしれないが、心痛に堪えかねたように眉根を寄せた表情では地の年齢が出てしまっていて、なんだか見るに堪えない。七海はそっと顔を逸らし、窓の外にばかり目を向けていた。

あんな外道のような男なのに、夫として頼りきっていたのだ――。痛ましさと腹立たしさが同時に襲ってくる。

さいわい、母親とリアシートに並んでいなければならない時間はごく短かった。アパートから警察署までは、歩いて行ける程度の距離なのだ。

車から降りた時点で、母親は緊張のあまりまともに立っていることすらできなくなっていた。かたわらから支えるようにして受付に向かってもうろたえるばかりで何も言えないので、しかたなく七海が「尾岸雅哉の家族」だと名乗り、カシワギ刑事への取り次ぎを頼んだ。

「お待たせして申し訳ございません、捜査一課のカシワギです」

十分ばかり二人をベンチで待たせてようやく姿を見せたカシワギの声は、電話のとき以上に甲高く聞こえた。

白いワイシャツを袖まくりしたその体がそばに立っただけで、酸化した汗のにおいが押し寄せてくる。少年のように前髪を額に垂らしているせいで一瞬若く見えるものの、あばたのある頬の肌には張りもつやもない。実際にはけっこうな歳だろう。

「あの、人違いってこともありますよね？　焼死体って先ほど伺いましたけど、焼死なんて、どうしてうちの主人がそんな――」

「ええ、ですから、まずはご確認をお願いしようと――」

焼死？　――母親は事前に電話で聞いていたのだろう。想像していた以上に「悲惨な死に方」ではないか。

取りすがるようにして肯定の言葉を引き出そうとしている母親を見かね、「だからそれは遺体を見てみなくちゃわかんないじゃん」とたしなめた時点で、刑事は「あ、お嬢さんも――」と目を剝いた。当惑の色をあらわにしている。

霊安室は別棟にあるらしく、いったん建物から外に出なければならなかった。移動中、カシワギはしきりと二人を振りかえりながら、言い訳がましい調子で前口上を述べた。

「その、実のところ、申し上げにくいんですが、ご遺体の損傷がかなり激しくてですね――ごらんになるとたいへんその、衝撃をですね、お受けになると思うんですが――それでもお顔の部分は比較的、損傷が軽微でして――」

いったん静まっていた胸の動悸が、再び猛りはじめる。かたわらの母親の足がまた凍りつき、うしろから押してやらなければならなくなる。

敷地内にある倉庫のような建物の一階に、霊安室は入っていた。

消毒液めいたにおいが鼻先に漂ってくる。

蛍光灯の冷たい光に晒されているフロアに並べられているのは、何台かのストレッチャーだ。うちひとつが、黒くて細長い、巨大なビニール袋のようなもので埋まっている。人の体が入っていることは、言われなくてもわかった。

ただ、遺体が単純に横たえられているにしては、袋の膨らみ方にどこか不自然なところがある。

カシワギはストレッチャーの前に立ち、袋の端に手をかけた。頭部が収まっているあたりだろう。袋は、中央に走るファスナーによって閉じあわされている。引き手をつまみあげたカシワギは、「それでは」と言って二人を近くに呼び寄せたが、そこでいったん手の動きを止めた。

「お嬢さんは、見ない方が――」

「いいえ、見ます。――見せてください」

きっぱりと言いきると、カシワギはたじろいだように短くうなずいた。母親が、怖いものを見るような目をこちらに向けているのがわかる。

カシワギがファスナーのスライダーを三十センチメートル分ほど引き、注意深い手つきで袋を左右に開くのとほぼ同時に、母親が呻き声を上げてくずおれた。

赤茶けた、妙にごつごつした、醜い肉のかたまり。生まれて初めて目にするもののようでいて、いやけがさすほどなじみ深いものでもあるなにか——。

焼けただれた頬や額からはじくじくとなにかが滲み出してぬらぬらと濡れ光り、焦げた髪の毛が渦を巻きながら貼りついている。右の瞼は完全に焼け落ちて、眼球が剝き出しだ。その目は、煮崩れた魚の目のように白濁し、骨の内側に落ちくぼんでいる。

——それでも見まがいようがない。これはアレの顔だ。

この尖った鼻の先。両頰に走る皺。それに挟まれた卑しい口元。幾度となく間近に迫り、私の体のあちこちを貪《むさぼ》ったこの汚い、くさい口。

母親はスカートの裾が乱れるのもかまわず、身も世もない態で泣き崩れている。

「旦那さんにまちがいないですか。——尾岸雅哉さんですね」

カシワギがしゃがみ込んで母親の肩を支え、そっと立たせて壁際のベンチに座らせている間も、七海はまばたきすらせずに、変わりはてたアレの顔を凝視していた。

「本当に……お悔やみ申し上げます」

「どうしてこんな——。事故ですか？　それとも、ああ、まさかそんな——」

「まだわからないんです。今のところ、隅田川の川べりにあるマンション建設予定地で、ガソリンの火が燃え移った結果だということしか……。いずれにしても変死ということで、事故、自殺、あるいは故殺――つまり殺人ですね、すべての線で捜査を進めていく所存ですが――」

カシワギたちのやりとりをよそに、七海はなおも微動だにせずアレの顔を見下ろしていたが、不意に衝動に駆られ、ファスナーを爪先のところまで一気に下げた。

「七海、あんた何やって――！」

母親が立ち上がって背後から飛びついてきたが、阻止することはかなわなかった。

「私には見る権利がある。――全部を見る権利が！」

ほとんど無意識に叫びながら、母親の手を振りほどき、手荒に袋を引きはがして、アレの全身をさらけ出させた。

袋の中にこもっていた生ぐさいにおいが、ガス爆発を起こしたかのようにひと息に解き放たれた。

その途端、母親は悲鳴を上げ、大仰に顔を背けて隣のストレッチャーに凭《もた》れかかり、そのまま床に尻餅《しりもち》をついて、嘔吐しはじめた。

カシワギはしばしただ茫然《ぼうぜん》として立ち尽くし、少ししてからようやく母親の介抱を始めた。

棒きれだ――。

ストレッチャーの上の物体を見下ろしながら、七海はそう思った。

痩せこけて、枯れて、半分炭になった、脆くてかよわい棒きれ。水分が抜けたせいか、半分くらいの大きさにまで縮んでしまっている。折れ曲がって開いたまま、なかば宙に浮いた状態で固まっている両足。これが袋を不自然な形に吊り上げていたのだ。

まるで生まれたばかりの赤ん坊のような姿勢。その足のつけ根には、何もなかった。体から茎のように突き出し、骨もないその部分は、炎に耐えきれずいち早く炭と化し、風に吹き払われてしまったのだろうか。あれほど忌まわしい存在だったその部分が――。

今ここで足を振り上げ、力任せにかかとから落としたら、この黒っぽいかたまりはぐしゃりと音を立てて崩れ、粉々に砕け散るのだろうか。それとも中心の方にはまだ焼けていない肉が残っていて、炭化した部分だけがずるりと剝《は》がれるのだろうか。

でも、それをする気にはなれなかった。そうするには、目の前の棒きれはあまりに無力で、あまりにあわれに見えた。

直立不動でアレの遺体を見下ろしながら、いつしか七海は声も立てずに泣いていた。見開いたままの両目からとめどなく大粒の涙が溢れ、頰を伝い落ちていく。

今さらアレがかわいそうになったからではない。こんなにも無力なものに今まで勝つことができず、あらゆるものを奪い取られつづけてきたこと――それが悔しかったのだ。この男は結局、奪ったものを何ひとつ返さないまま、一人でこの世を去ってしまった。

私の中の大事ななにかが、このけだものと一緒に灰になってしまったのだ――。

行った先は、せめて地獄であってほしい。いや、そうにちがいない。死んだこの姿は、それこそ地獄に似つかわしい出で立ちではないか。

「七海、――七海！」

這うようにして近づいてきた母親が、泣きわめきながら腰のあたりに取りすがってきた。

それはただ単に「もう見るのをやめて」と言っているようでもあり、アレの身に起きたことを七海とともに――同じ男を共有した女同士として、悲しんでいるつもりになっているようでもあった。七海に対してなにかをなりふりかまわず謝っているようでもあった。

謝るって、何を？　今になって、謝ることに意味があるとでも――？

足元にまとわりついて自分の名を連呼しつづける母親を冷たく見下ろしながら、この女を許すことは生涯ないだろうと七海は思った。


母親が落ち着いてから、別室でカシワギ刑事から個別にいくつかの質問をされた。ごく形式的なもので、ほとんどは「はい」か「いいえ」で済むものだった。

「お父さん」と今日、会話はしたか。そのとき、いつもと変わった様子はなかったか。学校からいつ帰ったか。そのとき「お父さん」は家にいたか。ほかに気になることはないか。――そんな内容だ。

「お父さんが死ぬことを願い、そのためになにか特別なことはした？」

そんなことは、もちろんひとことも訊かれなかった。

遺体は、死因を特定するために解剖が必要ということだった。「焼死」に見えるが、死後に焼かれた可能性も否定できないからだ。母親が同意したので、遺体はそのまま警察に預けることになった。

七海にとっては、死因などどうでもいいことだった。アレがむごたらしい死にざまを晒したことに変わりはないのだから。

アパートに帰る間も、帰ってからも、母親は体の芯を抜き取られたようなありさまで、声をかけてもまともな返答が返ってこない。七海は黙って、自分の部屋に引っ込んだ。

鍵をかけてから、もうそれをする必要がないことに気づいた。

それでも、わざわざ鍵を外そうとは思わなかった。恨みを抱いたアレの亡霊が押し入ってくるのを防ぐため？　──違う。ただ自分だけの空間を確保するためだ。殻を作り、中に閉じこもる。そうすることでやっと、息がつける。自分が自分のままでいられる。

えとろふも、こんな気持ちなのだろうか。学校に通うことをやめ、一日中部屋にこもってゲームに明け暮れているえとろふ──。

そうだ、えとろふに「報告」をしなければ。

時間はいつしか、十時を過ぎている。えとろふがゲームにいちばん熱中する時間帯が、そろそろ始まる頃だ。一緒にパーティーを組む仲間の中には、日中は普通に仕事や学校に行っている人もいる。「コアタイムは11時から2時くらい」とえとろふはいつか言っていた。

パーティーを組んでクエストを進行中だと、すぐには中断してメールに応えることができないかもしれない。でもとにかく、呪いは成就されたのだ。そのことは伝えなければならない。──私のためにがんばってくれたえとろふに。

呪い、もう効いたよ！

ほんとにありがとうm(_ _)m

そう書き送ってから、不意に衝動に駆られて、間髪を容れずに次のメールを打った。

尾岸七海
これあたしの本名(=。 з。)ノ
えとろふのは？
いやならいわなくてもいいけど

やはり、すぐには返信がなかった。

本名なんて訊いたから引いてしまった？　――いや、きっと取り込み中で、まだ見ていないだけだろう。

えとろふは、絶対に返事をくれる。こっちがどんなことを言っても必ず。今までもずっとそうだったではないか。

いつか、今すぐでなくてもいい、えとろふと会うことができたら――。

自分が強くそう願っていることに突然気づいて、七海は驚いた。

今までそうしようとしなかったのは、えとろふが本当にアレを殺してしまうかもしれないと恐れていたからだ。でも、アレはもういない。最初に想像していたのと違う形ではあったが、恐れていたそのことはすでに起こり、過ぎ去ってしまったのだ。

だったら、今さら何を恐れるというのか。

会って、ちゃんとお礼がしたい。少なくともこの感謝の気持ちを、文字だけでなく、面と向かってしっかりと伝えたい。そして、生身の人間としてのえとろふを、もっと知りたい。

それが、人並みに同世代の男の子と仲よくしたい、という気持ちと同じものであるのかどうかは、まだわからなかった。そんなことがこの自分にかんたんにできるとも思えなかった。こんなにも汚され、奪われ、損なわれた自分なんかに。

でもこれだけは言える。えとろふのことなら、きっと手ばなしで信じられる、と。——信じられないものに溢れかえった、この腐った世の中でも。

ベッドのヘッドボードに寄りかかった七海は、深い息をつきながらそっと目を閉じ、胸に押し当てたスマホを慈しむように両手で包み込んだ。

21:29　設楽伸之

なんともたいへんな一日だった。

渋滞に巻き込まれ、府中の総合医療センターになかなか近づけずに焦《じ》れている間に、「待ちくたびれたから近くのファミレスに移動してるね」と芽衣子からメールがあった。

ようやく落ち合うことができたときには、七時半が近づいていた。王子の現場を発ってから、一時間半近くもかかったということだ。

「だからわざわざ迎えに来なくていいって言ったのに。私と将ちゃん、途中からはただパパを待つためだけにここにいたみたいなものだもん。——ね？」

芽衣子が同意を求めると、将平は「うん、パパ遅い！　でもおかげでハンバーグが食べれた」と言いながら無邪気に笑っている。エアゾール剤が効いているのか、機嫌もいたっていい。芽衣子は頸椎《けいつい》を固定するためのカラーを装着していて痛々しいが、見たところ元気そうだ。

「せっかくだから、パパもなにか食べたら？」

「いや、俺はいいよ、ドリンクだけで。実は昼飯にありつけたのがついさっきで。——そうでなくても、おまえたちがバスジャックに遭ったなんて聞いたら食欲もなくすよ。二人とも完食したのか。よく食べられるな」

怪我の状況は電話で聞いていた。どちらかというと、恐怖の時間を過ごしたことによる心的外傷のようなものが心配だったのだが、本人たちがこともなげにしているので毒気を抜かれてしまう。

ただ二人とも、めったにない非日常的なできごとに遭遇してさすがに興奮ぎみらしく、犯人の男がバスに乗り込んできてからのことを競うように報告しあっている。どうやら芽衣子は、将平を庇うために犯人に直接噛みついて黙らせることまでしたようだ。

「ママ、すごいかっこよかった。今まででいちばんかっこよかった」

「おいおい、勇敢なのはいいけど、気をつけてくれよ。世の中、何するかわからない頭のおかしい奴だっているんだから」

「はーい」と言いながら肩をすくめた芽衣子が、すぐにつけ加えた。

「でも犯人の男、ぜんぜん凶悪な感じがしなかったな。私なんかに怒鳴りかえされただけであきらかにビビってたし、なんか生活に疲れてる感じで——」

妻と息子を危険な目に遭わせたことは、許しがたい。しかし芽衣子の話を聞いているうちに、少しだけ、犯人に対する同情の念が湧いてきた。なにしろこの世知がらい世の中だ。なにかよくよくのことがあって、追いつめられていたのだろう。

世知がらいといえば、ユニットハウスの仕事を下ろしてくる元請けの会社もそうとうなものだ。こちらの立場が弱いことを見極めた上で、いつもギリギリの料金で発注をかけてくる。しかも、なにか少しでも手落ちがあろうものなら、ペナルティを課してさらに値切ろうとするのだ。

現場は結局、あとわずかな工程のみを残した状態で放置してきてしまった。納期は今日中で、本来ならそろそろ引き渡しの報告ができているところだったのだ。

芽衣子たちの無事も確認できたことだし、現場に戻って作業の残りを済ませてしまおうか。

——一瞬だけそんな考えが頭に浮かんだものの、結局やめた。明日の早朝にでも一人で行って、片をつければいいことだ。

値切られたなら値切られたで、しかたがないではないか。それよりは、今こうして家族三人で顔を突きあわせ、おしゃべりを楽しんでいる時間を大切にしたい。

思えばいつも仕事に追われていて、家族とゆっくりできるのも久しぶりだ。今日は神様が特別に取りはからってくれたのかもしれない。

そうしてはからずも家族の時間を満喫してから事務所兼自宅に帰り着くと、ガレージの前に見覚えのある濃紺の乗用車が停まっていて、待ちかねたように中から男が出てきた。

現場で揉みあったあの男だ。鬼気迫る様子でつかつかと歩み寄ってくる。

「なに、――誰なの？」

自宅用の玄関の方に行きかけていた芽衣子が、ただならぬ気配を察して眉をひそめながら小声で問いかけてきた。なんでもないから先に入っているようにと伝えながら、男と向きあった。

「またあんたですか。なんなんです、いったい」

「なんなんですはないだろう、人のことを撒《ま》いておいて」

体格も貧弱で、どう見てもすごむのが板についているタイプではないが、今は手負いの獣のように気が立っているらしい。

「でもここのことをどうやって――」

「設楽工務店って書いてあるだろう、そのミニバンに。それ見てわざわざ調べて来たんだよ。そうしたら事務所は閉まってて、でもガレージにミニバンがないから戻るはずだと思って、勝手に待たせてもらった」

たしかに、事務所は六時にはいったん閉まってしまう。電話番の横塚には六時までという約束で働いてもらっていて、伸之たち現場の要員が戻らなかったら、施錠の上帰宅していいということになっているからだ。

「じゃあ、それからここにずっと？　なんだかわからないけど、いったいどういう――」

「返せよ、書類！」

落ちくぼんだ目がぎらりと光った。もともと薄い髪は乱れたまま額にべっとりと貼りつき、正気を失う寸前といったたたずまいだ。

「あれは大事なものなんだよ」

「ああ、あれか――」

すっかり忘れていたが、うさんくさい数字が無数に並んだ紙の束は、助手席にそのまま残っていた。これを取り返すためだけに待ち伏せまでしていたというのはものすごい執念だが、どうせこちらには用のないものだ。

伸之は書類をぞんざいにかき集めて男に差し出しながら、男がそれを奪い取ろうとしたところで手の先に力を込めた。

「あんた、どっかの経営者だとかいう話だけど、あんたがこの帳簿でどんな悪さをしてるのかは、俺の知ったことじゃない。だからこれは返すけど、あそこで燃やすのはやめろ。あの缶とかポリタンクもきっちり回収して、どこかよそでやってくれ。あそこはうちの大事な現場なんだよ」

――われながら決まった。今のはかなり恰好よかったはずだ。この俺が、こんなにきっぱりとものを言えるなんて。今日一日で、ずいぶん成長した気分だ。

それはあながち単なる自画自賛に留まらなかったようで、男も勢いに呑まれたように小さくうなずき、「わかった」と素直に応じた。

男がすごすごと引き揚げたあと、二階の自宅部分に帰り着いた伸之がまっさきにしたのは、風呂に浸かることだった。体全体をべっとりと覆っていた汗の被膜を洗い流し、湯の中で体を伸ばす瞬間は、至福以外のなにものでもなかった。

湯上がりには、芽衣子がよく冷えたビールとちょっとしたつまみで晩酌の用意をしてくれていた。時計は九時半近くを指しているが、さすがにこのあとは何も起こらないだろう。長かった一日が、やっと終わる——。

玄関の呼び鈴が鳴りわたったのは、そのときだ。

こんな時間にいったい誰が？　ハードな一日をこなしてようやく息をつくことができたところだというのに。

迷惑に思いながら、応対に出た芽衣子の様子をそれとなく窺っていると、少しして芽衣子は訝しげな表情を浮かべながらリビングに戻ってきた。

「あのね、警察の人が、パパをって——」

「俺——？」

何ひとつ思いあたることがない。首にかけたタオルで濡れた髪を拭いながら玄関に向かうと、体格のいい若手の男が刑事と名乗った。

「夜分すみません。ちょっとお伺いしたいことがありまして——。設楽工務店社長の設楽伸之さんでまちがいないですか」

「はい、そうですが」

「本日、北区の王子付近の隅田川沿いの用地で建設作業をされてましたよね。現地を引き揚げたのは何時ごろでしたでしょうか」

怪訝に思いながら、記憶を辿る。

「ええと、そうですね、たしか夕方の六時か、その少し前だったか――。それがなにか？」

「実はですね、その建設現場で本日午後七時半ごろ、出火というか、ガソリンが発火しまして、男性一名が黒焦げの遺体で発見されるという事件がありまして――」

黒焦げの遺体？　――今度はまたいったいなんだというのか。

とっさに思いついたのは、書類を回収しにわざわざ訪ねてきたあの男のことだ。現地で人を燃やしたというガソリンは、あの男が持っていた赤いポリタンクの中身だとしか思えない。

だからちゃんと回収しろと言ったのに――！

それとも、あの男自身が絶望のあまり焼身自殺を図ったのか？　いや、時間的にそれはありえない。ガレージ前で男と別れたのは、せいぜい一時間前のことではないか。そのときには、「遺体」はすでに存在していたのだ。

男はあのあと、言われたとおりもう一度現場に向かって、ポリタンクや缶やガソリン漬けになった残りの書類を回収しようとしたかもしれない。だが、現地でそんな事件が起きていたなら、おそらく自由に立ち入りできる状態ではなかっただろう。

「あの、関係があるのかどうかわかりませんが、実は今日、現場を引き揚げる直前に、一人怪しい人物に現場で出くわしまして――」

「それは、どんな人物ですか？　よろしければ詳しくお聞かせ願えませんかね」

やむなく男と遭遇してからの詳細を語りはじめながら、伸之は徐々に事情を呑み込み、深い落胆に襲われていった。

どこの誰なのかは知らないし、何がどう転んでそんななりゆきになったのかもわからないが、人一人が焼け死ぬほどの火災があそこで発生したなら、現場事務所が無事なはずがないではないか。

仮に構造部分に大きな損傷はなかったとしても、なにもかも煤《すす》でまっ黒で使いものにならなくなっているはずだ。あんなにたいへんな思いをして一人で作業を進めたのに。

――まったく、なんて一日だろう。ふんだりけったりとはまさにこのことだ。

伸之は怒りや悲しみを通り越していっそ笑いだしたい気持ちになり、刑事の手前、本当に笑い声を上げてしまうのを抑えるので必死だった。

22:34　山添択

中央公園でのミッションを果たした疲れで眠っていたのは、二時間くらいの間だったらしい。

いつもどおりカーテンを閉めきり、電気もつけたままだったが、目覚めてからなぜか急に外の様子が気になり、ベッド脇のカーテンを半分ほど開いた。

差し込んできた西陽に目を射られ、思わず顔を背けた。

視線を転じた先にあるのは、散らかりほうだいに散らかった部屋のありさまだった。

古雑誌やらコミック本やら、菓子の空き箱、汚れた衣服などが足の踏み場もないほど積み重なり、カーペットのベージュ色を隠している。それらをむりやり片寄せて、ベッドからドアに向かう通り道だけかろうじて設けてあるものの、雑多なものの山は今にも崩れ、その細い通路さえ塞いでしまいそうだ。

ずっとここで暮らしてきた。最後に掃除をしたのがいつだったのかも思い出せない。長いこと干していない蒲団も、汗を吸ってぺちゃんこになっている。一度、風呂に入っている間に、見かねた母親が勝手に片づけて掃除機をかけてしまったことがあるが、激怒したらそれもなくなった。散らかっていることは、気にならなかった。むしろその方が気持ちが落ち着くのだ。ゴミの山に埋もれて、自分もゴミの一部みたいになっている方が。きれいに整理整頓された部屋の中にいると、裸にされたような寄る辺なさを感じた。

それが今になって、ばかに神経を逆なでする。汚い、と思う。自然光のもとで見ているせいだろうか。慌ててカーテンをもとに戻してみたが、感じ方はあまり変わらなかった。

それより、空腹でじっとしていられない。こんな時間帯に食欲が湧くことなど、普段ならまずないのに――。

そっとドアを開けると、向かい側にある部屋のドアは閉ざされていて、かすかに本のページをめくるような物音がする。姉のみのりがもう帰っているのだろう。残業の多い父親の帰宅は、まだしばらく先のはずだ。択は階段を下り、ダイニングキッチンを覗いた。

母親はこちらに背中を向けて夕食の仕込みをしている。気づかれないように忍び足で踏み込み、いつもスナック菓子の類《たぐい》を収めてあるストッカーの上を見たが、今日にかぎって何もない。

「なに、おなかでも空いたの？　――こんな時間に？」

いつから気づいていたのか、母親が振りむいて笑った。

「どうしよう。私たちはもうじき夕ご飯なんだけど、なんなら択の分も一緒に作る？」

「いや、いい」

それほどまでに腹が減っているわけではないから、というのを省略して立ち去ろうとしたら、

「あ、待って」と呼び止められた。

「あれがあった。冷凍のパンケーキ。レンジでチンするだけだけど、けっこうおいしいんだよ」

母親は、もう冷凍庫の前に屈み込んでいる。一瞬、どうしていいかわからずに立ち尽くしていると、「できたら部屋に持っていくから」と言う。

「いや――ここで食べる」

あの汚い部屋で食べることに、なんとなく抵抗があった。母親は一瞬だけまじまじと択の顔を眺め、「ふうん」と言ってから、パンケーキを皿に載せて電子レンジにセットした。

食卓の椅子に浅く座り、居心地の悪い思いで待っていると、ほどなく、小さめのパンケーキ二

枚を重ねた皿が前に置かれた。ひとかけのバターを載せ、メープルシロップをたっぷりとかけてある。

「はい」

アイスティーを注いだグラスも添えると、母親は静かにダイニングキッチンを出ていった。夕食の準備中だったはずなのに、食べている間気兼ねなくしていられるようにしてくれたのだろう。

ナイフとフォークでパンケーキを切り分け、口の中が甘い香りでいっぱいになると、どういうわけか涙が滲んできた。

突然のことで、自分でもわけがわからなかった。だが強いて言葉にするなら、それはこういう思いだった。

――お母さんは、どうしてこんなに僕にやさしいのだろう。

学校にも行かず、家のことも手伝わず、部屋にこもってゲームばかりしているこんなどうしようもない息子なのに、なんで叱言《こごと》ひとつ漏らさずあれこれと世話を焼いてくれるのだろう。好きだった仕事も、僕のせいであきらめていながら。

そう思うともうたまらなくなり、気がついたら声を上げて泣き崩れていた。

バカだな、こんなの、ただレンジでチンしただけの冷凍品じゃないか。手間もなにもかかってないじゃないか――。

必死で自分にそう言い聞かせて嗚咽《おえつ》を抑えようとしたが、止まらなかった。母親に物陰から見られていたら恥ずかしい。そう思っても、涙と鼻水がとめどなく溢れ出してきて、口の中に流れ込み、塩辛さがシロップの甘みを打ち消していく。

ひとしきり泣いて気持ちを落ち着かせてから、択はパンケーキを残さずに食べきり、席を立った。いったん廊下に向かいかけてから取って返し、汚れた食器を流しまで自分で持っていった。

部屋に戻ってからは、手持ち無沙汰《ぶさた》だった。いつもなら、この時間には再びゲームの世界に戻っているところだ。仲のいいフレンドたちの多くは十時、十一時までログインしないが、ゲーム内通過クロナを稼ぐために露店に出すアイテムを集めるなど、ソロでもやるべきことはいろいろある。

でも今は、なんとなくログインする気持ちになれない。

しかたなくまたベッドに寝転がってみたり、起き上がって伸びをしてみたりしている間に、ジャージのポケットの中でなにかがカサカサと音を立てていることに気づいた。

そうだ、中央公園で声をかけてきた小橋悠太。あいつがＬＩＮＥのＩＤを教えてくれたんだっけ――。

択はポケットからノートの切れ端を取り出して、しばらくの間、そこに書かれた文字と数字をじっと眺めていた。

ＬＩＮＥにはいい思い出がない。受け取ったときには、この紙切れも結局無駄にしてしまうのだろうと思っていたが、今は、そうしたらあとでひどく悔やむことになる気がしてならない。

択は一度削除してしまったＬＩＮＥのアプリをあらためてダウンロードし、新しくプロフィールを作成した。名前は、少し考えてから「えとろふ」と入力した。――「いけぬま」ではない、「えとろふ」だ。

ホーム画やトプ画などの設定は、あとでいい。とにかく、小橋になにかメッセージを送ってみるのだ。ほかの元クラスメートがどうかは知らないが、少なくともあいつは違うはずだ。「いけぬまくん」ではなく、ちゃんと「山添くん」と呼んでくれたではないか。

教えてもらったＩＤを検索したら、「コバッチ」の名と「妖怪ウォッチ」のキャラクターの画像が出てきた。「追加」ボタンを押して友だちに加え、「トーク」ボタンを押した。

そこまでは、自分に鞭打つようにしてひと息にできた。だが、いざメッセージを送ろうとすると、何も思いつかない。さんざん悩んだあげくようやく入力したのは、次のたった五文字だった。

山添だけど

緑のフキダシの脇の時刻表示の上にすぐ「既読」の文字が現れ、ほとんど間隔を空けずにレスが届いた。〈メッセージありがと　えとろふってなに？〉とある。続いてスタンプが送られてきた。

つぶらな目をしたウサギが頭上に「？」を浮かべ、立ったままぴょんぴょんと跳び去っていくアニメーションだ。

一瞬固まってしまったものの、すぐに気を取りなおし、〈スタンプとか使えないけどいい？〉

と書き送ると、〈いいよべつに　なんで気にするの?〉と返ってくる。少し安心して、えとろふの名の由来をざっと説明した。

山添君の下の名前ってタクだったんだ
ごめん知らなかった

小橋は〈じゃあタックンでいい?〉と勝手にあだ名を決めて、〈タックン今なにしてるの〉と訊いてきた。〈ラインしてる〉と答えたら〈そりゃそうだ〉と言って、お笑いタレントが大笑いしているスタンプを添えてくる。

——なんだ、こんなかんたんなことだったんだ。ゲームでチャットするのとたいして変わらないじゃないか。

少しだけ、勇気が湧いてくる。

面と向かって話すのも、たぶん同じなのだ。こうしてLINEで話すことができるなら、じかに話すことだってできるはずだ。

〈小橋って今何組?〉と訊いてみると、小橋は〈コバッチって呼んでよ〉と言ってから、一組だと答えた。

〈タックンは2組だよね〉

そのとおりだ。一度も教室に行ったことはないが、形ばかり、二年二組に入れられていると聞いている。自分のことはきっと、「二年二組の来ない生徒」として知られているのだろう。

〈2組ってどんなクラス？〉

思わずそう訊ねてから、自分はいったい何を訊いているのだろうと訝った。それを知ってどうしようというのか――。

だが小橋は、択自身がまだはっきりとは自覚していない真意を感じ取ったかのようにこう答えた。

〈河瀬はいない　あいつは4組〉

そう聞いただけで、ほっとしている自分がいる。

〈あと、1年の時一緒だったみやぶー覚えてる？〉

――なんとなく覚えている。宮津《みやづ》だか宮城《みやぎ》だか、そんな名前の小太りな男子だ。

〈あいつ2組だから今度聞いとくよ〉

やりとりが一段落ついてから、なんだか居ても立ってもいられない気持ちになってきた。

全身がムズムズして、ただじっと座っていることが耐えられない。体内で余っている力をどこかに吐き出したいような気分だ。

さっきパンケーキを食べたから？　いや、それとは違う。なにかもっと長い間に溜め込まれてきたエネルギーのかたまりのようなもの。それが体の中心でマグマみたいにぐつぐつと煮え立って、どうにかしてくれとせっついている。

ベッドから降りた拍子に、足元に山と積まれたゴミの一部が崩れ、蹴つまずいてしまった。択は腹立ちまぎれに手近にあったコミックを壁に投げつけ、それからふと、その下にあった雑誌を手に取った。

人気のＲＰＧの攻略法を解説したものだが、そのゲーム自体、肌に合わなくて、半月くらいは遊んだものの、とうに本体をスマホから削除してしまっている。

――半年以上前にもういらなくなっていたものじゃないか。

そんなもので無駄に部屋のスペースを塞いでしまっていたことが無性に腹立たしくなる。気がついたら択は、ゴミの山をかたっぱしから漁って、まだいるものともういらないものを選《よ》り分けはじめていた。

ひとたび手をつけてしまったが最後、徹底的にやらないことには気が済まなくなった。

ゴミの山からは、一年生のとき授業で使っていたノートも、まだ一度も開いてすらいない二年生用の教科書も発掘された。コミック本の中には、だれかから借りっぱなしになっているものも交じっていた。

手当たり次第に分別しながら、置き場所がないので机やベッドの上に積み上げていった。重たいものを運んで部屋の中を行ったり来たりしていたので、振動が下にも響いたのだろう、なにごとかと母親が部屋の前まで様子を見に来た。

「ちょっと、択？　――何してるの。大丈夫？」

択は自分からドアを開け、藪《やぶ》から棒に母親に頼んだ。

「お母さん、ゴミ袋ってある？　あと、あれ。いらない雑誌とかを縛る――」

母親は一瞬、あっけに取られてただ部屋の中を見まわしていたが、すぐに笑顔になり、「ビニール紐ね。了解」と応じた。

「あ、片づけるんだったら窓開けなさいよ、埃《ほこり》が立つから」

階段を下りかけたところから、母親がそう言うのが聞こえた。

外はもうすっかり暗くなっていたが、開け放した窓から入ってくる風はすがすがしかった。択は何時間も夢中になって片づけに精を出した。途中でみのりがドアを叩いて「択、うるさい。勉強の邪魔！」と文句を言ってきたが、母親がなだめたらしく、またおとなしくなった。

ビニール紐でまとめた古雑誌などを母親と手分けして一階に下ろし、カーペットに掃除機をかけて、汗のしみで汚れたシーツを張りかえる頃には、十時台になっていた。

「お疲れさん」

そう言って母親が持ってきてくれたアイスコーヒーを飲みながらようやくひと休みしていると
き、スマホにメールが着信していることに気づいた。

イテからで、一時間以上も前に届いていたようだ。しかも、二通たてつづけだ。

一通目は、呪いが「効いた」という報告。

効いた？　――あの「尾岸雅哉」という人がイテの望んだとおりに死んだ、という意味だろうか。

背筋をぞくりとさせながら二通目を開くと、イテは唐突に自分の本名が「尾岸七海」であると明かした上で、択の本名も知りたがっている。

どうすればいいのか、とっさにはわからなかった。

まず、ネットで「尾岸雅哉」を検索してみた。呪いが効いたというのが本当なら、この人物は事故のような形で「悲惨な死に方」をしているはずであり、だとすればすでにニュースサイトなどで報道されているかもしれない。

驚いたことに、それらしいニュース記事がすぐに出てきた。

隅田川沿いのマンション建設予定地に不審火、男性1名を遺体で発見

記事の中に、死亡者の名前として「職業不詳・尾岸雅哉さん（52）」の文字がある。にわかには信じられず、画面のその部分を穴が開くほど見つめてしまう。

——まちがいない。たしかに「尾岸雅哉」と書いてある。

遺体が発見されたというマンション建設予定地の所番地もよく聞き知っている東京都北区の一部で、どのあたりかはだいたい見当がつく。

驚愕《きょうがく》に震える指で記事をスクロールし、二度にわたって全文に目を通した。

今日の午後七時半ごろ、当地でガソリンによるものと思われる不審火が発生し、消防隊員が消火に駆けつけた際、現場から男性一名が発見されたが、すでに死亡していたという。——それが「尾岸雅哉」だったのだ。

現場はコンクリート敷きで、一面にガソリンが散布された状態だった。付近にはポリタンクが

横転した状態で放置されており、何者かが故意に放火した疑いが持たれている。また、出火地点から二十メートルほど離れた場所に灯油缶が置かれていて、中にはガソリンのかかった大量の経理書類が入っていた。

「警察は、尾岸さんがなんらかのトラブルに巻き込まれたものと見て、この経理書類の出所を探っている」という一文で、その記事は終わっている。

——あの呪いは、本当に効き目のあるものだったのだ。しかもこんな早くに結果が出るなんて。経理書類とやらが何を指すのかはわからないし、実際にどういうことが起こってそうなったのかも不明だ。しかしそこに至る道筋はどうあれ、「尾岸雅哉」はたしかに死んだ。それも、まちがいなく「悲惨な死に方」で。

不思議と、恐怖はなかった。ただ達成感だけがあった。イテに頼まれたことをみごとにやりとげたという思い。そのことでイテを少しでも幸せに近づけることができたという満足感——。

いや、イテではない。尾岸七海だ。

呪いで死んだ人間と同じ尾岸姓。やはり「尾岸雅哉」は、前に言っていた「義父」と同一人物なのだろう。

なぜ殺したいとまで思うようになったのかはわからない。問いただしたい気持ちもない。ただ単純に、イテが自分から本名を教えてくれたことが嬉しかった。

「七海」は、「ななみ」だろうか。どう読むのかと訊いたら、すぐに返信が返ってきた。——「ななみ」で正しい。

ななみ。七海。七つの海――。

択は何度も「ななみ」と口に出して言ってみながら、その音を味わった。それから、自分は山添択だと名乗り、「やまぞえたく」とわざわざひらがなでも書いた。

おたがいもうわかっちゃったね
中学ももう知ってるし
会おうと思えば会えるね♪(´θ`)ノ

そのメールを受け取ってから、択はかなり長いこと迷っていた。

七海に言いたいひとことがあった。たった七文字の、シンプルきわまりない言葉だ。それはたぶん、もっとずっと前から心の中で準備され、温められ、外に出ることを待っていたひとことだった。

ただ、言ってみたところで、それが本当に可能なのかどうか自分で確信が持てず、だから言わずにいたのだ。守れないとわかっている約束を口にするとき、相手が自分にとって大切な存在であればあるほどためらいを感じるように――。

今なら、言える気がする。たとえそれを言ったことで退路を断ち、自分を追い込むことになるのだとしても、今はむしろ、それこそが望むところなのだ。

これ以上待たせたら、七海が気にしはじめるかもしれない。ギリギリのところまで迷ってから、択はついにそのひとことを打ち込んだ。そして、かつてないほど甘い胸のときめきを覚えながら、目を閉じて送信ボタンを押した。

今度会えない？

23:01　黒沢歩果

勝利の美酒とはこのことだろうか。まだ勝ったと決まったわけではないにしても、敵の決定的な弱みを握ることが、これほどの快感をもたらすとは思わなかった。

荒井未彩を連れてアパートに帰り着き、近所のコンビニで調達した発泡酒や缶チューハイで祝杯を上げながら、歩果は何度も笑いころげていた。

「もう一回聞かせて」

未彩は変にかしこまった態度で「了解です」と言ってスマホを操作し、録音した音声を再生させながらさらにボリュームを上げた。

「申し訳ございません、私、ほんとに頭が悪くて――それにさっき、退職願を出さなきゃならないって伺った時点で動揺してしまって、戸田マネージャーのおっしゃったことがうまく呑み込めなかったんです。ですからあの、私は何をすればいいのか、もう一度おっしゃっていただけないかと――」

　これは未彩自身の声だ。

　続いて聞こえるのは、あてつけがましいため息の音。未彩の声よりは遠いものの、スマホのマイクはそれも鮮明に捉えている。

「荒井さんさあ、君の理解力ってどこまで低いのかなあ、ねえ。赤児《あかご》に言って聞かせるみたいにあれほど懇切丁寧に教えてあげたのに。そんなことだから、社に損害を与えるダメ社員の烙印を捺されるんだよ。――わかってんの、そこんところ？」

「すみません、私ほんとにそのへんがダメなんです。ですからご迷惑おかけしちゃって本当に申し訳ないんですけど――」

「だからぁ、まず退職願を出して、それから君が社にもたらした損失を弁償するのが筋でしょうと」

「あの、ごめんなさい、そこがよくわからないんです。私が社にもたらした損失ってどういう――」

　迫真の演技だ。「未彩ちゃんナイス！」と叫びたくなる。

「言ったよね、君を採用してからの教育コストだって。その間、君は社になんら利益をもたらさなかったわけだから、社にとっては全部が持ち出しになってるわけだよ。こんな理屈は小学生にだってわかるよね。君は小学生以下の知能しか持ちあわせてないのかもしれないけどさ」

　この録音は、歩果の発案で未彩自身が敢行したものだ。

戸田マネージャーからのパワハラとセクハラに悩まされている未彩を救うための、いやむしろ、いい気になっている戸田マネージャーを一気に窮地へと追い込むための切り札。

もとを正せばこのアイデアは、戸田マネージャーの餌食《えじき》となり、うつになって辞めていった先輩社員のものだ。ただ彼に、それを実行する意思はなかった。そんな証拠を手に闘っても、社にいられない雰囲気になってしまうなら意味がないと思っていたのだ。

未彩は現時点で、どのみちもうこの会社にはいられないと明言している。仮に戸田マネージャーが退職云々を取り消してくれたとしても、ああまでされて、同じ人のもとで今後も働いていける自信がないというのだ。

「辞めるんだったらさ、最後に一発かましてやろうよ。私も援護射撃するからさ。――いや、正直、私自身、いつまであそこにいるかわかんないなって気持ちになってきてて」

トイレで泣いていた未彩と遭遇した一時間後、あらためて未彩を会議室に呼び出したときには、歩果はすでに具体的な戦略を立てていた。

「あの男バカだからさ、未彩ちゃんがものわかり悪いふりして、さっきのもう一度言ってくださいって会議室に呼び込めば、どうせまた最初からベラベラしゃべるよ、大声で。――それを録音しちゃえば決定的な証拠になるじゃん」

録音したものをどう使うかは、あとから考えればいい。労働基準監督署などに訴える材料にするのか、本人に突きつけて謝罪を要求するか――。いずれにしても今大事なのは、アドバンテージを取ることだ。有効な武器を手中に収めることだ。

退職を勧告したばかりか、社に与えた損害の「弁償」まで要求したことは、それだけでパワハラの十分な証拠になるが、できればセクハラの証拠もほしい。話をうまく持っていって誘導尋問にかければ、それも手に入れることができるかもしれない。

「え、でも――私、芝居とか超苦手なんですよ。できるかな、そんなの」

「できるって！　未彩ちゃんって、地声もなんとなくいつも泣いてるみたいなかよわそうな感じだから、そのまま普通にしゃべるだけでオーケーなはず。だいたい、相手はあの戸田マネだよ。人の心の機微がわかるような玉じゃないって」

そう言って未彩を焚きつけ、会議室での録音に成功したのが七時半くらいだった。未彩は戸田マネージャーと向かい合わせで座り、膝の上に置いたスマホの録音機能を使用したのだが、その成果は歩果の期待を大きく上まわるものだった。

「でもその、弁償って、お金はどなたにお支払いすれば――」

録音の続きで、未彩はさも弱りはてたような調子でたくみに戸田マネージャーの発言を誘導している。

「そりゃまあ、さしあたっては私にってことになるね。君の監督責任者なわけだから」

「あのう――額はどれくらいになりそうなんでしょうか」

「いや、まだ経理課から返事が来てないからわかんないけど、損害が月五万として、君の採用からこれまでの約四ヶ月分だから、まあざっと二十万円前後ってところかな」

月五万という根拠がどこにあるのかはまったく不明だが、総額が二十万程度というのがまた絶妙なところを突いている。少なくない額ではあるが、法外というほどでもない。人によっては、多少無理をしてでも本当に払ってしまうだろう。

「そんな——私、そんなにはとても払えません」

金額を提示してきたら、いくらであろうと「払えない」と言うこと。そして、「お金以外の方法で払うことはできないのか」とでも言って、それとなくセクハラ方面の発言を引き出せるよう誘導すること——事前にそんな指示を下していたものの、実際には、未彩がわざわざ水を向けるまでもなかったようだ。

「だからさ——」

やにわに猫なで声になった戸田マネージャーの音声が、数秒の間を置いてから、未彩の声と同じくらいの音量まで高まる。テーブルを回り込んで未彩のかたわらまで近づいてきたのだ。

事実、このときマネージャーは、うしろから手を回して未彩の肩に触れていたという。

「弁償とは言ってるけど、なにもお金にかぎった話じゃないんだよ。——ほかの手段だってあるでしょう、考えてみなよ」

自分から言いだすとは、どれだけ不用意なのだろう。猛り狂うリビドーに抗えず、警戒心も何もなくなってしまっているのだろうか。

「ほかの手段——ですか？　それってどういう——」

ここで未彩は、心持ちトーンを落として、いかにも不安そうに声を震わせている。

「私に言わせるの？　そこは察してほしいなあ。——荒井さんも、ほんとはうすうすわかってんじゃないの？」

「いえ、あの——。ごめんなさい、わからないんではっきりおっしゃってください」

「いや、だからさ、つまりだね、君は女性で、私は男性でしょ？　その意味を考えてくれれば自ずとね」

未彩の演技が絶頂に達するのはここだ。どんな表情をしていたのかはわからないが、きっと思いつめた顔でうつむいていたのだろう。録音データはしばしの沈黙を挟んでから、未彩のこんなひとことを記録している。

「それはつまり——たとえば私が戸田マネージャーと——その、ホテルの部屋とかにご一緒する、といった——」

「うん、たとえばね、たとえばだけど、まあそういうこと。——なんだ、わかってるじゃないの！」

何度聞いても、この部分が流れるたびにこらえきれずに噴き出してしまう。——バカだ、この男、本物のバカだ。罠《わな》とも知らずに、こんなあけすけに嬉しそうに欲望丸出しの声を出しちゃって。

未彩はとりあえず、「少しお時間をいただけますか」と言って切り抜け、その後は残務を片づけるのに集中しているふりをしていた。戸田マネージャー自身は九時前に席を立ち、「じゃ、考えといて」のひとことともに未彩の肩を軽く叩きがてら、オフィスを出ていった。

歩果も未彩も、作戦の成功に浮き足立ってしまって仕事を続ける気になれず、連れ立って九時半には退社してしまった。それから今後の作戦会議という名目で歩果のアパートに向かい、二人で酒盛りをしていたというわけだ。妹の莢果も彼氏とデートなのか帰宅していなかったので、気兼ねはいらなかった。

「完璧だよ、未彩ちゃん。芝居が苦手なんて嘘でしょ。今すぐプロの女優になれるって」

「いやあ、ここまでできるとは自分でも予想外でした」

「問題はこれを使って奴をどう追いつめるかなんだよね」

「でも私、こういう切り札を手に入れられたってだけで、なんか勇気が湧いてきました。人間、武器を手にしてるかしてないかでぜんぜん違いますね」

そんなことを話している間に、莢果が帰ってきた。歩果がアパートまで客を連れてくることはめずらしいので、驚いているようだ。

「聞いてよ。これ、うちの会社のパワハラセクハラおやじ」

録音を聞かせると、莢果は「何これ、ありえない!」と言ってバカ受けしている。

それからはなんとなく莢果も宴《うたげ》の席に加え、三人でくだらない話をしながら気焔《きえん》を上げた。

「でも二人、姉妹なのにぜんぜんタイプが違うんですね」

途中で未彩がもっともな指摘を差し挟んだ。

「うん、私はチビでこいつはノッポだし、私は冷静沈着なのにこいつは軽はずみで向こう見ず」

「意味わかんないんだけど。冷静沈着ならお姉ちゃん、なんでそんなに男見る目ないわけ?

——つきあう男と毎っ回必ずトラブってんじゃん」

「それよりあんた、明日、未彩ちゃんに服貸してあげてくれない？　体形近いし、歳も同じだし」

反論を無視してそう言うと、かたわらで未彩が「え、でもなんで――？」と小首を傾げた。

「未彩ちゃん、もうこんな時間だし、今日は泊まっていきなよ」

「いいんですか？　じゃあ、そうさせてもらっちゃおうかな。――あ、ちょっとトイレお借りしますね」

未彩が席を外している間、ずっとつけっぱなしにしていたテレビにふと目をやると、十一時のニュースが始まっている。

音量は絞っているのでナレーションはほとんど聞こえず、画面が切り替わりながらテロップが躍っているのが見えるだけだが、トップニュースはどうやら、国分寺市で起きたバスジャック事件らしい。

「住所不定、無職・永淵亨容疑者（32）」がおもちゃの拳銃を手に路線バスに乗り込み、十二名の乗客を人質に取ってバスを暴走させて、マンションのエントランスに激突させて重傷を負い、運転手と八名の乗客に重軽傷を負わせたというものだ。

少し気になってボリュームを上げると、ちょうどキャスターがこう言っているところだった。

「犯行の詳しい動機はあきらかになっていないものの、永淵容疑者は、〝人生の先行きに不安を感じた〟という意味の供述をしているとのことです」

「先行きにどう不安を感じたらこんなことになるんだろうね……」

小声で呟くと、「ヤケ起こしてわけわかんなくなる奴ってどこにでもいるんだよ」と莢果が応じた。

「え、なんですか？」

トイレから未彩が戻ってきたときには、キャスターは次のニュースに話を切り替えていた。

「今日午後七時半ごろ、東京都北区の隅田川沿いにあるマンション建設予定地で、ガソリンによるものと思われる不審火が発生しました。住民の通報を受け、地元消防隊員が駆けつけたところ、火炎の中に男性一名を発見し、救出を試みましたが、男性はすでに死亡していました。この男性は、同北区在住の職業不詳・尾岸雅哉さん五十二歳で――」

こっちのニュースの方が、むしろ興味深い。特に、現場近くに放置されていたという灯油缶と、その中に収められていたという「ガソリンにまみれた経理関係の書類」――それがひどく気にかかる。

書類の持ち主は誰なのか。その書類にはどんな秘密が隠されているのか。ガソリンまでかけておきながら、なぜ燃やさなかったのか。炎の中から発見されたという遺体との関係は？　遺体になった人物は自殺だったのか。それとも他殺だったのか。殺したとすれば誰が、なぜ――？

まるで日ごろ愛読しているミステリー小説のようではないか。

もしも書く才能が自分にあれば、この事件からヒントを得てなにかひとつ物語を生み出しているところだが、あいにくそういう才覚はかけらも持ちあわせていない。読むのが好きなだけだ。

まあ今のところは、小説のネタになりそうなそんな大それた事件とはまったく縁のない世界の住民でいられることに、単純に感謝すべきなのかもしれない。

戸田マネージャーがどれだけの悪代官ぶりを発揮したところで、しょせんはたかが知れている。すべては結局、平和で平穏な、そのかわり少しばかり退屈なこの世界の一部でしかないではないか。昨日とは少しだけ違う今日、今日とは少しだけ違う明日。それが今後もずっと続いていくのだ——。

そう思ったら、急に眠気が襲ってきた。「今日はそろそろ」——お開きにして寝よう、と続けかけたところで、大あくびが出た。その拍子に、目尻に涙が滲んだ。なま温かくて、どこか懐かしい感じのする涙だった。

本書は書き下ろしです。原稿枚数455枚（400字詰め）。

写真　The Image Bank/Getty Images
装幀　片岡忠彦

〈著者紹介〉
平山瑞穂　1968年東京生まれ。立教大学社会学部卒業。2004年「ラス・マンチャス通信」で日本ファンタジーノベル大賞大賞を受賞し、デビュー。著作に『あの日の僕らにさよなら』『忘れないと誓ったぼくがいた』『シュガーな俺』『プロトコル』『マザー』『遠い夏、ぼくらは見ていた』『3・15卒業闘争』『出ヤマト記』『僕の心の埋まらない空洞』『四月、不浄の塔の下で二人は』『ここを過ぎて悦楽の都』『彫千代　～Emperor of the Tattoo～』『遠すぎた輝き、今ここを照らす光』など多数。

GENTOSHA

バタフライ
2015年12月15日 第1刷発行

著　者　平山瑞穂
発行者　見城 徹

発行所　株式会社 幻冬舎
〒151-0051 東京都渋谷区千駄ヶ谷4-9-7

電話:03(5411)6211(編集)
03(5411)6222(営業)
振替:00120-8-767643
印刷・製本所:中央精版印刷株式会社

検印廃止

ISBN978-4-344-02874-6 C0093
幻冬舎ホームページアドレス　http://www.gentosha.co.jp/

この本に関するご意見・ご感想をメールでお寄せいただく場合は、
comment@gentosha.co.jpまで。